les bracassées

**Du même auteur**

*Attention Fragiles* – Éditions du Seuil, 2000
*Le ciel est immense* – Le Relié, 2002
*Une poignée d'argile* – Éditions Thierry Magnier, 2003
*La théorie du chien perché* – Éditions Thierry Magnier, 2003
*Le quatrième soupirail* – Éditions Thierry Magnier, 2004
*Un simple viol* – Éditions Grasset, 2004
*Les encombrants* – Éditions Thierry Magnier, 2007
*Et tu te soumettras à la loi de ton père* – Éditions Thierry Magnier, 2008
*La tête en friche* – la brune, Rouergue, 2008
*Il ne fait jamais noir en ville* – Éditions Thierry Magnier, 2010
*Vivement l'avenir* – la brune, Rouergue, 2010
*Bon rétablissement* – la brune, Rouergue, 2012
*Trente-six chandelles* – la brune, Rouergue, 2014
*Dans les prairies étoilées* – la brune, Rouergue, 2016

Graphisme de couverture : Olivier Douzou
Photographie de couverture : © Lyn Randle/Trevillion Images

www.lerouergue.com

Marie-Sabine Roger

# les bracassées

la brune au rouergue

# I
# ANNONCE

*Je trouve l'annonce un vendredi punaisée à l'épicerie sur le tableau d'affichage que je vais consulter sur les conseils de Diego pour vérifier si quelqu'un n'aurait pas retrouvé par hasard le parapluie que j'ai égaré le mardi précédent c'est-à-dire trois jours plus tôt c'est facile de s'en souvenir depuis il n'a pas plu je ne suis allée nulle part ailleurs C'est d'autant plus facile de s'en souvenir que je reviens au magasin le jour même le mardi en question pour voir si je n'aurais pas laissé mon parapluie ce qui semble une évidence puisqu'il n'est pas chez moi.*

*Wouh-Ouh-Ah-Ah.*

## Lundi 26 juin 16 h 38

J'ai rendez-vous à 18 h 15 avec la jeune femme qui m'a téléphoné pour l'annonce, et je me suis aperçue après son appel que je n'avais même pas pensé à lui demander son nom. C'est stupide de ma part, et d'une telle indélicatesse ! Je n'ai pas osé la rappeler. Je me le suis vertement reproché, même si j'ai des excuses, car parler au téléphone est bien trop pénible pour moi. Le docteur Borodine m'encouragerait à ce genre d'exercice, j'en suis sûre. Il aurait certainement raison. Malgré tout, si je peux éviter de me mettre toute seule dans des situations que je déteste, je ne vais pas m'en priver. Thérapie ou pas thérapie.

Je ne sais pas de quelle façon cette jeune femme aura interprété mon manque de curiosité. Je ne voudrais pas passer à ses yeux pour une de ces personnes prétentieuses pour lesquelles une employée de maison en vaut une autre, sans qu'il soit nécessaire de connaître son nom.

De plus, elle m'a fait très bonne impression, même si j'ai eu par moments quelques difficultés à la comprendre. Mais ça, c'est le mal du siècle : les gens n'articulent plus. Ils n'articulent plus du tout. Jusqu'aux acteurs qui se mettent à marmonner, c'est un comble. Pourtant, il me semble que le moins que l'on puisse espérer d'un acteur, c'est qu'il parle clairement ? Eh bien non, c'est à croire que certains ont décidé de ne plus s'exprimer qu'en voyelles et grommelots. C'est pire encore pour les nouveaux chanteurs : entre ceux qui s'époumonent en braiements ridicules et ceux qui chuchotent de si près dans leur micro qu'on s'attend à les voir le lécher comme une glace en cornet, impossible de comprendre les paroles, maintenant. Le soir, dans mon fauteuil, je penche de plus en plus vers mon téléviseur tel un vieux sapin qui s'effondre, l'oreille tendue, à tenter en vain de décrypter les paroles sur leurs lèvres. Sans parler de ces cameramen qui filment de façon saugrenue et enchaînent les gros plans sur les mains des chanteurs ou le regard des danseurs, dont personne n'a rien à faire. C'est grotesque.

Enfin, je suppose que c'est à moi de m'adapter car je pressens bien que, si je ne le fais pas, il y a fort peu de chances que la société change, elle, pour mieux me satisfaire.

Comme le dirait Josiane « il faut savoir évoluer » – à supposer que vivre dans un monde dans lequel les gens ne se comprennent plus qu'à moitié, lorsque par hasard ils se parlent, représente une évolution. Quoi qu'il en soit c'est la réalité, les gens ne font plus aucun effort pour se rendre intelligibles.

Josiane dirait que c'est moi qui suis sourde, et rien ne prouve qu'elle ait tort.

Non, la seule chose qui m'a embarrassée, dans ma conversation avec cette jeune femme – je dis « jeune », je n'en sais rien, je me fie au timbre de sa voix –, c'est un détail sans importance qu'il me faut néanmoins signaler, puisque je suis censée relater mes journées sans rien omettre (ou le moins possible en tout cas), suivant la consigne très claire que m'a donnée le docteur Borodine.

Donc :

Ce qui m'a gênée : pendant que nous parlions, cette jeune personne et moi, j'entendais son chien aboyer par moments dans le haut-parleur, d'une voix aiguë. Sans doute une petite race. Quant à savoir laquelle, il m'aurait fallu une oreille que je n'ai plus, comme le dirait Josiane qui ne rate jamais l'occasion de pointer mes faiblesses. Bichon, King Charles, Jack Russell, Coton de Tuléar ? On aurait dit le timbre de Mylord, toutes proportions gardées, car Mylord ne se laisserait jamais aller à insister si lourdement. Quoique, je dois bien en convenir, il est parfois têtu, mon petit bouddha aux pommes. À l'instant où j'écris ces lignes, il me regarde avec son air de rien, couché sur son coussin, la truffe délicatement posée sur le bout de ses pattes. On jurerait qu'il sait que je parle de lui. (Mais bien sûr, il le sait. C'est certain.)

Je n'ai rien contre les chiens, bien au contraire, sinon je n'aurais pas adopté Mylord (à moins que ce ne soit l'inverse ? J'ai toujours pensé que c'était lui qui m'avait choisie). Mais ce n'est pas parce qu'on aime ses enfants qu'on est disposé à supporter ceux des autres, d'autant qu'ils sont rarement aussi bien élevés que les nôtres. Je ne parle que par ouï-dire, je n'ai pas eu d'enfants, c'est une des rares épreuves qui m'auront été épargnées. Bref, il est hors de question que le premier corniaud venu puisse perturber ma grenouille. Mylord est tolérant, mais il est comme moi, c'est un hypersensible. Je n'ose imaginer ce qu'il ressentirait si cette demoiselle venait chez nous nimbée des effluves agressifs d'un cerbère inconnu, que l'hygiène corporelle de cette jeune personne ne me rendrait pas perceptibles (tout du moins, je l'espère !), mais qui seraient pour Mylord une vraie provocation, car il a le nez fin.

Je n'ai pas osé demander à cette jeune femme ce qu'elle pensait faire de son chien lorsqu'elle viendrait chez moi. Il me semble évident que l'on ne saurait imposer aux autres son animal de compagnie, mais la bonne éducation n'est pas universellement partagée, loin s'en faut, j'en fais hélas trop souvent l'expérience. L'autre jour encore – même si cela n'a aucun rapport –, une jeune dame pressée m'est passée devant à la caisse de la pharmacie au prétexte qu'elle était enceinte. Je ne vois vraiment pas où était le problème : elle n'était visiblement pas sur le point d'accoucher, elle semblait radieuse au contraire, alors que j'étais au plus mal, malgré trois Sérénix et un demi Placidon. Je me sentais angoissée au point que je ne serais jamais sortie de mon appartement si je n'avais pas été, par malheur, à court de Zenocalm. Le pire c'est que lorsque j'ai protesté (bien faiblement), la préparatrice m'a répondu d'un ton léger – pour tout dire un peu insolent – qu'elle n'en avait que pour une minute, avant de s'empresser de servir cette jeune personne sans plus me prêter attention.

Je ne veux pas paraître égoïste, ni tout ramener à mon cas personnel, mais j'ai trouvé ça plutôt raide, quand on sait que je suis cliente de cette pharmacie depuis plus de cinquante ans. On n'aurait jamais vu cela, du temps de monsieur Pradal. Ça, c'était un vrai pharmacien, qui savait choyer sa pratique. Ce n'est pas pour critiquer, mais les jeunes qui ont repris la boutique ne sont que des épiciers. Depuis qu'ils ont racheté la pharmacie, on se croirait dans un bazar, c'est le catalogue de Manufrance appliqué à la maladie et, forcément, quand tout devient une question d'argent, la notion de service se perd, de même que la notion d'urgence.

C'est une digression peut-être, mais puisque je dois noter ce qui me semble important, j'avais envie de donner cet exemple. D'ailleurs voici un bon sujet de conversation avec le docteur Borodine : entre une jeune femme pleine de santé et seulement un peu enceinte, et une patiente comme moi, malade, âgée, sous traitement, au bord de la crise de panique, quelle est l'urgence véritable ? Où se trouve l'impératif ? Je suis curieuse d'avoir son point de vue, vraiment. En attendant, je me demande si je ne vais pas tout bonnement changer de crèmerie, comme dirait Josiane, et aller me servir à la pharmacie Delgado, à côté de la Poste. Elle est à peine plus loin de chez moi finalement, maintenant qu'ils ont ouvert la passerelle piétonne.

Pour en revenir à mes moutons, comme dirait la bergère, je n'ai pas osé demander à cette jeune femme ce qu'elle comptait faire de son chien, les jours où elle viendrait chez moi. Si nous nous accordons sur ce point, toutefois, car rien n'est encore fait à l'heure où j'écris ces lignes. Je m'en suis voulu de ne pas lui avoir posé la question mais, étant donné que je ne lui avais pas non plus demandé son prénom, je n'ai pas osé la rappeler. Résultat, depuis cette conversation, je reste dans le doute et ne cesse d'y penser. Douter ne me vaut rien, cette pensée m'obsède. Le docteur Borodine me dirait de ne pas me focaliser, ce qui est plus facile à dire qu'à faire. On est obsessionnel ou bien on ne l'est pas. Il se trouve que je le suis, d'après ce qu'il me dit, même si ce diagnostic m'étonne. Mais j'ai une confiance aveugle en cet homme. Quand même, « obsessionnelle », je trouve ça un peu fort. Je qualifierais plutôt cela de constance : lorsque j'ai une idée, je m'y tiens, voilà tout. À moins que ce ne soit mon idée qui me tienne ? C'est incroyable comme je ne cesse de me poser des questions sur moi-même depuis que je vais voir le docteur Borodine. En tout cas, il est hors de question qu'un autre chien entre ici, c'est dit. Quant à une chienne, n'en parlons pas. Mylord ne sait même pas que les femelles existent (je lui ai toujours épargné la moindre confrontation), et je ne compte pas prendre le risque de le lui révéler à treize ans et demi, surtout dans son état. Ses espoirs seraient bien trop minces, et le choc serait trop violent.

Je suis inquiète, voilà. *Inquiète*. Je vais devoir en parler au docteur Borodine.

J'ai mis plus d'un mois avant de me résoudre à passer cette annonce et, maintenant qu'il est entendu que cette personne dont je ne connais pas le nom (à qui la faute, grosse niaise ?) viendra chez moi lundi, je me sens dans la nasse, cette perspective m'angoisse au plus haut point. Pourtant, ce n'est pas vraiment comme si j'avais le choix, j'ai besoin de quelqu'un, je ne peux pas faire autrement. Cela fera bientôt quatre ans que je m'absente une ou deux fois deux heures par semaine, suivant mes rendez-vous, ainsi que je l'ai précisé dans l'annonce, mais il est évident que désormais je ne peux plus laisser Mylord tout seul, depuis son malaise cardiaque, alors qu'il m'accompagnait bien volontiers, d'habitude, et restait sagement assis dans la salle d'attente pendant toute la consultation, pauvre petit bébé.

Pour être honnête – et je le suis toujours, c'est un principe, rien de bon ne saurait se faire sans une parfaite moralité –, je dois admettre que je n'aurais jamais pensé de moi-même à passer une annonce demandant une *femme de ménage*. C'est Josiane qui m'a ouvert les yeux sur les risques que j'encourrais, sinon, en laissant mon appartement inoccupé pour des durées assez brèves, sans doute, mais régulières et suffisantes pour un cambrioleur un tant soit peu habile et expérimenté qui se serait renseigné sur mon emploi du temps. Sans parler de ce pauvre Mylord, livré à lui-même. Ce n'est pas que Josiane soit méfiante, mais elle ne fait pas confiance aux gens. Je sais bien peu de choses sur la vie, je ne cesse de m'en apercevoir. Josiane est une personne beaucoup plus avisée que je ne le suis, c'est certain, aussi je m'en remets à ses conseils presque aussi aveuglément qu'à ceux du docteur Borodine.

Il m'a semblé que son idée n'était pas trop mauvaise, qu'elle m'éviterait de tomber sur des individus intéressés ou peu fiables en parlant inconsidérément d'une garde de chien à domicile. On sait bien à quoi s'en tenir, lorsque ça touche aux animaux : certaines personnes peu scrupuleuses pourraient vouloir tirer profit de ma bonté pour me soutirer je ne sais quoi. Quand on aime les bêtes on aime aussi les gens c'est bien connu, même si, en ce qui me concerne, je n'en ai pas réellement l'expérience.

Faire croire que je cherchais une femme de ménage me semblait pourtant malhonnête, ce n'était pas le motif réel de ma demande et je n'aime pas mentir, mais Josiane m'a convaincue que mentir est parfois nécessaire et que, d'ailleurs, on ne pouvait pas à proprement parler de mensonge ou de tromperie, du moment que c'était vraisemblable.

Car après tout, comme elle le dit si bien – même si je trouve qu'elle pousse un peu loin le bouchon –, une femme de mon âge *et de ma corpulence* pourrait *tout à fait* avoir besoin d'une aide ponctuelle et régulière en même temps.

(Peut-on dire d'une chose qu'elle est à la fois « ponctuelle » et « régulière » ?) Je soumettrai le problème au docteur Borodine, à notre prochain rendez-vous, ce sera une entrée en matière. J'aime avoir des questions à lui poser. Les sujets de discussion ne sont guère mon fort, je n'ai pas comme Josiane l'esprit porté à la boutade, au bon mot, à la polémique, je n'ai pas son talent pour raconter mille anecdotes amusantes et presque toujours nouvelles, je ne suis pas très boute-en-train. Ceci dit, il est entendu que je ne vais pas non plus chez le docteur Borodine pour des conversations de salon : nous parlons de mon cas. Enfin, c'est surtout moi qui en parle, pendant dix minutes environ, ce qui est normal, je pense. Le docteur Borodine prend des notes dans un grand carnet noir (j'ai trouvé plus ou moins le même chez le marchand de journaux de la rue Montlajoie et, depuis, je ne prends plus que ce modèle, qui me donne le sentiment d'une douce complicité). Donc je parle de moi puis, lorsque le docteur Borodine juge le moment venu, il pose son stylo, vient placer mon fauteuil en position relax, met la musique, procède comme à l'accoutumée et je sens lentement le bien-être m'envahir.

Parfois (ce n'est pas systématique), à la fin de la séance, nous revenons quelques instants sur une question particulière ou sur mon sentiment général, par rapport à la semaine écoulée. Le docteur Borodine appelle cela « un débriefing » et, c'est drôle, lorsqu'il emploie ce terme j'ai l'impression de devenir l'héroïne d'un film d'espionnage.

Il est vrai que tout concourt à cette illusion romanesque (le docteur Borodine semble penser que j'ai vraiment beaucoup « d'illusions romanesques ») : l'atmosphère feutrée de son cabinet, la lumière tamisée, la musique d'ambiance orientale en sourdine, le lourd parfum d'encens, la voix douce et sensuelle du docteur Borodine, son suave accent slave. Comment, avec tout ça, ne pas se croire un peu une agent double, qui serait prisonnière d'une organisation occulte travaillant à la solde des Russes ? Je ris toute seule de mes bêtises. J'écris vraiment n'importe quoi.

Il n'empêche, j'aurais adoré être espionne, je crois, si j'avais été courageuse, maligne, et si je n'avais pas eu autant de difficultés à sortir de chez moi. Je ne me souviens pas d'avoir déjà pensé à le dire au docteur Borodine. Cela éclairerait peut-être ma personnalité d'une façon nouvelle ?

Question : peut-on devenir agent secret tout en étant agoraphobe ?

## Lundi 26 juin 17 h 07

Ce rendez-vous m'inquiète. J'y reviens, pendant que ma tisane infuse, car cela m'obsède et le docteur Borodine s'est montré très clair sur ce point : je dois impérativement me débarrasser des questions obsédantes. Pour cela, il faut les écrire. Comme il le dit souvent : « Écrivez, écrivez. Écrire vous permet de déposer un peu votre fardeau, chère madame Suzain. »

J'avais rangé mon carnet à sa place, sous la photo de Mylord, à côté de mon lit, j'avais repris mes mots croisés (*en onze lettres avec un* n *en cinquième position : se veut le centre de l'attention tout en évitant d'être au centre*) mais je n'ai pas pu tenir, il a absolument fallu que je revienne à ma table et que je continue d'écrire.

L'inquiétude agit sur moi comme une piqûre d'insecte, cela part de presque rien et puis ça se précise, ça gratte, ça démange, ça s'étend peu à peu, on finirait par s'arracher toute la peau du corps. Penser est un prurit. Écrire me soulage.

Le docteur Borodine a raison : dès que je suis devant mon carnet, je dépose mon fardeau. Je sens les idées se bousculer dans ma tête, parfois elles vont si vite que j'en ai le tournis, mais il suffit que je commence à écrire, tout se calme, s'apaise, les phrases semblent venir toutes seules à l'appel, elles se mettent en rang comme faisaient les élèves avant d'entrer en classe, lorsque j'étais enfant. Elles s'ordonnent, se disciplinent, et vont même jusqu'à s'adapter à la vitesse de ma main.

Sujet du jour : cette jeune femme sera là dans un peu plus d'une heure, or je déteste plus que tout qu'un(e) inconnue(e) pénètre dans mon appartement, cela me donne aussitôt l'impression d'étouffer, j'en ferais presque une syncope. Que faire ?

J'ai toujours été une anxieuse, c'est ma constitution, (devrais-je dire « ma complexion » ? Je ne sais pas bien la différence. Je poserai la question au docteur Borodine). J'ai besoin de beaucoup de temps et de beaucoup d'énergie pour m'habituer à un nouveau visage, et ne plus ressentir panique ou oppression. Il m'a fallu plus de deux ans, je n'ai pas honte de le dire, pour me faire à l'homme de service chargé de l'entretien des parties communes de l'immeuble, monsieur Bénévant, (ou Bénavant, ou Banévant, je n'ai jamais trop su, il parle dans sa moustache avec un accent régional et je me garderais bien de lui demander de me redire son nom. Ce serait indélicat, je suis censée le connaître, en tant que copropriétaire). Deux ans... Je ne m'en vante pas. Il m'a fallu plus de temps encore pour m'habituer au facteur. Il est vrai que, par chance, il vient très peu souvent. Et je n'oserai jamais avouer à personne le temps qu'il m'a fallu pour m'habituer vraiment à la présence de mon mari. Je suis ce que l'on appelle une agoraphobe ou, pour certains des nombreux praticiens que j'ai pu consulter, une phobique sociale. Il semblerait qu'ils ne soient pas tous d'accord sur ce point, ni sur d'autres. La seule chose sur laquelle ils se retrouvent sans problème et avec une belle harmonie, c'est sur la question de leurs honoraires. Quoi qu'il en soit, j'ai grandement progressé grâce au docteur Borodine, puisque j'ose parler de mes faiblesses, à présent. Pendant de nombreuses années j'ai pris tous les prétextes les plus insignifiants ou les moins vraisemblables pour ne pas me laisser inviter, ne pas aller dans des soirées, ne pas frayer avec les gens. J'avais la réputation d'être une prétentieuse, mais c'était bien autre chose, vraiment. Toute présence étrangère et toute obligation sociale me pèsent horriblement, j'ai le sentiment qu'on me vole mon air, que la pièce se rétrécit, il me semble que je suis stupide et que ma bêtise se voit, un malaise affreux m'envahit, aggravé de la certitude que je vais bientôt mourir dans d'affreuses souffrances. Pour moi il n'y a de calme et de sérénité que dans la solitude, allez expliquer ça aux gens !

Lorsque Mylord m'a fait son malaise cardiaque j'ai failli ne jamais ouvrir à la vétérinaire, pourtant le pauvre chou râlait sur la moquette, les yeux exorbités – ce qui est très effrayant, surtout chez un carlin – et je ne savais que faire pour le soulager. Mais la simple idée qu'une inconnue allait pénétrer dans mon appartement m'affolait tout autant, je me sentais terriblement mal et lorsque la vétérinaire a sonné j'ai mis plus de dix minutes à me décider. Dix minutes !

Fort heureusement pour nous elle avait de la patience et un coup de téléphone important à passer qui a suffi à l'occuper pendant qu'elle attendait sur le palier.

Bien sûr, en écrivant cela je ne m'apprends rien à moi-même car je connais déjà ma vie. Au tout début de ma thérapie je dois dire que je n'étais guère convaincue par cette histoire de carnet intime, je ne comprenais pas pourquoi me déboutonner ainsi me ferait me sentir plus à l'aise. Malgré tout, je me suis obligée à noter les pensées qui me venaient, tout en sachant qu'il n'y aurait jamais personne pour les lire, à part moi, car je ne me vois pas en faire la lecture à Mylord. (Voilà une plaisanterie qui aurait plu à Josiane ! « En faire la lecture à Mylord. » Que tu es bête, ma pauvre fille !)

Oui, certains jours, j'aurais bien renoncé à sortir mon carnet, à quoi bon ? Mais, alors, je croyais entendre la voix du docteur Borodine, ce ton un peu sévère et paternel qu'il prend lorsqu'il doit me gronder. « Notez tout, madame Suzain ! Notez tout, vos angoisses, vos rêves, les questions qui vous viennent à l'esprit, les fluctuations de votre humeur, toutes vos pensées les plus intimes, tous les émois qui étreignent votre âme. »

Tous les émois qui ét*rrr*eignent vot*rrr*e âme. Ce roulement du « r » est un enchantement. Et cet homme s'exprime tellement bien ! L'entendre parler est un régal. J'aimerais pouvoir me souvenir de chacun de ses mots, mais à peine la séance a-t-elle commencé que je me retrouve plongée avec béatitude dans cet état bizarre et un peu cotonneux.

Je ne remercierai jamais assez Josiane de m'avoir donné son adresse. Sans elle je n'aurais pas connu le docteur Borodine. Sans lui je ne sais pas ce que je serais devenue.

Je note donc ma vie depuis plusieurs semaines, j'en suis déjà au troisième carnet et, à ma grande surprise, je dois reconnaître que cette activité me détend de plus en plus. Il me semble que j'y prends goût.

*Excentrique*. Je viens enfin de trouver ce fameux mot en onze lettres ! J'ai bien failli ne pas y arriver. « Se veut le centre de l'attention tout en évitant d'être au centre : *excentrique.* »

Pour en revenir à cette jeune femme, j'aurais bien demandé à Josiane de venir garder Mylord dans les heures où je dois m'absenter car, après tout, c'est elle qui m'a conseillé le docteur Borodine. Mais, d'une part, je n'aurais pas voulu la déranger, d'autre part, et c'est la raison essentielle, elle a déménagé il y a plus de six mois. Elle vit désormais près de Cannes, dans une résidence de luxe pour personnes âgées valides. Il faut dire qu'elle a les moyens. Quand Rosario est mort, après seulement huit ans de mariage – on est chanceuse ou on ne l'est pas – il lui a laissé une telle fortune qu'elle n'aura jamais le temps d'en faire tout le tour, à son âge, si dépensière soit-elle.

Elle m'a proposé de venir la voir un jour, ce qui est bien aimable de sa part. Bien entendu je n'en ferai rien. Sauf à ne jamais m'avoir réellement écoutée en dix ans – ce qui est tout à fait possible – Josiane sait que je souffre mille morts dès que je dois sortir et que je ne peux le faire que sous médicaments. La perspective d'un long voyage en train et d'une nuit à l'hôtel, c'est inenvisageable. Mais le simple fait de me l'avoir proposé m'a touchée. Rien ne l'y obligeait, après tout.

Josiane est une amie fidèle, la seule amie que j'ai. Nous sommes très proches toutes les deux, je lui téléphone un mercredi sur deux à 12 h 15, juste après son repas. Sauf si c'est un jour férié, cela va de soi. Avant son déjeuner c'est un peu tôt, elle n'est pas matinale. Après, elle a sa canasta. Elle dit ça d'un ton léger, « J'ai *ma Canasta* » comme si elle y avait joué toute sa vie durant. Si Rosario n'avait pas coché les bons numéros au loto, elle vivrait toujours dans son cinquième sans ascenseur, avec sa retraite de la DDE. Ceci dit, je ne suis pas envieuse : si j'avais eu autant d'argent, je n'aurais pas su quoi en faire, sans sortir le nez de chez moi. J'ai vu une émission dans laquelle ils parlaient d'un milliardaire qui avait vécu pendant des années au sommet de sa tour, obsédé par les microbes et par les maladies. Il y a des gens bizarres.

Bref, il me semble qu'être riche n'a d'intérêt que lorsqu'on peut le montrer un peu autour de soi. Faire le bien, par exemple, comme cet autre milliardaire américain (je n'ai pas retenu son nom, mais tout le monde le connaît), qui gaspille son argent pour toutes les bonnes causes.

Si j'étais riche, je donnerais volontiers à une bonne cause, moi aussi, pourvu que j'en reçoive un peu de reconnaissance. Une cause humanitaire, tiens ! J'aimerais beaucoup avoir un hôpital à mon nom, par exemple. Les gens diraient « Tu vas te faire opérer à l'hôpital Suzain ? Tu as raison, c'est un établissement de très grande qualité. »

Enfin, c'est bien du rêve, tout ça.

C'est bien du rêve.

Bon, si je revenais à ce qui me préoccupe, au lieu de papillonner d'une idée à une autre ?

Donc, après avoir posé l'annonce à l'épicerie, je me suis sentie fébrile, profondément inquiète et même bouleversée. Bouleversée, c'est le mot. C'était à se demander quelle idée saugrenue avait pu me passer par la tête pour que j'ose une telle folie. Je suis parfois d'un ridicule… J'ai failli repartir pour aller la récupérer, cette maudite annonce, et il m'a fallu livrer un combat épuisant contre moi-même. J'ai été grandement aidée par le fait que j'étais déjà revenue à l'appartement et qu'en ressortir pour la deuxième fois dans la même journée aurait été une trop grande épreuve. Une fois ou deux par semaine, c'est selon, voilà mon rythme, car depuis quatre ans je fais mes courses en revenant de chez le docteur Borodine.

D'une pierre, deux coups.

Il n'empêche, en repensant à cette annonce que je venais de laisser au vu et au su de tous, j'étais tellement perturbée que j'ai dû doubler ma dose de Zenocalm, et que j'ai repris un

Noctisom au beau milieu de la nuit, ce qui m'arrive rarement. Je l'ai avoué au rendez-vous suivant au docteur Borodine, je ne lui cache rien. D'ailleurs si je voulais lui cacher quelque chose je suis bien convaincue qu'il s'en apercevrait. Cet homme lit en moi comme dans une boule de cristal, même si en l'écrivant je trouve que me comparer à une boule, fût-elle de cristal, ce n'est pas bien flatteur. J'ai donc avoué ce second Noctisom au docteur Borodine. Il m'a fait les gros yeux, il a agité son index, comme pour me dire « non, non, non », et m'a grondée en m'expliquant que ça ne se gobait pas comme des cacahuètes avant d'ajouter de lui-même que l'expression était mal choisie, car il est bien entendu que les cacahuètes ne se « gobent » pas.

« Il y en aurait, des morts par fausse route, sinon ! » a-t-il ajouté en riant, et lorsqu'il rit je suis étrangement sensible à son expression malicieuse.

Il y en au*rrr*ait, des mo*rrr*ts…

Il est 17 h 20, je vais me préparer en vue du rendez-vous avec cette jeune femme.

J'espère de tout cœur qu'elle sera ponctuelle. J'ai fait le ménage en grand, hier et tout ce matin. Je ne veux surtout pas qu'elle s'imagine que je prends une femme de ménage parce que je suis incapable de ranger ou de nettoyer moi-même. Toujours soigner la première impression. Et je suis encore très alerte, quoi qu'en disent Josiane et le docteur Borodine, qui font une fixation sur mon poids.

Mais, comme je ne me gêne pas pour le leur dire, lorsque cette question revient sur le tapis[1] : le poids n'empêche ni la souplesse ni la vitalité, il n'y a qu'à regarder les lutteurs de sumo.

---

1 J'aurais dû dire : *sur le tatami*. En voilà encore une qui aurait plu à Josiane !

J'espère que l'odeur du chien de cette jeune femme n'incommodera pas mon Mylord. Il est resté tellement fragile depuis son malaise cardiaque, mon bonsaï à poils ras, mon petit crapaud d'amour. Un rien le perturbe ou l'exaspère.

Le soir de son malaise, en repartant, la vétérinaire m'a dit qu'il n'était pas passé loin, et qu'il aurait besoin de calme et surtout – elle a insisté – qu'il devrait perdre beaucoup de poids.

À sa façon de me regarder, je me suis sentie visée également et ça n'a pas raté, j'ai aussitôt ressenti les fourmillements monter à l'assaut de mes doigts, ma bouche devenir sèche, mes mains se resserrer sur elles-mêmes en pince à sucre, mes oreilles se boucher lentement, ma vision se rétrécir comme dans un tunnel et je l'ai raccompagnée à la porte d'une façon un peu brusque, je dois dire, mais je n'avais aucune envie de faire une crise de tétanie devant elle.

Il est vrai que j'ai un peu de poids à perdre.

Certainement pas à ce point-là.

Je trouve l'annonce un vendredi punaisée à l'épicerie sur le tableau d'affichage que je vais consulter sur les conseils de Diego pour vérifier si quelqu'un n'aurait pas retrouvé par hasard le parapluie que j'ai égaré le mardi précédent c'est-à- dire trois jours plus tôt c'est facile de s'en souvenir depuis il n'a pas plu je ne suis allée nulle part ailleurs C'est d'autant plus facile de s'en souvenir que je reviens au magasin le jour même le mardi en question pour voir si je n'aurais pas laissé mon parapluie ce qui semble une évidence puisqu'il n'est pas chez moi.

Wouh-Ouh-Ah-Ah.

La brune qui fait toujours la gueule même les jours de beau temps me répond non trois fois non puisque je lui repose la question le mercredi et le jeudi. Jusqu'à ce vendredi lorsque Diego le patron répond non également mais sur un ton cordial après m'avoir demandé de façon détachée de ne pas trop m'approcher du chariot de légumes car c'est un peu instable et avant d'ajouter « T'es allée regarder sur le tableau d'affichage ? Eh ben vas-y. Moi, si je serais toi, j'irais voir, on sait jamais, tu sais ! Qui ne tente rien n'a rien. » Je n'ose pas lui répondre que s'il *serait* moi comme il vient de le dire sa vie serait différente à un point qu'il ne peut pas imaginer ça fait bien longtemps que j'ai arrêté de provoquer ce genre de débats stériles. S'il fallait remettre les choses en perspective avec tous ceux qui commencent leurs phrases par Si j'étais toi il faudrait plus d'heures par jour plus de jours dans le mois plus de mois dans l'année plus d'une vie à vivre. Personne n'est moi sauf moi jusqu'à preuve du contraire et si les places étaient interchangeables les volontaires pour prendre la mienne ne feraient sûrement pas la queue. Je m'abstiens de lancer la polémique je vais éplucher les petites annonces. Diego lance dans mon dos « Par contre tu fais gaffe au chariot de légumes, surtout aux melons s'il te plaît, je me suis fait suer pendant une heure à les ranger comme ça, en plus c'est même pas stable. » Je fais signe que OK entre mes autres signes et mes Wouh-Ouh-Ah-Ah.

Je consulte les petites annonces en songeant à part moi comme on dit dans les vieux romans qu'une cliente qui aurait trouvé mon parapluie entre deux boîtes de conserve ou posé sur les packs de lait l'aurait certainement laissé à la caisse au lieu de perdre son temps à écrire une annonce. Qui prendrait la peine de laisser un avis pour un vieux parapluie à moins de vouloir Ouh Ah quelque chose en échange comme certains le feraient pour un chien ou un chat il n'y a pas de limites aux situations absurdes il y a des gens comme ça qui vous demandent une récompense parce qu'ils ont trouvé *votre* chat Ta Tadaaa je sais que ça a l'air stupide éplucher les annonces pour retrouver un parapluie quand on sait ce que ça coûte surtout made in China seulement celui-là n'est pas made in China

Ah il vient de chez Piganiol à Aurillac la maison Piganiol elle-même. Il me vient surtout de ma mère qui le tenait de mamie Paula qui elle-même le tenait de mémé Albertine pas par souci d'économie mais par fidélité aux souvenirs de famille. Et je sais oui je sais ce n'est qu'un parapluie comme l'a si bien dit Freddie le soir du jour où je l'ai perdu « Tu ne vas pas te mettre la rate au court-bouillon pour un simple pébroque, ma puce ! » Je me demande où il trouve des expressions pareilles La rate au court-bouillon Un pébroque. À part Freddie qui a trente-sept ans personne ne parle plus ainsi sauf peut-être les centenaires. Ce n'est qu'un *pébroque* c'est vrai mais je l'ai vu toute ma vie il est beau il est grand et solide avec un manche doux en érable et de fines baleines en jonc on lui a fait changer la toile plusieurs fois deux fois ma mère une fois moi et ce n'est pas facile de trouver un artisan qui en soit encore capable j'ai cherché un moment. Ce parapluie j'en ai hérité à la mort de Maman qui est décédée il y a trois ans Ta Ta Ta elle me manque à chaque instant de ma vie surtout les jours où ça va mal Ta Tadaaa c'est-à-dire les plus nombreux ce parapluie n'est pas n'importe quel objet usuel de confort mais bien un prolongement de moi-même qui me sert surtout en cas de pluie d'accord mais il n'empêche. Qui me servait vu que je l'ai bel et bien perdu. Ce parapluie c'est mon enfance et c'est ma mère tout à la fois c'est la matérialisation de sa présence rassurante il me protège me protégeait il n'y a rien de plus douloureux que d'être obligé de parler au passé des objets auxquels on *tenait* surtout lorsqu'ils vous font penser à des gens auxquels on tenait plus encore. Il n'y a rien de plus douloureux que de devoir parler au passé *d'une façon générale* sauf quand il est question des mauvais souvenirs et le mieux dans ce cas-là serait de n'avoir aucune mémoire. J'ai toujours vu ce parapluie à la maison depuis que je suis née ce qui ne remonte pas non plus à l'époque des Romains comme dirait Freddie parce que j'ai vingt-neuf ans dans un mois c'est d'accord et il est évident que ma vie tout entière comparée à celle de Jeanne Calment ce n'est pas ébouriffant en tant que performance mais c'est quand même mon parapluie et je suis désolée j'y tiens même si Freddie me dit que je suis un vrai danger public quand je sors avec ça Wouh-Ouh-Ah et que ce serait une excellente nouvelle pour les gens du quartier si je le perdais vraiment une bonne fois pour toutes. Ce à quoi je lui réponds qu'à mon avis les gens qui me voient arriver doivent très vite se douter s'ils sont observateurs qu'ils ont tout intérêt à changer de trottoir d'ailleurs c'est souvent ce qu'ils font de façon spontanée surtout s'ils m'ont déjà croisée auparavant parce que.

Sur le tableau d'affichage ce vendredi-là pas une seule annonce parlant d'un parapluie ça me serre le cœur La seule chose ancienne que je possède ça et une chaîne en or que m'a donnée maman deux mois avant sa mort comme si elle se doutait Une très jolie chaîne le fermoir est cassé et je n'ai pas l'argent pour le faire réparer. « Il ne faut pas s'attacher aux objets, mon cœur » me dit souvent Freddie quand il m'apprend la vie « Il ne faut s'attacher à rien que l'on risque de perdre. La propriété est la source du malheur, toute possession porte déjà en elle l'éventualité de la perte. » Il a dû lire ça dans un de ses bouquins de développement personnel et je suis tout à fait de son avis ceci dit le jour où j'ai explosé l'écran de son ordi en ôtant mes chaussures je l'ai trouvé moins zen le Freddie Très attaché aux possessions pas du tout préparé à l'idée de la perte.

Je prends le temps de relire les petites annonces je sens entre mes deux épaules le regard tendu de Diego qui doit s'en faire à mort pour sa belle pyramide en melons des Charentes et les yeux des gamins qui tirent la manche de leur mère avec des rires incrédules « Maman t'as vu la dame ? Regarde la dame, t'as vu ? » et les mères à voix étouffée « Arrête de me faire honte ! Arrête, tu m'entends ?! » À la deuxième lecture je remarque cette annonce écrite d'une main tremblée sur une page de carnet ça se reconnaît aux dentelures suivies d'un numéro de téléphone recopié sur de petites bandelettes qu'on n'a plus qu'à tirer pour en détacher une. L'annonce demande quelqu'un pour deux heures de ménage une ou deux fois par semaine *suivant le cas* C'est ce qui est écrit *suivant le cas* mais quel cas Ta Tadaa je suis toujours troublée par les imprécisions. Peut-être des gens qui aiment faire la fête ou qui ont des enfants en bas âge et ça met le bazar et le bazar déborde Il y a tellement de raisons possibles au désordre. Chez moi c'est la Syrie chaque jour de la semaine tout est à réparer ramasser recoller ou jeter *suivant le cas* j'exagère bien sûr c'est plus grave en Syrie ce sont des gens qui pleurent pour d'autres gens qui meurent rien à voir avec moi Wouh-Ah. Chez nous chez moi ça se situe entre la casse automobile et le tir aux pigeons d'argile. Freddie dit toujours que le jour où je ne saurai plus quoi faire de ma vie je pourrai créer mon entreprise me lancer dans la démolition. Voilà sans doute la raison pour laquelle je reste avec Freddie sa façon de rire de moi qui me fait un bien fou les jours où je ne suis pas complètement nouée les jours où je supporte de vivre dans ma peau. Pourquoi Freddie reste avec moi Wouh-Ouh-Ah-Ah ça par contre je ne sais pas.

Je me décide en voyant l'adresse de l'annonce c'est dans ma propre rue au 57 rue des Soupirs je vois de quel immeuble il s'agit une vieille bâtisse belle façade en pierre balcons fleuris décors de feuillages sculptés. Depuis cinq ans bientôt que je vis par ici je me demande à quoi ressemblent les appartements dans cet immeuble. La simple idée d'une visite aurait suffi à me décider alors je prélève un des numéros de téléphone de la façon la plus propre possible j'y suis presque arrivée lorsque bien sûr Ouh-Ouh fatalement Ouh-Ah. Tant pis il me faut ce travail je ne peux pas envisager un autre échec une réponse négative Dans les livres de développement personnel de Freddie que j'ai pas mal froissés déchirés sans le vouloir depuis ces derniers mois j'ai lu qu'il faut pratiquer la visualisation positive Se dire que ce qu'on veut par-dessus tout est en train d'arriver ou arrivera bientôt ça ne fait aucun doute. J'aurai ce travail Bordel de Pute inutile de laisser cette annonce au tableau ce job sera pour moi Tadaaa fragile perspective deux heures de ménage une ou deux fois par semaine ça fera partie de mes défis On peut baptiser ça avec le nom qu'on veut c'est toujours découpé sur le même patron l'idée c'est d'arriver à faire quelque chose que personne et même pas soi n'aurait cru qu'on réussirait Pour ne pas mourir à petit feu d'une trop grande blessure de l'estime de soi. Diego me regarde dézinguer une partie du tableau d'affichage et comme je me baisse pour ramasser les aimants les punaises les ventes de vélo de voiture de chatons les flyers pour les cours de yoga de zumba les tracts pour la brocante du dimanche suivant il s'empresse de dire « Laisse tomber, c'est bon ! Je savais pas quoi faire avant la fermeture, ça m'occupera un moment. » Je dis OK merci je lui fais un grand signe je le vois sursauter se voiler les yeux des mains je ne suis pas passée loin de son fameux Chéops en melons mûrs à point. « Tu as trouvé ? » demande Diego en parlant de mon parapluie Je réponds non et non pas de nouvelles tant pis. Je dis On ne sait jamais si quelqu'un t'en parlait pense à me le dire OK. J'ajoute Je viens de trouver de trouver de Wouh-Ah une Ah-Ah une annonce qui m'intéresse je la prends si tu veux bien Gros connard Enculé. Il hoche la tête s'abstient de faire un commentaire ce qui n'est pas dans ses habitudes lui c'est le genre à pratiquer la vanne ouverte en grand sur des flots d'ironie. La première fois où il m'a demandé si je pouvais venir faire un peu d'animation au magasin dans les heures creuses vu le joli succès que j'avais auprès de sa clientèle j'ai failli lui en balancer une et je l'aurais fait volontiers si j'avais eu la moindre chance d'atteindre sa grosse figure ronde de melon des Charentes barrée d'une moustache en crins de cheval gris mais je ne risquais pas d'y arriver à moins d'avoir beaucoup de temps parce que viser Ta Ta Tadaaaa.

Freddie et Diego sont les seuls à se foutre ouvertement de moi l'un par amour l'autre par sympathie je dis ouvertement car le reste du monde s'empresse de le faire quand j'ai le dos tourné avec autant de vigueur mais un peu moins d'estime. Je ne suis pas paranoïaque Je ne suis pas sourde non plus. Même ma mère et pourtant elle avait de l'humour la preuve elle avait réussi à trouver mon père séduisant même ma mère n'a jamais osé rire de moi et de mes parasites de ma friture sur la ligne elle n'a jamais réussi à rire de mon *ça*. Je le regrette elle aurait mieux fait de se moquer pour m'endurcir un peu S'il y a une chose à apprendre dans la vie c'est à rire de soi avant que les autres ne s'en chargent. Surtout que dans mon cas Wouh-Ouh-Ouh Ah-Ah-Ah.

En rentrant je parle de l'annonce à Freddie je dis J'ai trouvé un job je le veux je l'aurai pour toutes les raisons que je viens de me répéter en chemin la principale étant cette grande question de l'estime de soi. Freddie fait la moue hoche la tête dit « Heu… Tu places vraiment ton estime de toi dans le fait d'aller faire le ménage chez un ou chez une inconnue qui te paiera avec un lance-pierre pour nettoyer tout son bordel ? » Il corrige « Pardon, je suis con d'avoir dit ça, mon cœur. Bien sûr que c'est une bonne idée. Bon, enfin, je sais pas trop quand même parce que le ménage et toi… Mais par contre, si c'est quelqu'un qui cherche à faire le vide dans son appartement, alors tu es réellement la personne idéale. Gaffe à mon bol, mon lapin, s'il te plaît. Non c'est pas grave, laisse. » Il m'entoure de ses bras ce qui n'est pas une chose évidente non pas que je sois grosse je suis comme une ablette Le contraire serait étonnant avec toute l'énergie que je dépense à vivre mais m'entourer de ses bras ce n'est pas chose aisée comme dirait la Baronne la bouche en cul-de-poule dans un vieux film de série B. *Ce n'est pas chauzaizé-e, mon bon.* Il me garde serrée un moment contre lui ce qui prouve son courage ou bien son inconscience. Freddie n'est pas très grand à peine la moyenne mais avec des muscles en acier qu'il entretient à la salle tous les jours « Au cas où tu te ferais mal, ma puce, et où je devrais te porter tout seul à l'hôpital sous un bombardement au milieu des décombres et on dirait que l'hôpital serait à vingt-deux kilomètres et qu'on serait sous la neige » il prononce la *naïge* comme les Québécois « et que j'aurais une fracture ouverte du tibia, mais je ne suis pas une lopette, moi, je t'y porterais tout seul dans ce putain d'hôpital, je te le certifie. C'est pour ça que je lève de la fonte tous les jours au cas où, qu'est-ce que tu t'imagines, pour quelle autre raison je le ferais, sinon ? Tu peux me dire ? Faudrait être con pour aimer ça. » Freddie et moi on aime bien se faire des films dont il est le héros parce qu'en ce qui me concerne ce ne serait pas plausible on joue à des On dirait que et toujours il me sauve des flammes des ouragans des tempêtes de *naïge* des tsunamis de la guerre des accidents d'avion et j'en passe et je me laisse faire j'aime bien la perspective d'être sauvée par lui. Je me dégage en douceur mais la douceur chez moi est toujours relative je dis Non je ne place pas mon estime de moi dans le fait d'aller faire des ménages deux heures par semaine je place mon estime de moi dans le fait d'arrêter de tourner en rond dans cet appartement sans aucun but ni Ah ni aucune espérance. « Si encore tu tournais vraiment en rond dit Freddie on n'aurait plus qu'à délimiter une zone de sécurité dans laquelle on ferait le vide, ça ferait faire des économies. » Arrête je dis arrête c'est pas le jour Gros connard Enculé tu sais je n'ai pas toujours envie de blaguer avec *ça*. « Sérieux, reprend Freddie, des *ménages*, ma puce ? Je ne veux pas te décourager tu sais, mais des ménages, enfin, tu vois ce que ça implique ? » il dit ça sans me regarder en face en épongeant le café sur la table et dans ces moments-là je sais ce que veut dire avoir envie de hurler à la mort comme un chien même si ça ne dure pas. Je vais essayer quand même je dis entre deux parasites. Je vais appeler tout de suite. « Attends-moi mon poussin, je tiendrai le téléphone. » Non je dis. Non je me débrouillerai toute seule je n'ai besoin de personne et surtout pas de toi Ouh-Ah ce qui est le contraire de la réalité mais la tristesse parfois ressemble à de la rage on peut mordre parce qu'on a mal Et je ne suis pas un poussin merde je suis une femme adulte et je suis autonome je dis entre deux cahots deux tangages. Car je sais que c'est vrai si on fait abstraction.

Je m'isole dans la chambre tellement énervée tellement incontrôlable que je dois m'y reprendre à plusieurs fois pour faire le numéro Pute Bordel de Pute dont une pour aller récupérer le téléphone sous le lit. Tout est compliqué agité tout est toujours et toujours difficile il faut une patience qu'on n'imagine pas. Enfin je réussis une femme me répond d'une voix un peu inquiète je le ressens au plus profond sans doute parce que je pratique l'inquiétude avec assiduité depuis tellement d'années ça fait partie de moi. Pas besoin de voir les yeux des gens les entendre suffit même si leurs gestes sont une aide précieuse. Le corps a un langage parfois très explicite je connais des gens qui disent certains mots mais leurs mains et leurs yeux et leur façon de s'asseoir racontent le contraire moi j'en suis le vivant exemple j'en suis une caricature. Rien qu'à entendre sa voix je sais que cette femme ne cultive pas le bonheur ni en pots ni en jardinières. Je prends sur moi pour m'exprimer le plus sereinement possible même si je ne peux pas m'empêcher Ouh-Ouh-Ah d'avoir de la friture sur la ligne mais dans l'ensemble Ah je crois qu'elle ne l'entend pas Elle finit par dire « Lundi, ce serait possible, à 18 h 15 ? » au bout d'une conversation qui fort heureusement ne s'éternise pas ça monte de partout Wouh-Ouh-Ouh de partout à la fois je sais que je ne pourrai pas tenir encore longtemps comme ça. Je réponds OKé-ké Ké Ké Ké au revoir et merci. Je le dis sans trop faire de détours inutiles à peu près clairement et quand je raccroche quand le téléphone valdingue et part en vol plané Gros enculé Bordel de Pute je sens que Freddie m'entoure aux épaules et me chuchote à l'oreille « Tu as été géniale, mon cœur. Je suis super fier de toi. »

Et là je peux pleurer libérer le trop-plein d'un grand poids.

J'attends que le lundi arrive et que les heures passent et plus elles passent plus se rapproche l'heure du rendez-vous plus je me sens en désordre agitée ingérable et je me dis que ça ne va pas le faire non-non-non ça ne le fera pas. Du tout. Cette femme va voir que ça ne va pas comme devraient aller normalement les choses. À peine elle ouvrira la porte elle s'en apercevra Tadaaaa parce que dans cet état Wouh-Ouh. J'aurai beau faire des efforts tenter de contenir tout ce bordel qui enfle ça ne servira à rien Jusqu'à preuve du contraire personne n'a jamais pu empêcher la marée de monter et mes digues mes faibles digues sont bien insuffisantes et bien vite effondrées. Je me connais Plus le stress est élevé plus l'amplitude est grande ce sera la marée d'équinoxe pas la peine de se raconter des histoires je ne ferai pas illusion un instant pas un seul non c'est une évidence elle le verra voilà. Wouh-Ah. Je n'ai jamais cherché à cacher quoi que ce soit d'ailleurs je ne vois pas comment je pourrais faire. Est-ce qu'un aveugle peut cacher qu'il ne voit pas plus loin que le bout de sa nuit Est-ce qu'un handicapé en fauteuil Est-ce qu'un sourd un muet Est-ce que. Non il faut que j'arrête de me voiler la face je ne peux rien cacher du tout à personne jamais je tiens cinq minutes dix minutes peut-être dans les bons jours OKé-ké-ké mais je ne peux rien cacher dissimuler je n'en suis pas capable et je ne le veux pas je suis ce que je suis Pute Salope Pute. La seule chose que je crains pourtant je devrais commencer à m'y faire c'est qu'en me voyant les gens rient. D'après mon expérience richement documentée le rire vient toujours en premier le rire est un réflexe il n'y a aucune intelligence dans les réflexes aucune. La main s'éloigne toute seule de la flamme avant même que l'idée de chaleur de danger de ce qu'une brûlure peut causer de dégâts sur la peau avant même que tout cela n'atteigne le cerveau. Les réflexes n'ont rien à voir avec la réflexion et c'est heureux ils sont infiniment plus rapides tant mieux. On se brûle on ôte la main. On voit un serpent on se fige. On tombe on se retient. On m'aperçoit on rit. Le rire vient suivi par l'inquiétude et toutes les questions que je lis dans les yeux Elle est folle ou quoi celle-là elle est peut-être dangereuse c'est peut-être une *psychopathe* qui est un mot qui se crache plutôt qu'il ne se dit.

Me préparer pour le rendez-vous toute une affaire encore heureux qu'on soit l'été une simple robe suffira. En hiver c'est l'enfer les boutons dans les boutonnières les fermetures éclair les manches à enfiler-ler-ler tout ce grand encombrement agité de moi-même. Je ne vais pas m'habiller de sacs de pomme de terre de vêtements qui se ferment avec des scratchs comme on en voit parfois sur les personnes âgées aux mains déformées par l'arthrose. Je passe une ro-o-o-be voilà pas besoin de me coiffer j'ai les cheveux très courts parce que Tadaaaa c'est déjà pas si simple. Lorsque j'étais petite ma mère voulait absolument que j'aie les cheveux longs c'était peut-être sa façon de se convaincre que tout était parfait que tout allait très bien elle avait une fille les filles ont les cheveux longs c'est normal après tout. Après *tout*. Tous les parents voudraient un enfant comme les autres une petite fille qui joue à la marchande à la corde à sauter à la console de jeux qui fait de la peinture qui berce sa poupée et coiffe ses poneys Une petite fille parfaite celle que je n'ai jamais été celle que je n'aurai sûrement jamais une petite fille quoi avec des cheveux longs tellement bien coiffés pour dire que tout va bien que rien n'est à déplorer à regretter à craindre pour la suite. Ma mère m'a aimée soutenue entendue consolée motivée jusqu'à il y a trois ans quand elle s'est arrêtée de vivre d'un seul coup comme un réveil s'arrête car les piles sont mortes et j'ai longtemps pensé que j'avais usé ses piles plus vite qu'il ne l'aurait fallu. Freddie prétend que c'est ridicule qu'on ne meurt pas de trop d'amour. De trop d'amour je suppose que non je préfère le croire mais de trop de souci de larmes dans l'oreiller je ne sais vraiment pas. Ma mère m'a voulu et je suis arrivée Grosse pute Enculé j'ai piétiné ses rêves mais je n'avais rien demandé à personne Pas demandé à venir au monde surtout pas dans cet état-là C'est immature de se dire ça je sais mais il y a eu un temps dans ma vie où c'était important pour moi de pouvoir me convaincre que je n'y étais pour *rien*. Que j'étais sûrement mieux lorsque je n'*étais* pas.

« Arrête un peu tes conneries, ma puce, tu as fait le bonheur de ta mère » dit Freddie. « Elle t'a aimée encore plus pour ça, et tu sais bien que j'ai raison. » Probablement que oui mais quel enfant s'il avait le choix voudrait être aimé *plus* parce qu'il y a un *ça*.

Ma mère voulait que j'aie des cheveux longs pour oublier le *ça* les parasites les chambards les branle-bas incontrôlés. Et tant pis pour elle pour moi si cela devait se faire au prix de la douleur si le prix se payait en larmes de colère en cheveux cassés arrachés et pour nous deux en dents serrées. Ne tire pas !

C'était elle qui disait ça Elle qui me conjurait de ne pas rejeter ma tête en arrière brusquement car bien sûr ça me ferait mal qui m'implorait de ne pas bouger et pourtant elle savait bien que. J'ai vécu des supplices que je n'ai pas oubliés la brosse qui glisse à peu près bien dans ma longue chevelure épaisse car pour tout arranger j'ai les cheveux épais et soudain le sursaut le cahot et voilà la brosse emmêlée et de toute part ligotée dans mon abondante crinière. « Ne tire pas ! » s'affolait ma mère. Mais je ne tirais pas. Pas du tout.

*Ça* tirait.

Je suppliais entre deux cris de rage et deux crises de pleurs Maman coupe-moi les cheveux s'il te plaît je ne peux pas aller chez le coiffeur aucun coiffeur ne voudra me coiffer faut pas rêver mais toi Maman TOI tu peux le faire TOI s'il te plaît je m'en fous si tu le fais mal je m'en fous de ressembler à une tête-de-loup coupe-moi les cheveux. Elle secouait la tête elle disait « Mais, ma pauvre chérie, couper les cheveux c'est un métier, moi je ferais n'importe quoi. »

Ne m'appelle pas ma pauvre chérie.

« Tu as raison, ma pauvre chérie. Mais tu comprends ce que je veux dire. Ce serait un massacre ! Un vrai gâchis ! Toi qui as de si beaux cheveux ! Tu imagines, la catastrophe, si tu te retrouves pleine d'épis ? »

Elle n'osait pas ajouter *déjà que* mais je l'entendais très bien et très distinctement. Et tous les matins tous les soirs c'était la séance de torture. Ne tire pas ! Je ne tirais pas.

*Ça* tirait.

À quatorze ans je suis allée chez le coiffeur ma mère ne me coiffait plus depuis longtemps je me coiffais moi-même et je me faisais mal je piquais des crises abominables chaque matin dans la salle de bains la douleur ça rend fou surtout ces petites douleurs irritantes obsédantes Insupportables en vérité parce qu'on ne peut y opposer aucune bravoure aucune dignité. On peut prendre sur soi dans les grandes déroutes mais quel pauvre combat quelle pitoyable guerre une brosse prisonnière de cheveux emmêlés sur lesquels on s'acharne on insiste et on tire Sale Pute Tout ça pour récolter une poignée de crins tellement étirés qu'ils semblent amincis après s'être arrachés. Un jour en sortant du collège j'ai découvert un salon de coiffure au hasard d'une rue que je ne prenais jamais un petit salon désert pas une seule cliente une aubaine je n'ai pas hésité j'ai poussé la porte d'un coup je l'ai poussée comme on saute à pieds joints du plongeoir de cinq mètres et j'ai vu arriver une grosse dame noire de l'âge de ma mère avec des joues en pleine lune Elle m'a dévisagée comme font tous les gens mais sans le rire qui va avec ni la gêne ni l'inquiétude. De la surprise uniquement. J'ai dit Est-ce que vous voudriez bien me couper les cheveux s'il vous plaît Je l'ai dit sans respirer sans laisser de place aux parasites à la friture sur la ligne à tout ce qui vient se greffer tout le temps au milieu des mots importants. J'ai dit Je reviendrai vous payer tout à l'heure je n'ai pas d'argent sur moi et j'ai reculé aussitôt de deux pas quelle idiote d'avoir dit ça j'ai failli partir en courant c'était vrai je n'avais pas un centime il fallait être folle pour croire qu'elle allait accepter Un coiffeur qui coifferait sans se faire payer faut pas rêver Ta Ta Tadaaaa. De toute façon même si je n'avais rien dit elle aurait refusé et comment lui en vouloir ce n'était même pas une question d'argent c'était seulement impossible de couper les cheveux à quelqu'un comme *moi*. La coiffeuse a souri a dit « Pani pwoblem ! J'ai encowe le temps avant le pwochain wendez-vous. » Elle m'a montré les bacs de lavage, « Vini là, zandoli ! » j'ai dit Non non ce n'est pas la peine non pas la peine non je me suis fait un shampoing ce matin Ce n'était pas un pwoblem pour elle. Elle m'a fait signe de m'asseoir dans un des fauteuils roses en face d'une glace prête à me refléter et c'était difficile parce que j'ai beau faire j'ai beau faire je dois dire que je ne m'y fais pas. Je lui ai dit sans me regarder Il faut tout couper vous voyez tout couper court très court très très court s'il vous plaît. J'ai ajouté Je ne veux plus jamais de brosses ni de peignes vous comprenez tant pis si je ressemble à un rat je m'en fous. Elle a ri elle a dit « Asé dit bétizzz, alé-alé, té jolie comme un cœuw. »

Plus tard pendant qu'elle sortait son petit matériel rasoir ciseaux de coupe ciseaux à effiler je lui ai demandé ce que c'était qu'un zandoli elle m'a répondu un petit lézard vert qui vit en Martinique et j'étais habillée tout en vert ce jour-là. Elle a mis deux heures à me coiffer deux heures en prenant tout son temps avec beaucoup de calme une douce langueur pas comme celles qui vous coiffent à grands gestes brutaux comme si elles vous en voulaient d'avoir des cheveux sur la tête. Une cliente est entrée puis une autre et une autre et toutes elles étaient noires et rondes et placides les seins comme de gros fruits mûrs les hanches ouvertes en berceau en nacelle les fesses callipyges des corps faits pour l'amour et pour l'enfantement faits pour les abandons sensuels les joyeuses fêtes charnelles et moi je me sentais maigrichonne pâlotte étroite et jeune tellement jeune et complètement secouée dans tous les sens du terme mais aucune d'entre elles n'a fait de réflexion.

Ni murmures ni chuchotis ni les yeux comme des soucoupes. La coiffeuse expliquait à chaque nouvelle cliente que je ne voulais plus jamais de brosse ni de peigne ça les faisait rire aux éclats mais pas rire de moi elles riaient joyeusement de complicité féminine elles secouaient la tête elles disaient que Ça, ça, c'était vwaiment une twès bonne idée que si elles s'écoutaient Ayayay elles aussi elles fewaient tout couper et elles montraient leur chevelure en petits ressorts ondulés leurs cheveux de mousse au café elles feraient tout enlever alé-alé plus vite que ça. Et vive les chivé-léta ! La coiffeuse riait aussi me traduisait chivé-léta les cheveux de l'État. L'État français qui pourvoie tellement bien aux choses inutiles. Chivé-léta les faux cheveux les rajouts. Se raser la tête mettre de faux cheveux une perruque voilà ce que ma mère aurait dû faire m'acheter des cheveux qui ne font pas mal quand on les peigne des cheveux qu'on enlève le soir et je lui en voulais de ne pas y avoir pensé je lui en voulais en regardant tomber autour de moi tous ces longs serpents noirs de ma crinière épaisse toutes ces boucles brillantes ces cheveux détestés qui m'avaient provoqué tellement de maux de tête de douleurs de larmes de rage. Et par chance car la vie a quelques ironies une fois mes cheveux disparus j'ai découvert que j'avais un crâne bien rond bien régulier je ressemblais à un petit garçon ravissant aux traits fins. En fait j'étais jolie je ne le savais pas pour le savoir il aurait fallu que je me regarde en face et c'était au-dessus de mes forces. Toutes les dames ont applaudi elles m'ont serrée dans leurs bras sur leurs seins sur leur *coeuw* elles m'ont claqué les joues de leurs bises sonores « Lala, la bel tifi ! Le joli zandoli ! » je n'aimais pas trop ça mais c'était une expérience troublante et très inattendue très nouvelle pour moi car personne jusqu'à Freddie personne même pas ma mère ne me prenait jamais dans ses bras par peur de me faire mal sans doute en ce qui la concerne. Par peur tout court dans tous les autres cas. Au milieu du salon de coiffure passée de bras en bras par toutes ces déesses de la fécondité beaux culs proéminents larges seins fermes et souples ces femmes de Rodin passées au brou de noix voluptueux Renoir chocolat des Antilles j'étais un lutin pâle un elfe délicat avec du velours sur la tête ça me faisait des yeux d'un bleu sombre et immense je me sentais étrange et belle Belle pour la première fois Et quand je suis arrivée chez moi j'ai voulu faire une blague à ma mère j'ai sonné au lieu d'entrer comme d'habitude en appelant Maman c'est moi Pour le cas improbable où elle ne m'aurait pas déjà identifiée pendant que je montais l'escalier J'ai sonné Elle est venue m'ouvrir elle a dit *Oui ?* le temps de me reconnaître ce qui a pris moins de deux secondes car la friture sur la ligne s'est déchaînée Ouh-Ouh-Ah-Ah comme jamais à ce moment-là. Ma mère est devenue une statue de marbre rien à voir avec les Rodin une froide statue lisse et blanche avec quelques fissures quelques lignes de fractures de petites fêlures autour des yeux et enfin elle a dit *C'est toi ?* Elle a dit ça d'une voix basse un murmure un chuchotement un souffle d'incrédulité C'est *toi* ? Toute ma joie s'est envolée je me suis sentie ridicule elle était belle ma révolte et forte mon action d'éclat je me voyais par soubresauts dans le miroir de l'entrée mon crâne de moineau ma tête quasiment chauve une vraie cancéreuse à la fin de sa chimio quand ça repousse en duvet serré et je crois bien que j'allais pleurer lorsqu'elle m'a dit d'une voix douce Que tu es jolie ! Ça te va si bien ! et je me suis souvenue de plein fouet ce que ça fait d'aimer sa mère.

Pour aller chez la dame de l'annonce je passe une robe légère je ne coiffe pas mes cheveux. Un coup de main la paume à plat ça remet le velours dans le sens de la fibre je n'ai plus ni brosse ni peigne depuis ce jour béni de la coiffeuse martiniquaise plus de cheveux tirés de colères de larmes. Tout va bien de ce côté-là. De ce côté-là pani pwoblem. Je ne me maquille pas non plus se maquiller c'est un grand risque un risque de pinceau dans l'œil d'eye-liner baveux façon gothique saoule de fond de teint passé en crépi à l'ancienne c'est un risque de blessure peut-être de grotesque certainement. Pourquoi se maquiller comme dirait Freddie « Tu es belle comme tu es, ma crevette ! » mais Freddie est un homme les hommes ne voient pas les hommes ne voient jamais les détails J'en ai fait plusieurs fois l'expérience Je mets la main sur les yeux de Freddie le soir au moment de se coucher alors qu'il m'a vue passer et repasser devant lui depuis le matin huit heures trente alors qu'il m'a vue m'agiter casser une ou deux choses alors que j'ai occupé son espace visuel sonore et affectif son espace physique Je mets ma main sur ses yeux je lui demande comment j'étais habillée aujourd'hui Et réponds-moi sans réfléchir. Ça le confronte à ses limites. Ou aux miennes je ne sais pas. Freddie me trouve belle parce qu'il ne me *voit* pas il m'estime au jugé il a une vue d'ensemble. Certains jours je me plains que je me trouve affreuse Tu as vu la tête que j'ai les cernes sous les yeux et puis tous ces boutons et puis ci et puis ça et mes hanches et mon bide et mes fesses et mes seins et je lui fais la liste de tous mes cataclysmes. Freddie me regarde alors avec plus d'attention on dirait qu'il me scrute et je regrette aussitôt mes litanies mes plaintes je tremble je me dis qu'en me regardant trop bien il me verra peut-être et ce sera ma faute si je lui ai ouvert les yeux mais non. Pas de danger. Il hausse les épaules il répond « Tu te fais des idées, ma crevette. » Il réitère son amour C'est moi qu'il aime et pas une autre il m'aime avec ce que je suis mes seins *qui* ma peau *que* Il m'aime parce que je suis *moi* et lorsqu'il a dit ça il passe à autre chose et dans ces moments-là ces moments seulement je me réjouis de savoir que même en me considérant avec toute la concentration dont un homme est parfois capable le résultat sera qu'il hausse les épaules et passe à autre chose et qu'il me trouve belle c'est le plus important. Je me suis convaincue que Freddie a raison. Je m'en suis convaincue parce que ça m'arrangeait. Pourquoi mettre du fond de teint pour aller faire des ménages une ou deux heures par semaine c'est selon chez une dame que je ne connais pas à supposer qu'elle veuille bien de moi. Pourquoi mettre du fond de teint j'ai vingt-neuf ans je n'ai pas d'autres rides que celles du sourire car je souris je ris avec Freddie bien sûr Mais si un jour Freddie s'en va si Freddie n'en peut plus de moi ni de tout ce Bordel de Pute si Freddie part me quitte s'éloigne pour toujours. Les rides d'expressions sont des pages marquées des pages pliées de l'ongle dans le coin des regards. Les pages que la vie nous laisse pour mémoire. Si Freddie s'en allait il prendrait tous mes rires je n'aurais que mes rides pour m'en ressouvenir.

Je mets une robe puisque.

Je ne me coiffe pas parce que.

Je ne me maquille pas car.

Je prends mon sac à dos J'Ouh-ouh-ouvre la porte et dehors il fait beau.

Sur le trottoir je croise Tonton qui me fait un clin d'œil salace siffle comme un voyou « Où tu vas comme ça, pépette ? Tu es bien belle ! Freddie est pas jaloux ? » Je m'arrête on s'embrasse Tonton sent le poisson Un métier difficile de faire les marchés Tonton dit qu'il arrive un moment où ça devient vraiment dur se lever à quatre heures pour aller se geler ou se cuire sous un petit parasol ouvert à tous les vents. Parfois je l'aide un peu Porter des caisses Monter ou démonter l'étal ou décharger la camionnette. Découper écailler ça ce n'est pas pour moi j'y perdrais tous mes doigts Enculé C'est tant mieux Je n'aurais pas aimé faire ce métier-là toute la journée les mains dans des tripes de poissons ouvrir vider racler les écailles sourire *Je vous mets la tête à part si vous avez des chats* Ta Tadaaaa je n'aurais pas aimé du tout faire ce métier-là. Tonton n'aime pas non plus « Mais faut manger pépette, on ne peut pas vivre de l'air du temps. » Tonton est honnête je suis payée chaque fois au moment de partir je rapporte toujours un petit cadeau pour le repas de midi crevettes grises darnes de saumon filets de lieu petits rougets barbets fragiles qui ne se conservent pas il faut les manger vite Je connais Tonton depuis que je me suis installée dans le quartier J'aime aller au marché tôt le matin à l'ouverture L'heure des mamies des chibanis et puis j'aime le poisson La première fois que je suis venue ici je m'en souviens Un peu tendue nerveuse comme toujours dans les lieux nouveaux encombrés par la foule et soudain Ta Tadaa le chambard qui commence tout le corps agité Les insultes qui sortent de ma bouche malgré moi les Bordel de Pute Enculé clamés devant le stand de Tonton qui se bat à l'instant même avec des bourriches d'huîtres et des casiers de crabes mal arrimés en train de glisser de la camionnette Tonton qui m'apostrophe « Au lieu de gueuler tes conneries, tu peux pas venir m'aider, plutôt ? Tu vois pas que je m'emmerde, là ? » Trop heureuse d'avoir quelque chose à faire D'échapper au piège de la travée centrale je me glisse derrière l'étal je file un coup de main pour décharger le reste. Plus tard quand on se connaît bien, Tonton me dit « Je voyais bien que ça n'allait pas fort. Je me suis dit que de t'occuper les mains ça te débrancherait la tête. » Ceux qui ont ramé sur les galères s'y connaissent en galériens. Passé le premier choc de son allure générale Tonton est une âme sincère rien de pourri dans son gros cœur. Tonton n'a pas choisi de vivre cette vie La seule chose qui l'intéresse c'est la sculpture sur métaux. Dans son hangar Tonton engendre une faune étrange et folle Créatures échappées de foires galactiques aux yeux énormes et tendres.

« Où tu vas comme ça, pépette ? » vient de me demander Tonton Je vais à un rendez-vous je dis « Ah Ah, un rendez-vous d'amoureux ? » Mais non arrête un rendez-vous pour du travail. Un petit boulot pas plus. Rien de très flamboyant. « Et alors, qu'est-ce que ça peut faire ? Le boulot c'est du boulot… C'est respectable, au moins ? » Tonton parle comme un charretier Tonton claque sa paye au loto au tiercé Tonton a fait de la prison pour coups et blessures dans un bar une bagarre avec un type bourré qui avait eu des mots malheureux baston du samedi soir à coups de bouteilles cassées sur le bord du comptoir comme on voit dans les films c'est de là que lui vient sa jolie cicatrice en fossette au milieu de la joue. Trois mois de taule pour avoir aggravé son cas en mettant un coup de boule au flic qui voulait l'arrêter mais Tonton veut du *respectable*. Que je ne m'avise pas Moi que je ne m'avise surtout pas de vouloir marcher hors des clous. Je rassure Tonton je lui parle de l'annonce. « Ah, ça, c'est bien, pépette. Du ménage, ça, c'est bien. Mais ne te fais pas arnaquer. Tout travail mérite salaire. Sinon, t'aurais pas un moment de libre, des fois, vendredi ? J'aurais besoin d'un coup de main, si tu pouvais passer vers six heures ? »

Je dis oui OK je repars je marche lentement tout en me concentrant sur ma respiration Inspirer expirer par le ventre faire le vide dans sa tête toutes ces stratégies apprises pour tenter de calmer le stress. L'immeuble du rendez-vous est à deux cents mètres c'est encore trop près j'aurais voulu qu'il soit à dix à trente kilomètres j'aurais voulu que le rendez-vous soit demain dans un mois que le rendez-vous n'existe pas car plus je m'approche du 57 rue des Soupirs plus je comprends à quel point mon espoir est stupide. Comment ai-je pu croire un seul instant un seul que ce travail est pour moi faire du ménage ranger faire la poussière sur tous les bibelots. Des *bibelots* C'est tellement risible j'ai envie de vomir Si je suis embauchée s'il y a de la casse non non il ne faut pas dire *s'il y a* de la casse *il y aura* de la casse comment faire autrement que se passera-t-il. Je devrai rembourser les verres les assiettes les vases en porcelaine les pièces de collection en cristal de Bohême. On n'est pas employée de maison pour faire des dégâts et si c'est le cas on vous retient ça sur les gages comme on disait avant dans les maisons bourgeoises *Ce sera retenu sur vos gages ma fille*. J'ai des visions d'employeuse en colère de voisins attroupés pauvre fille abrutie elle est cinglée ou quoi casser des bibelots en cristal de Bohême. Sûrement une *psychopathe*.

Je pratique à fond la vision positive je vais avoir ce travail ça se passera bien et peu à peu au fil des jours par un incroyable miracle le chahut se calmera la friture sur la ligne ne sera bientôt plus qu'un mauvais souvenir. La chance va enfin tourner c'est-à-dire se tourner vers moi au lieu de me snober Salope les bras croisés fermés depuis que je suis née. Et comme la pensée court car la pensée est libre rien ne saurait la retenir elle peut sauter d'un sujet à l'autre plus vite que le son la lumière Cherchez un moyen plus rapide que la pensée pour voyager il n'y en a pas. Au moment où je pense à cette chance que je prétends n'avoir jamais eue je revois Freddie ce matin au réveil son bras passé tout autour de mon ventre autant pour me faire un câlin que pour éviter de prendre une mandale au réveil Ce genre de plaisanterie est déjà arrivé Freddie collé à moi serré parce qu'ainsi maintenue dans ses rets je perds en amplitude. Difficile de lui mettre un coup de poing De genoux dans les Bref Je repense à Freddie qui ne lâche pas ma main me nargue me provoque mais qui est tout le temps là pour essuyer mes larmes et je ne peux même pas en dire autant je ne suis pas toujours si empressée pour lui essuyer ses larmes à lui. Je dois admettre que la chance la vraie je l'ai depuis longtemps et que je ferais bien de ne pas être ingrate Ma mère m'a aimée au lieu de me jeter dans la première benne dès qu'elle a compris que. J'ai trompé mon monde il faut dire. On ne se doutait de rien jusqu'à ce que j'aie trois ans hélas je ne me souviens pas de la petite fille joueuse et *normale* que j'étais. Il y a eu ma mère et il y a Freddie et quelques vrais amis et je devrais enfin réaliser ma chance je devrais en cerner un peu mieux les contours mais voilà que je suis devant le 57 rue des Soupirs et c'est en soupirant que je pousse la porte.

J'ai noté le nom l'étage troisième gauche F. Suzain. Françoise Frédérique Fabienne Fanny Florence à moins que ce ne soit Monsieur. Franck Félicien Fulbert Fulgence Ferdinand. Je monte en respirant par le ventre en soufflant par le nez calme-toi calme-toi calme-toi calme-toi tout se passera bien. C'est incroyable à quel point on peut se mentir à soi-même cette capacité de déni d'aveuglement que nous avons sur nous. Ça se passera bien ? Ah Ah Ouh-Ouh-Ouh-Ah. Il y a peu d'espoir très peu d'espoir en fait que ça se passe *bien*. De mémoire ça fait vingt-six ans maintenant que le curseur oscille de Pas terrible à Franchement détestable. Ça ne se passera pas *bien*. Sur une échelle de 1 à 10 de profondeur de merde je patauge la plupart du temps entre 5 et 9 environ. Jusqu'à la taille dans les bons jours jusqu'aux narines colmatées lorsque la marée monte monte. Et là elle monte à la vitesse d'un cheval au galop comme autour du Mont-Saint-Michel que je n'ai jamais vu mais dont je m'enfile des paquets de galettes du même nom et Freddie me remercie chaque fois d'avoir laissé des miettes pour les pigeons un peu partout sur la moquette Il dit que sans ma sollicitude ces pauvres bêtes seraient contraintes d'apprendre à ouvrir le placard. De repenser à ça me fait rire le coup part aussitôt dans le mur Enculé. Je m'érafle le dessus de la main et encore et encore avec des petits cris de douleur ridicules Et allez encore une fois histoire de bien m'abîmer les phalanges. Un geste brusque en amène un autre souvent le même ça peut se répéter trois fois dix fois Un vrai ressort comique on devrait me filmer. Je peux toujours chercher à me convaincre mais

Non décidément ça ne se passera pas *bien*. Je m'applique à visualiser ma fuite précipitée course éperdue dans l'escalier en essayant de garder l'équilibre de ne pas m'étaler comme une bouse parce que ces temps-ci c'est coton je suis dans ma période boxe thaï coups de pied coups de poing à tous vents Tadaaaa. En revenant à la maison je me promets déjà de faire un feu de joie avec tous les bouquins de développement personnel de Freddie toutes ses revues de merde qui font croire au bonheur Ouh-Ouh-Ah Enculé Grosse Pute Salope.

Je n'ai pas le temps de sonner Madame F. Suzain m'a certainement entendue arriver ça n'a rien d'étonnant et lorsqu'elle m'ouvre en grand j'en suis à Grosse Pute Salope.

Difficile après ça de sourire normalement.

# II
# PLÂTRE

## Lundi 26 juin 19 h 37

La jeune femme est passée, j'en suis encore toute chamboulée.

Elle s'est montrée tout à fait ponctuelle, là n'est pas la question. Je l'attendais dans l'entrée depuis 18 h 05, soit dix minutes avant l'heure. Je sais que le docteur Borodine froncerait les sourcils, si je le lui avouais. Il ne cesse de me demander d'être moins obsédée par ce genre de détails. « Avant l'heure, ce n'est pas l'heure, madame Suzain ! » comme il le dit si bien.

L'autre jour (je ne sais toujours pas ce qui m'a pris, j'ai parfois de ces rébellions !) je me suis entendue lui rétorquer tout à trac « Après l'heure non plus ! » et j'ai eu le sentiment de lui river son clou, tout docteur Borodine qu'il est.

Je ne déteste pas me sentir comme une petite fille prise en faute, lorsqu'il pose sur moi son regard charbonneux, mais cela n'a qu'un temps. Je ne suis pas indifférente à son charme, c'est entendu, (je rougis à la pensée qu'il pourrait lire ces lignes un jour, même si je sais pertinemment que ça n'arrivera pas) (je crois bien que je le regrette), ceci dit j'ai parfois le sentiment qu'il me juge un peu immature, qu'il agit avec moi comme si je n'étais qu'une adolescente empotée.

Une grosse idiote, disons le mot.

J'ai soixante-seize ans depuis le 1er mars, j'estime avoir l'âge de dire ce que je pense et de vivre comme il me sied. Et s'il me plaît, à moi, d'être attentive aux détails, et à cheval sur les horaires, je ne serais pas loin de penser qu'après tout cela me regarde et que c'est mon problème.

J'entends déjà Josiane :

« Exactement, ma chérie : c'est ton *problème*, justement ! »

Eh bien, je suis désolée, mais je trouve que la ponctualité est une politesse élémentaire qui fait de plus en plus défaut dans les rapports humains.

Pour ma part – et loin de moi l'idée de me citer en exemple – je n'imaginerais pas un seul instant être en retard à moins, bien entendu, d'avoir à présenter une excuse solide à la personne qui aurait eu à m'attendre. De la même façon, je mets toujours un point d'honneur à être prête et disponible pour accueillir quelqu'un à qui j'ai moi-même fixé un rendez-vous. Je ne vois pas ce qu'il y a de rigide, ni d'obsessionnel, là-dedans.

Vraiment pas.

« Oui, mais est-ce que tu es vraiment obligée d'attendre dans ton entrée dix minutes avant l'heure, un œil fixé sur la montre et l'autre sur la porte, au risque de te retrouver affligée à jamais d'un strabisme divergent des plus disgracieux ? » me dirait sûrement Josiane, avec son petit rire un peu désagréable.

Je ne dis rien sur sa moustache, qu'elle laisse mon strabisme en paix.

## Lundi 26 juin 20 h 53

Je suis très en retard, je viens tout juste de préparer le repas de Mylord, le pauvre poulet n'en pouvait plus. Ces temps-ci il est fou des pâtes alphabet, il m'en réclame tous les jours. Ce soir, je lui avais prévu un steak tartare, car la vétérinaire m'a demandé d'insister sur les protéines. Ce petit diable a trottiné joyeusement jusqu'à son assiette (manger est toujours une fête pour lui). Il allait attaquer son repas lorsqu'il s'est ravisé brusquement puis m'a regardée d'un air de reproche. Je n'ai eu aucun mal à traduire.

Heureusement, les pâtes alphabet cuisent en cinq minutes. J'avais tellement hâte de relater mon rendez-vous avec la jeune femme que j'avais oublié de les lui préparer. J'étais pressée au point que je n'ai même pas pris le temps d'écrire son nom sur le bord de l'assiette (M.Y.L.O.R.D.) ni de rester auprès de lui pendant son repas.

Pendant que j'écris, ce glouton mange bruyamment, c'est sa petite musique du dîner, comme je dis toujours. Pour la musique de chambre, c'est encore autre chose, le pauvre bouchon est plein de flatulences et me fait des concerts jusque tard dans la nuit.

Il mange sans respirer, relève la tête, m'observe depuis sa place et je peux lire une intense surprise dans son œil rond, si expressif. Comment ? Ma maîtresse ne vient pas faire ses mots croisés à côté de moi pendant que je mange ? Que se passe-t-il donc ?

Pauvre Mylord. Je me ferai pardonner tout à l'heure, je sais comment lui faire plaisir : il aura le droit de s'asseoir sur le canapé, sur son petit coussin orange, et nous regarderons ensemble pour la énième fois *L'Âge de Glace 2*, qui est de loin son film préféré, surtout la scène dans laquelle Scrat fissure le glacier. Il faut avouer que c'est drôle.

Ce qui n'était pas drôle, par contre, c'était le rendez-vous avec cette jeune femme. Ça, non.

Alors que je patientais dans l'entrée, pour ne pas faire attendre cette personne lorsqu'elle viendrait sonner à ma porte, j'ai été alertée à 18 h 11 par un vacarme inhabituel dans l'escalier. Vacarme serait peut-être un grand mot pour certains mais dans un immeuble aussi calme, tout manquement à la tranquillité est ressenti avec vigueur.

J'ai donc entendu des bruits monter vers moi depuis le rez-de-chaussée, des éclats de voix, des aboiements. Je me souviens avoir pensé : Comment ?! Elle a osé venir avec son chien ?!

Lorsque le tapage a atteint mon palier, j'ai ouvert aussitôt, l'estomac à l'envers et la sueur aux tempes, tellement je craignais que cette jeune femme n'ameute tout l'immeuble et plus particulièrement mes voisins de palier, monsieur et madame Piquet, qui ne brillent pas par leur tolérance. Devant ma porte se tenait une demoiselle maigrichonne aux cheveux bien trop courts. Elle semblait très agitée. Je n'ai vu aucun chien.

La jeune femme m'a regardée et m'a dit, non, elle m'a crié des choses si vulgaires que je ne peux pas les répéter. Je ne suis même pas certaine de m'en souvenir.

Grosse P..., S... ! Il me semble. Et le pire, c'est qu'ensuite, elle m'a souri comme si de rien n'était.

J'étais tellement choquée que je lui ai claqué la porte au nez, au mépris de toute politesse, et d'autant plus vite qu'au même instant elle tentait de m'asséner un coup de poing au visage, ce qui fait que ma porte blindée s'est lourdement refermée sur son bras droit.

Je l'ai entendue glapir. On l'aurait fait à moins.

J'ai hésité entre courir téléphoner à la police ou m'appuyer de toutes mes forces sur la porte, comme dans les films d'horreur lorsque les morts-vivants cherchent à s'introduire dans la chambre que le dernier survivant du désastre nucléaire n'a pas eu le temps de barricader correctement. Je me suis dit en un éclair que le temps que je trouve mon téléphone, elle n'aurait aucun mal à entrer à ma suite pour m'égorger de son bras valide avant de me cambrioler et de tuer Mylord. Par contre si je continuais ainsi à forcer de tout mon poids – qui, pour une fois, me semblait très utile – sur ma porte blindée (neuf points), je risquais tout bonnement de lui sectionner le bras, et de le voir tomber sur le plancher de l'entrée, ce qui serait, me semblait-il, une réponse tout à fait hors de proportion avec la réalité de l'attaque. Une bordée de jurons, aussi sales soient-ils, ne saurait mériter l'amputation d'un membre.

Ou de la langue, alors ? Éventuellement ?

Soudain j'ai entendu un silence abyssal. Josiane me dirait que l'image est un peu galvaudée, (même si je ne suis pas sûre qu'elle connaisse ce mot). Mais qui d'entre nous n'a jamais eu cette sensation physique, lorsqu'un bruit cesse brutalement, d'entendre le silence qui suit (qui, dans ce cas précis, n'était pas du Mozart).

Je me sentais au bord de la crise d'angoisse. Et, bien entendu, je n'avais pas le moindre sac en papier à portée de la main pour respirer dedans afin de diminuer le taux d'oxygène dans mon sang et ainsi réguler les battements de mon cœur (procédure de routine). Fort heureusement j'avais pris mon Zenocalm et un demi-Placidon en avance, en prévision de ce rendez-vous, sinon toute cette affaire aurait très mal fini. Le docteur Borodine a beau me répéter que l'on n'a jamais vu le moindre spasmophile décéder d'une attaque de panique je sais bien, moi, à quel point je me sens près de mourir, chaque fois que ça me prend.

Après quelques lentes respirations je me suis raisonnée et me suis convaincue peu à peu qu'il me faudrait ouvrir malgré tout, quitte à me mettre en danger. Pour tout avouer, je craignais d'avoir tué cette jeune personne. C'était improbable, bien sûr. On ne meurt sans doute pas plus d'une porte rabattue sur le bras que d'une crise d'angoisse. Très improbable, donc, c'est entendu. Pas impossible, toutefois. Quand on sait comment les évènements les plus imprévisibles peuvent nous tomber dessus, parfois… Dire que mon pauvre Mylord a failli mourir d'un infarctus parce que je lui avais marché sur une patte. La patte arrière gauche. Pauvre, pauvre bébé. Pourtant Dieu sait que je suis attentive, je prends toujours mes précautions, je connais sa mauvaise habitude de débouler sans prévenir dans mes jambes.

Mais si je ne vois pas mes propres pieds, comment pourrais-je voir les siens ? Un jour, c'est moi qui tomberai de tout mon long, patatras, et personne ne me relèvera. Pas Mylord, en tout cas. Pauvre petit bouchon.

Alors que j'essayais de retrouver mon calme, je ne pouvais m'empêcher de penser que pour se montrer aussi agressive envers moi sans aucune raison, cette jeune femme devait être sous l'emprise d'une drogue quelconque, ce qui peut fragiliser le cœur, je me souviens d'avoir vu quelque chose là-dessus dans une série américaine qui se passait dans un hôpital. La douleur occasionnée par ma porte se refermant sur son bras aurait peut-être causé un choc fatal à un être débilité par la prise de substances toxiques. Car cette porte est lourde, elle est de qualité. On me l'a changée il y a moins de trois ans, après que la boulangère a été cambriolée. Il s'est avéré par la suite que le cambrioleur n'était autre que son propre mari, à qui j'aurais mieux fait d'envoyer la facture, car elle était salée, je m'en souviens encore.

Josiane m'a assez répété que cette porte était une dépense inutile, que c'était une vraie folie, *qu'elle allait me coûter un bras*. Elle ne savait pas alors combien sa réflexion serait à la fois pertinente et prémonitoire.

Collée le dos à la porte comme une patelle sur son rocher, je me disais que cette jeune femme allait se vider de son sang sur mon paillasson neuf. Elle allait mourir là, par ma faute. On viendrait m'arrêter. Le docteur Borodine témoignerait aux assises, bien sûr, le cher homme, car je sais qu'il éprouve de l'estime pour moi. Grâce à son éloquence, tous les jurés seraient bouleversés (les femmes surtout). À la fin, je serais probablement relaxée, avec toutefois un sursis mérité, assorti d'une interdiction de reclaquer les portes.

J'en avais les yeux tout humides.

Je n'entendais rien sur le palier. Le bras de cette jeune femme pendait toujours de mon côté, quand son corps était (je le supposais tout du moins) resté de l'autre. Je contemplais d'un air hagard, probablement un peu stupide, cet avant-bras coincé, cette main droite inerte. Une main de zombie, qui allait peut-être s'animer soudain d'une vie propre, se détacher elle-même de son bras comme un fruit tombe de sa branche, et me courir dessus comme une grosse araignée. Je ne sais pas si j'ai des illusions romanesques, comme le dit si bien le docteur Borodine, mais j'ai de l'imagination à revendre, c'est certain. Une imagination qui m'empoisonne la vie, lorsqu'elle m'occasionne des idées si horribles car, maintenant que j'avais pensé à cette ridicule histoire de main courant sur la moquette, je croyais presque la voir et il m'a fallu me pincer, au sens propre, pour revenir enfin à la réalité.

Par moments je me demande si le Placidon ne m'énerve pas davantage qu'il ne me fait de bien. J'ai lu dans les effets secondaires qu'il peut occasionner des hallucinations. (Je ne devrais jamais lire ce qui concerne les effets secondaires, ils sont tellement épouvantables qu'ils suffisent parfois à me faire vomir, mais c'est plus fort que moi, je ne peux pas m'en empêcher. Je les lis, et je pleure.) Pourtant, la Réalitine (l'anti-hallucinant que je prends le matin) est censée prévenir ce genre de désagréments, ainsi que les autres effets secondaires agaçants du Placidon, tels que la chute des cheveux, le reflux gastrique, la nécrose des reins et le décollement de la peau sur toute la surface du corps.

Je devrais peut-être en prendre deux ? Il faudra que j'en parle au docteur Borodine. Même s'il n'est pas généraliste il doit quand même être au courant.

Finalement, je me suis décidée à ouvrir cette fichue porte. J'étais déterminée à appeler au secours de toute la force de mes poumons si cette jeune femme tentait quoi que ce soit. Tant pis pour les Piquet, ils en seraient bons pour aller placarder un de leurs mots vengeurs sur la porte du hall. Je n'allais pas me laisser égorger bêtement comme un agneau du sacrifice, sans le plus petit bêlement, au prétexte de ne pas troubler la tranquillité de l'immeuble. Je hurlerais si nécessaire. Le docteur Borodine me l'a assez seriné : « Ne vous effacez pas toujours devant le reste du monde, madame Suzain ! Vous avez le droit d'exister, vous aussi, malgré tout. »

J'ai ouvert.

La jeune femme a aussitôt récupéré son avant-bras (je ne sais pas comment l'exprimer autrement) qu'elle a serré contre elle sans rien dire. Elle m'a paru d'une telle fragilité que je me suis surprise à ressentir bien malgré moi une émotion singulière, en la voyant ainsi prostrée. Toutes proportions gardées, c'était le même sentiment que j'avais éprouvé en voyant mon Mylord s'écrouler comme une masse sur le plancher.

Quand j'y repense… Encore heureux que ce n'ait pas été un danois, tomber de sa hauteur lui aurait été fatal.

*N.B. : Penser à revenir avec le docteur Borodine sur le parallèle incongru que j'ai fait entre une empathie somme toute irraisonnée envers une étrangère, et la compassion naturelle éprouvée envers mon Mylord, quand il m'a fait son malaise cardiaque.*

La jeune femme était secouée de tremblements. J'ai noté sa pâleur, le bleu énorme sur son bras, son regard affligé mais calme, qui contrastait étrangement avec ses mouvements spasmodiques. Je me suis dit que c'était peut-être une sorte de crise d'épilepsie ou qu'elle était en manque ou je ne sais trop quoi. Je me suis pourtant sentie touchée, oui, touchée. Je le note car le docteur Borodine accorde une grande importance à l'expression des sentiments. Il considère que tous nos maux viennent de notre incapacité à évacuer nos douleurs et nos peines. Alors oui, je le dis, je me suis sentie touchée, un peu coupable également, même si, tout bien considéré, je n'avais refermé ma porte que sous le coup d'une violente émotion due à ses insultes, d'une part, et pour éviter de recevoir en pleine figure le coup de poing qu'elle me destinait, d'autre part. Je défie quiconque de ne pas agir de la même façon dans des circonstances identiques.

Toujours est-il que j'étais tracassée. Évidemment, Mylord, qui est une vraie commère, s'était empressé de venir voir, et il en profitait maintenant pour chercher à sortir. Je tentais de l'en empêcher en le bloquant avec ma jambe, sinon ce petit monstre s'échappe dans le hall, c'est son jeu favori. Ensuite, me voilà bonne pour descendre le chercher et le ramener à l'appartement en le portant dans l'escalier, étant donné qu'il est cardiaque et que je ne supporte pas de prendre l'ascenseur.

J'imaginais sans mal à quel point je devais être ridicule, essayant de retenir Mylord sans pour autant me résoudre à refermer la porte, coincée dans mon encadrement tel un gros cachalot piégé dans un filet, en train de considérer d'un air dubitatif cette jeune personne qui avait tout l'air d'une punk à chien, mais sans le chien. (Ni les tatouages, pour autant que je pouvais voir.)

Bien sûr, je peux expliquer tout cela posément, maintenant que je suis seule chez moi avec Mylord, assise devant mon troisième carnet, une tasse de tisane à portée de la main. Mais tout à l'heure j'étais, je dois en convenir, en proie à l'affolement le plus complet.

Josiane dirait que je suis une grosse peureuse. J'aurais aimé la voir, dans la même situation.

Mais je m'égare, quand le docteur Borodine m'a prescrit de rester concentrée sur une même chose, de ne pas m'éparpiller dans toutes les directions, voletant de droite et de gauche, me dispersant entre mille objets différents, « tel un charmant colibri dissipé ».

Un charrrmant colibrrri…

Je crois que je suis affligée du même syndrome que Jamie Lee Curtis, dans *Un poisson nommé Wanda*. L'accent russe me chavire. Son écriture aussi. J'ai appris à écrire le prénom et le nom du docteur Borodine en cyrillique.

Fiodor Borodine : Фёдор Бородин

Fiodo*rr* Bo*rr*odine…

Que cette langue est belle à entendre et voir.

Pour Fiodor je ne suis pas très sûre de la façon dont cela s'écrit, il semble qu'il y ait plusieurs variantes, Fédor, Fiodor, Fyodor, qui toutes seraient issues du prénom Théodore. Mais bon, je ne suis pas cyrilliste, après tout. D'ailleurs je ne sais même pas si le mot cyrilliste existe ou si je viens tout bonnement de l'inventer. Josiane me dirait que j'en suis bien capable.

Je ne me vois pas parler de ça avec le docteur Borodine. Je ne sais vraiment pas comment il analyserait l'intérêt que je lui porte. Je ne sais pas moi-même comment l'interpréter.

L'autre jour, lorsque je suis sortie de la consultation, j'étais d'une humeur radieuse (je le suis toujours, d'ailleurs, après une séance avec le docteur Borodine, ce qui prouve bien l'effet que sa méthode a sur moi). Je me suis arrêtée à la librairie – elle est sur mon chemin – pour retirer le dernier livre que j'avais commandé, *Merveilles de la cuisine russe*. J'ai déjà une belle collection et je commence à m'y connaître en bortsch, bœuf Stroganov, golubtsy (que j'évite, malgré tout, car le chou farci ne me réussit guère), pirojki à la viande, chachlik et vatrouchka. J'en ai profité pour acheter *Cuisine traditionnelle de Russie et des Balkans* qui venait juste de paraître. Comme le libraire me demandait en souriant si j'avais des origines russes, je me suis entendue lui répondre « Par alliance, uniquement ». Je me suis dépêchée de payer et de sortir, je me suis retrouvée sur le trottoir les oreilles brûlantes et le décolleté en feu, partagée entre la honte et l'envie de rire. Par *alliance* ? Quelle mouche m'avait piquée ? J'en ai ri toute seule jusqu'à l'appartement, au point que j'ai dû raconter toute l'affaire à Mylord, qui s'en est amusé aussi, et à Josiane, qui a de moins en moins le sens de l'humour, je trouve. Mais je m'égare, je m'égare.

J'en étais au moment où j'avais rouvert ma porte, libérant du même coup le bras contusionné de cette jeune personne et où, prise d'une étrange pitié, je la contemplais en ne sachant que faire. Et c'est à ce moment précis que la demoiselle m'a de nouveau clairement traitée de Grosse P... et de S... (Je n'aurais jamais imaginé écrire cela un jour dans mes carnets intimes. Merci à l'inventeur des points de suspension.) Pourtant, elle paraissait inoffensive au point que j'aurais pu penser que j'avais tout imaginé de la scène précédente. J'étais à deux doigts de m'en convaincre lorsqu'elle a envoyé un violent coup de poing dans le mur, suivi de deux ou trois autres, identiques, avec son bras valide, tout en poussant de petits cris de douleur.

Josiane m'aurait dit de me méfier, et je sais qu'elle n'aurait jamais accordé sa confiance à une jeune femme aussi perturbée, visiblement pas très normale. Enfin, lorsque je dis « pas très normale »... On a tôt fait d'être catalogué, vraiment. Je suis prête à parier sans grand risque de perdre que certains ne me jugeraient pas très *normale,* moi non plus, même s'ils ne sauraient pas pour autant dans quel bocal me mettre. Celui des grosses ? Celui des femmes célibataires qui vivent seules avec leur chien ? Ou celui des agoraphobes ? Je ne m'en fais pas trop : vu ma circonférence, il y aurait de quoi en remplir plusieurs.

La jeune femme a cessé brusquement de frapper dans le mur, elle a levé les yeux vers moi.

J'ai demandé :

– Ça va ?

Je n'ai pas trouvé autre chose à lui dire. J'avoue que je manquais un peu d'inspiration.

Elle a dit, textuellement :

– J'ai mal au bras. Salope.

Et comme je restais un peu interloquée (mais on l'aurait été à moins) elle a ajouté, les dents serrées, qu'elle était désolée qu'elle ne pouvait pas-pas-pas s'en empêcher, que c'était le syndrome de Gilles de Wouah Wouah Wouah etc. je passe les détails, et que « si je pouvais appeler son compagnon pour qu'il vienne la chercher… ».

J'ai hoché la tête d'un air entendu, comme si tout allait de soi, pour montrer que je comprenais. Faire preuve de surprise ou manifester un intérêt malsain pour une maladie socialement gênante aurait été, je pense, des plus inélégants. D'ailleurs j'avais déjà entendu parler de cette maladie dans l'émission *Si tu veux ma place prends mon handicap*. J'aime beaucoup cette émission. Ce sont des reportages très bien faits, très intéressants, qui nous montrent des gens affligés de malheurs si atroces qu'on se sent beaucoup mieux rien qu'à les regarder. Malgré tout, même si je comprenais bien les petits soucis de cette jeune femme, qui ne cessait d'enchaîner les jurons et les Wouah Wouah, je me sentais assez proche du malaise, et les fourmillements colonisaient mes mains. Cette position ridicule, à moitié sortie sur le palier, ne me convenait pas du tout, c'était très oppressant.

J'ai mis aussitôt en pratique les conseils du docteur Borodine : savoir prendre de la distance avec les éléments perturbateurs. Le docteur Borodine a échafaudé une théorie tout à fait passionnante sur les éléments perturbateurs. Il a même écrit un livre sur le sujet, *Résister aux contrariétés*, que je me suis empressée de lui acheter, comme je le fais pour tous les autres – il en a toute une pile dans sa salle d'attente – et qu'il a aimablement assorti d'une dédicace :

« À F. Suzain,

Qui avance avec courage et détermination sur le chemin exigeant du mieux-être,

Votre bien dévoué

Fiodor Borodine »

J'aime à me souvenir que nos deux prénoms commencent un F. Je regarde souvent sa superbe écriture, élancée, harmonieuse (quoiqu'un peu illisible). Parfois, du bout de l'index, je cherche à retracer précisément ses lettres, comme si effleurer l'encre de son stylo était une façon de le (*rature*).

Donc, fidèle à l'enseignement du docteur Borodine, je me suis mise en position mentale d'opposition au stress (chapitre 3, paragraphe 8), grâce à ce qu'il a nommé respectivement la pensée résistante et la pensée incluante.

1 - Pensée résistante : me distancer.

2 – Pensée incluante : trouver un point positif qui me rattache affectivement d'une façon ou d'une autre à la source du stress.

Autrement dit :

1 : Ne pas prendre ces injures de façon personnelle, car elles ne pouvaient pas m'être personnellement destinées (pensée résistante), étant donné que nous ne nous connaissions pas.

2 : Considérer qu'une jeune femme qui aboie comme Mylord (inclusion affective) ne pouvait pas avoir que de mauvais côtés.

J'ai pris la décision d'aider cette jeune femme, quoi qu'il dût m'en coûter. J'ai parfois un courage qui m'étonne moi-même. Je suis rentrée chez moi, j'ai refermé la porte, j'ai mis la chaîne de sûreté et, une fois à l'abri, j'ai géré posément les urgences. Je crois que le docteur Borodine aurait été très favorablement impressionné. Je suis allée dans la salle de bains reprendre un quart de Placidon et me passer un gant d'eau fraîche sur le visage, puis dans la cuisine pour donner à boire à Mylord, car ce pauvre petit bout est toujours assoiffé à cause de son diabète. J'en ai profité pour prendre un carré de chocolat noir, c'est très bon pour le magnésium. Ensuite, je suis allée dans le séjour chercher mon téléphone et, enfin, je suis revenue jusqu'à la porte d'entrée au travers de laquelle j'ai demandé à cette jeune femme le numéro de téléphone et le nom de son compagnon. Il s'appelait Freddie.

Je me sentais curieusement excitée par cette folle aventure.

J'ai ajouté : « Et vous, comment vous appelez-vous ? » puisque je n'avais pas eu le réflexe de le lui demander lors de notre premier contact, quelques jours avant, au téléphone. Je n'ai pas compris sa réponse. J'ai entrebâillé la porte – en laissant la chaîne de sûreté – et je lui ai reposé la question. Elle a aboyé « Harmonie » tout en recommençant à taper dans le mur.

Comme je n'avais aucune envie de voir sortir monsieur et madame Piquet, et malgré mon angoisse, j'ai ouvert, je me suis avancée sur le palier, j'ai aidé la jeune femme à se relever, et je l'ai soutenue jusque dans mon entrée au mépris du danger car rien, si ce n'est mon intuition, ne pouvait affirmer qu'elle n'allait pas tenter une nouvelle fois de me faire du mal.

Je lui ai apporté une chaise et un grand verre d'eau. Elle m'a remercié d'un signe de tête, puis elle a bu à petites gorgées fébriles. Je n'ai fait aucune réflexion car si on prend la peine de l'essuyer à temps, ce que j'ai fait aussitôt, l'eau ne laisse pas de traces sur un plancher ciré. Ensuite j'ai appelé son compagnon, le dénommé Freddie, et je lui ai expliqué en deux mots ce qui s'était passé, en omettant toutefois de dire que si la porte s'était refermée sur le bras de son amie, j'en étais un peu responsable et, surtout, que je m'étais appliquée à la maintenir le plus fermée possible, ce qui n'avait sans doute pas amélioré les choses. Le jeune homme m'a répondu d'une voix polie et soucieuse. Pas du tout une voix de punk. Il a demandé à parler à Harmonie (puisque tel était son prénom), et comme j'avais mis le haut-parleur pour le cas peu probable – mais on ne sait jamais, comme dirait Josiane – où ils fomenteraient tous deux un guet-apens, je l'ai entendu lui dire que ce n'était pas grave, qu'il venait la chercher, qu'elle ne s'inquiète pas. La jeune femme hochait la tête, elle semblait calmée, elle n'émettait plus que de petits Wouah Wouah timides, et les injures paraissaient se tarir. Elle m'a rendu le téléphone, elle a même murmuré « Merci. » Je suis allée chercher une seconde chaise, car je n'allais quand même pas rester debout à côté d'elle, à mon âge et dans mon état, et nous sommes restées là, silencieuses (enfin, moi, car elle, de son côté, continuait de japper faiblement, ce qui semblait beaucoup plaire à Mylord), comme deux patientes qui attendraient leur tour dans un cabinet médical. À ce propos, je me demandais s'il serait judicieux ou non d'appeler le docteur Borodine. En même temps, je ne crois pas que l'hypnose soit de quelque secours, dans un cas de fracture. Je m'avance peut-être.

La jeune femme semblait plongée dans de sombres pensées, et son silence m'angoissait. J'ai horreur du silence, il me fait penser à la mort et penser à la mort, je trouve ça morbide, *morbide* étant un mot particulièrement déplaisant que l'on a par ailleurs associé au surpoids. Bref, pour briser la glace, j'ai fini par lui demander, un peu bêtement « Alors, comme ça, vous vous appelez Harmonie ? », comme si elle allait me répondre « Non, en fait je viens de changer de prénom à l'instant, dorénavant je m'appelle Germaine. »

*Alors, comme ça, vous vous appelez Harmonie ?* Quel pathétique manque d'inspiration.

Elle a hoché la tête et elle a ajouté, avec un petit sourire « Je sais, c'est ridicule-Culééé ! – quand-quand-quand on voit le résultat-Ah-Wouah-AH ! » (Je fais court) Je lui ai dit que c'était un bien joli prénom, malgré tout, et que moi-même je m'appelais Fleur, histoire d'établir une communication avec elle grâce à des éléments personnels incluants (chapitre 6, paragraphe 2). Elle a répondu que ça nous faisait au moins un point commun. Et comme je ne voyais pas lequel, elle a dit d'un air fataliste :

– Nos parents étaient visionnaires.

## Mardi 27 juin 6 h 22

Je me suis couchée tard, hier soir. J'aurais bien voulu raconter d'un seul jet toute cette soirée mémorable mais je ne pouvais plus garder les yeux ouverts, à tel point que je me suis endormie sur ma chaise et que Mylord m'a réveillée en se grattant furieusement (je crois qu'il me fait de l'eczéma). Je suis allée me mettre au lit et je me suis rendormie aussitôt. Les émotions de cette fin de journée m'avaient plus fatiguée que je ne l'aurais cru.

Je me demande également si je n'aurais pas pris deux Noctisom au lieu d'un, par inadvertance, ceci expliquerait cela. Il faudrait que je pense à prendre un pilulier, je finirai un jour par dépasser les doses. Quoique Josiane dirait que « ce n'est pas pour ce que je prends » que je risque vraiment quelque chose. Un Noctisom (un seul !) au coucher, quatre à six Zenocalm par jour, deux ou trois Sérénix, un à deux Placidon, suivant nécessité, plus la Réalitine, et le Constipax à la demande, c'est peu de chose, somme toute, en regard de l'apaisement que cela m'apporte, même s'il me semble parfois que mon esprit s'embrouille, et qu'il perd en vivacité. Ce qui n'est pas une grosse perte, plaisanterait Josiane, qui ne manque pas une occasion de me taquiner.

Je me suis levée à 6 heures. Je n'aime pas cette heure-là, je ne suis pas du matin. Je n'en apprécie le calme que lorsqu'il est ponctué des petits riens de la vie qui bruisse tout autour, les pas feutrés des voisins, le bruit assourdi de la circulation, les ronflements légers de Mylord dans sa panière... Enfin, bon, le silence et moi, je l'ai déjà écrit, la mort, tout ça, je ne vais pas rabâcher. Se répéter, ça va bien pour les vieux amis ou les vieux compagnons, avec lesquels on peut se perdre indéfiniment dans les « Tu te souviens de la fois où... ». Mais répiapiater pour soi-même, ce n'est pas bon signe, je trouve.

Quand la calebasse est fêlée, elle n'est pas loin de perdre l'eau.

Je reprends donc où je m'étais arrêtée hier au soir.

J'ai relu mon tout dernier chapitre (« Chapitre », quelle prétention ! Comme si j'étais une romancière ! Cela fait bien rire le docteur Borodine...)

À propos du docteur Borodine, j'ai rêvé de lui cette nuit, cela vient tout juste de me revenir.

Je ne me souviens pas de mon rêve, ce qui est fort dommage, mais je me suis éveillée en sursaut, tout émue, à trois heures du matin, avec le sentiment de m'être exclamée : « Vous n'y pensez pas, Fiodor ! »

C'est à se demander si je n'ai pas réellement dit cette phrase tout haut car, en m'asseyant dans mon lit, j'avais l'impression de l'entendre encore résonner dans le creux de mon oreille. À croire que c'était ma propre voix qui m'avait réveillée. Si j'ai réellement crié – ce que je crains – et vu le peu d'épaisseur des cloisons dans l'immeuble, je le saurai bientôt aux regards de monsieur et madame Piquet.

Je la connais, cette espèce de (*rature*) cette vieille (*rature*), cette fouineuse, elle va vouloir me cuisiner, mine de rien, à sa façon hypocrite. Je l'entends déjà me faire sa sucrée : « Mon mari et moi avons cru entendre des éclats de voix provenant de chez vous, l'autre nuit… Vous aviez du monde, madame Suzain ? » Madame Piquet ne parle jamais en son nom propre, elle commence toutes ses phrases par « Mon mari et moi », parfois même seulement par « Mon mari » tout court (sans mauvais jeu de mots, vu sa taille ridicule).

Je ne sais pas pourquoi, cette femme me terrifie. Lorsqu'elle m'adresse la parole je me sens comme un énorme morceau de gruyère entre les pattes d'une souris venimeuse.

J'en ai déjà parlé au docteur Borodine, qui m'a enjoint de réagir.

« Ne vous laissez pas impressionner par tout un chacun, madame Suzain. Relisez le chapitre 12 de mon dernier ouvrage "Exister malgré l'Autre". Relisez-le et, su*rrr*tout, mettez-le en application. »

C'est dit : si madame Piquet ose me poser la plus petite question, je ne me gênerai pas pour lui répondre ! Je lui dirai qu'un *ami* a passé *toute la nuit chez moi* et, pour finir, je glousserai d'un air gêné, rien que pour voir sa tête.

Quant à son mari, ce n'est pas le style à vouloir me tirer les vers du nez, il ne s'abaisserait pas à ça, même si en ce qui nous concerne pour qu'il s'abaisse à quelque chose vis à-vis de moi il lui faudrait au préalable grimper sur un escabeau, étant donné qu'il m'arrive aux aisselles. N'empêche, il me regardera de haut, comme à son habitude, ce qui est remarquable pour un homme si petit.

Mais la capacité de nuisance des gens n'a que peu de rapport avec leur envergure. Si c'était le cas, il faudrait me détruire aussitôt, je serais un péril mortel.

Si j'ai crié dans mon sommeil, ce cher monsieur Piquet en sera quitte pour aller coller sur la vitre du hall une de ses notes vitriolées qui rappellent au monde entier la morale, la politesse, et les règles de vie de la copropriété, tout cela rédigé à la deuxième personne du pluriel, faute d'oser écrire *Le roi ordonne*.

J'imagine sans mal sa prose vengeresse.

« *À l'attention de tous les occupants de l'immeuble,*

*Nous vous rappelons que pour la tranquillité de tous et le bien-être de chacun, il est interdit de troubler la quiétude de l'immeuble, de jour comme de nuit. Le présent rappel ne sera suivi d'aucun autre et tout manquement avéré à cette règle élémentaire de savoir-vivre se soldera par un appel au commissariat, sans autre préavis.* »

Les petits mots de monsieur Piquet sont toujours anonymes, même si chacun sait bien à qui les attribuer. Depuis peu, certains habitants de l'immeuble ont pris pour habitude de les signer « Le blaireau ». Je soupçonne le jeune couple du quatrième, de simples locataires, à moins qu'il ne s'agisse d'un de leurs nombreux (et expansifs) amis. Je dois avouer qu'il m'est arrivé de corriger moi-même en rouge un de ses pensums nous invitant à penser à bien *refermé* la porte du local poubelles ou priant les *résidants* de ne pas claquer la grande porte du hall.

Je tremblais de peur et d'excitation à l'idée d'être prise sur le fait, mon stylo à la main. Je crois qu'un peu de danger n'est pas pour me déplaire. C'est mon côté Mata-Hari.

Ce qui est drôle c'est que, sur le fond, je suis plutôt d'accord avec monsieur Piquet en ce qui concerne la politesse, le respect des voisins et tout ce qui s'ensuit, et que je suis passablement choquée par les dérives et manquements divers que l'on voit apparaître de plus en plus souvent. Mais je n'aime pas les justiciers de l'ombre, qui se croient investis d'une mission de police.

Ce monsieur Piquet est plus raide que son nom, à croire qu'il s'y est empalé. De plus il me bat froid depuis que Mylord lui a uriné dessus, un mercredi matin. Monsieur Piquet descendait chercher son courrier, nous en revenions justement et, pour une fois, Mylord remontait à pied (devrais-je dire « à pattes » ?) car j'avais les bras encombrés par un paquet de Blanche Porte. (Un lot de gaines ridiculement trop petites que j'ai dû leur retourner.) Lorsque nous nous sommes croisés sur le palier du premier, Mylord, je ne sais pourquoi, a baptisé le revers de pantalon de monsieur Piquet, au passage et sans préavis. Monsieur Piquet l'a très mal pris, je le conçois. Quoi qu'il en soit, et d'une, je ne lui ai pas uriné dessus personnellement, je ne vois donc pas pourquoi c'est à moi qu'il en veut, et de deux je me suis excusée. Un peu vite, c'est vrai, mais il me coinçait dans l'escalier (pour être honnête – et je le suis – de nous deux, je sais très bien qui coinçait l'autre) et je sentais arriver une crise de panique, alors que je me trouvais encore à deux étages de ma boîte de Placidon. Pire, monsieur Piquet a voulu me retenir pour me faire part en détail de son mécontentement car lorsqu'on a un chien on est censé, patati patata, ce qui est tout à fait exact, mais j'avais une urgence. Pour m'obliger à l'écouter, il a eu le malheur de me saisir le poignet. Pas d'une façon brutale, c'est vrai, mais suffisamment coercitive malgré tout pour que la panique m'envahisse aussitôt. Et, dans ces cas-là, j'en suis navrée, je ne peux supporter la plus petite contrainte. Je ne sais plus très bien ce qui s'est passé, j'ai le vague souvenir d'avoir plaqué monsieur Piquet au mur. Je m'entends encore lui crier « Poussez-vous ! Poussez-vous ! » d'une voix suraiguë et tellement angoissée qu'il aurait dû sentir que j'étais au plus mal. Malheureusement, non seulement ce vieil imbécile n'a rien compris à mon état, mais il s'est complètement mépris sur la nature de l'urgence. Comme j'ouvrais enfin ma porte, je l'ai entendu clamer à madame Benasli – du premier, porte droite, qui avait dû sortir pour voir ce qui se passait, ce qu'elle fait douze fois par jour avec une régularité d'horloge à jacquemarts – que les gens « comme moi » devraient prévoir le nécessaire, *et que les couches, ça existe* !

Bref, depuis, à chacune de nos rencontres, monsieur Piquet me cloue sur place de ses regards furieux et vaguement écœurés, sa femme me lapide à coups de grands sourires et madame Benasli m'achève, en hochant discrètement la tête avec une pénible compassion.

J'étais déjà la grosse au chien.

Maintenant je suis l'incontinente.

Tout cela ne me dit pas si j'ai crié ou non « Vous n'y pensez pas, Fiodor ! », cette nuit.

Je me demande si je peux raconter l'anecdote au docteur Borodine. Je ne voudrais pas qu'il s'imagine que je rêve de lui et que je l'appelle par son prénom. D'autant plus que c'est le cas.

Que se passait-il donc dans ce rêve pour que je m'écrie avec autant de force « Vous n'y pensez pas, Fiodor ! » au point de m'en réveiller en sursaut, le feu aux joues et le pouls chaotique. Vous ne pensez pas à *quoi* ? J'en suis réduite aux hypothèses, et ça me turlupine. Le simple fait de supposer qu'à mon âge je pourrais avoir des rêves indécents, voire lascifs, me rend terriblement honteuse. Enfin, terriblement, c'est très exagéré, mon sentiment est mitigé, je me demande même si cela ne me réjouit pas presque autant que cela me gêne. La preuve en est cette humeur anormalement joyeuse dans laquelle je me trouve depuis ce matin et dont je ne sais pas si je peux me vanter.

Donc, pour en revenir à la soirée d'hier (Fiodor me dirait que je m'ég*arrr*e enco*rrr*e), nous attendions dans l'entrée, cette jeune femme et moi, lorsque après un bon quart d'heure, quelqu'un a sonné à la porte. C'était le compagnon (le mari, le copain, l'amant ? C'est bête, on ne sait plus comment dire, de nos jours), bref, le fameux Freddie à qui j'avais téléphoné. Dieu que ce garçon est beau ! J'avoue que j'en ai été surprise, car, enfin, pour une jeune femme aussi (*rature*) (*rature*) pour une jeune femme tellement (*rature*)… Je n'essaie pas d'insinuer que lorsqu'on est handicapé il faudrait se contenter de racler les fonds de tiroir mais disons que j'ai trouvé ce garçon superbe et que je ne m'y attendais pas. Ce qui m'a d'ailleurs fait réfléchir. Je ne crois pas exagérer en disant que je n'ai jamais eu un physique facile, ce qui fait qu'en matière d'hommes je n'ai osé regarder que les soldes de saison. Et si j'avais eu tort ? Car, après tout, tous les goûts sont dans la nature. Quand on voit qu'un monsieur Piquet a trouvé chaussure à son pied, qui sait, j'aurais peut-être pu séduire un bel hidalgo au regard de braise ? J'ai toujours aimé les Ibériques (les Slaves plus encore, je le sais depuis peu). (Allons bon ! Je rougis comme une jouvencelle en écrivant cela, quelle idiote je fais !) J'ai dû me contenter de monsieur Suzain, qui n'avait de l'hidalgo que les touffes de poils noirs sortant du col serré de sa chemise blanche. Nous sommes restés mariés vingt-six ans, puis il est décédé d'une rupture d'anévrisme. S'il n'était pas parti le premier, c'est moi qui serais morte. D'ennui. Ensuite j'ai eu Duke, maintenant j'ai Mylord.

Le poil court, tous les deux.

Le prénommé Freddie s'est montré merveilleusement prévenant envers la jeune femme. Il existe donc des hommes soucieux à ce point du bien-être de leurs épouses (compagnes, copines, maîtresses ?). Monsieur Suzain n'était pas un méchant homme mais si j'avais été enlevée (par des Russes) (*Arrête !*) il aurait été incapable de brosser mon portrait-robot. Lorsqu'il parlait de moi – ce qui n'arrivait pas souvent – la seule chose qu'il trouvait à dire c'était que « madame Suzain était la reine de la tête de veau ravigote ».

S'il avait dû décrire la couleur de mes yeux, je vois d'ici son air bête…

Le dénommé Freddie a examiné le bras de la jeune femme avec beaucoup de précautions, ce qui n'était pas simple car elle était de nouveau prise de sursauts incontrôlables. En voyant le gros hématome qui virait au bleu noir sur le haut de son bras, il s'est exclamé d'un ton navré « Oh merde, tu ne t'es pas ratée ! Comment tu as fait ton compte ? » Même si c'était dit en langage vulgaire, (enfin, disons, très familier), j'ai noté sa peine sincère et c'est bien ce qui importe, au fond. Qu'importe le flacon.

Cela dit, j'aurais préféré qu'il ne se pose pas trop la question des circonstances dans lesquelles l'incident était survenu, car je pressentais déjà que je n'aurais pas le beau rôle.

Harmonie lui a relaté les faits, en omettant de dire que j'étais au plus mal, et sans mentionner le courage qu'il m'avait fallu pour la laisser entrer chez moi. J'ai trouvé cela injuste. Lorsqu'elle s'est tue, le jeune homme m'a regardée d'un air fâché, puis il a dit :

« Vous lui avez *claqué* la porte sur le bras ? »

Force a été pour moi d'en convenir.

« Vous n'avez pas honte ? »

J'ai recommencé à me sentir mal à l'aise. Cette jeune femme étrange assise sur une de mes chaises Louis-Philippe, ce jeune homme charmant à voir, et néanmoins hostile, le climat de tribunal qui régnait tout à coup dans ma petite entrée… Même Mylord paraissait me regarder avec une vague suspicion. J'essayai mentalement de refaire le compte des cachets que j'avais pris depuis le matin (je ne pensais qu'au Placidon, au Zenocalm, et au Sérénix, bien entendu. La Réalitine et le Constipax n'ont pas le moindre effet sur mes crises d'angoisse). J'avais déjà atteint la dose autorisée, j'étais dans de beaux draps. Je me suis dit que je pourrais peut-être prendre du Pondérol 10 mg en gouttes, que mon généraliste m'a prescrit pour les cas d'extrême urgence.

Le jeune homme m'a regardée avec réprobation, puis il m'a demandé si j'avais bien compris que sa compagne souffrait d'une maladie neurologique.

Je lui ai répondu que oui, je le savais maintenant, puisqu'elle me l'avait expliqué. J'ai ajouté que j'avais déjà vu une émission sur cette maladie de Gilles de Tabourette et que je comprenais que sa compagne (Épouse ? Copine ? C'est agaçant) n'avait voulu ni m'insulter, ni me frapper. J'ai précisé que, par contre, lorsque je lui avais ouvert la porte, je n'étais au courant de rien, et que j'avais mal interprété son attitude parce que j'avais eu peur.

« Je suis âgée et malade », j'ai dit.

Ça n'a pas eu l'air de le bouleverser plus que ça. Ces jeunes sont d'un égoïsme !

Il a seulement soupiré, il a dit à la jeune femme « Je suis désolée, mon cœur. Tu vois, je ne voulais pas te le dire, mais je craignais un truc comme ça… » Je ne sais pas de quel « truc » il parlait, mais j'en ai conclu qu'il faisait allusion à mon attitude.

Harmonie lui a jappé quelque chose qui n'a pas eu l'air de le convaincre.

Je me suis demandé comment écourter leur visite, car j'avais un besoin urgent de me retrouver seule, après toutes ces émotions. Les murs du couloir commençaient à se rapprocher dangereusement l'un de l'autre et j'ai beau savoir que le phénomène n'est pas réel, je défie quiconque de ne pas être totalement angoissé quand ce genre d'illusion visuelle (et non pas romanesque) se manifeste. J'aurais peut-être dû reprendre une Réalitine.

Mais du coup, il m'aurait fallu un autre Constipax.

Harmonie a dit qu'elle ne m'en voulait pas, qu'elle comprenait, et m'a demandé si j'avais de la glace pour poser sur son bras, le temps d'aller chez un médecin ?

Je m'apprêtais à courir au réfrigérateur et à en profiter pour prendre le Pondérol lorsque Mylord, qui assistait à la conversation sans rien manifester, a spontanément sauté sur les genoux de cette jeune femme, ce dont je ne l'aurais pas cru capable, mon petit pot, ma boulette, car il ne l'a jamais fait avec personne, même pas avec moi. La jeune femme a aboyé de surprise, Mylord lui a répondu, ce qui m'a fait demander à Harmonie, sans réfléchir le moins du monde :

« Qu'est-ce que vous lui avez dit ? »

Le jeune homme m'a regardée avec une sorte d'inquiétude.

Harmonie a eu l'air décontenancée, puis elle a éclaté de rire. Je ne sais pas trop pourquoi, mais j'ai ri, moi aussi, comme si ma sottise avait enfin détendu l'atmosphère.

Je suis allée chercher la glace, le gel à base d'arnica, je lui ai posé un bandage, puis je lui ai fait une attelle. Je sais très bien les faire, j'ai fait une formation d'infirmière en chirurgie par correspondance, dans une école privée qui avait coûté fort cher. À l'époque, monsieur Suzain me servait de cobaye pour les pansements pendant qu'il regardait ses matches.

Pour les piqûres, j'attendais qu'il s'endorme après l'acte, ce qui ne m'a pas permis d'avoir beaucoup de pratique.

« Vous pouviez pas faire tout ça plus tôt, si vous savez comment faire ? » a demandé Freddie.

Comment expliquer à ce jeune homme plein de fougue mais un peu agaçant ce que c'est qu'une angoisse, à quel point ça vous paralyse, à quel point ça vous obnubile et vous empêche de penser de façon efficace ? C'était peine perdue, et je le savais bien. Essayez d'expliquer la couleur du ciel à un aveugle de naissance, ou Mozart à un sourd.

« Je suis agoraphobe et phobique sociale, j'ai dit (le plus calmement du monde). Je pense que vous n'avez pas la moindre idée de ce que ça peut représenter, de subir en permanence un tel problème de santé. Je ne vous en veux pas, (mais là, mon ton de voix indiquait clairement le contraire) je ne vous en veux pas *du tout*, c'est difficile pour un bien portant d'imaginer ce que peut être la vie avec un handicap. »

Il a regardé sa compagne (épouse, etc.) avec un air un peu perdu. Ce garçon est très beau, mais un peu lent, je crois. Harmonie lui a souri d'une drôle de façon, puis elle m'a demandé si c'était pour cette raison que je cherchais une femme de ménage ?

« Vous avez besoin d'une aide à domicile, en fait ? Pour faire vos courses ? Pour ne pas Wouah-Wouah être obligée de sortir de chez vous ? »

J'ai dit que non. Que c'était uniquement pour ne pas laisser Mylord lorsque je vais chez le docteur Borodine. Je leur ai dit que laisser mon petit bouchon tout seul, c'était inconcevable, il est toute ma vie, c'est mon seul compagnon (copain ? Mari ?).

J'ai parlé de son malaise cardiaque, je leur ai expliqué combien j'avais eu peur de voir mourir ma pauvre petite grenouille. J'ai dit qu'il avait l'air en forme (et c'est vrai qu'il semblait avoir perdu dix ans d'un coup, sur les genoux de cette fille, à se faire gratouiller la tête, la langue pendante et les yeux clos), mais il ne fallait pas s'y fier, il était très fragile.

« Il est surtout trop gros », a dit Freddie.

Harmonie a toussé bruyamment et Freddie a dit « Quoi ? ».

Puis il m'a regardée, il l'a regardée, elle, il s'est frotté le nez, il a dit « OK. Bon, on y va ? » Harmonie s'est levée doucement, pour laisser à Mylord le temps de redescendre, et j'ai noté – sans en être certaine – que pendant tout le temps qu'elle l'avait gardé sur ses genoux, elle semblait n'avoir eu aucun mouvement brutal.

« On passe par l'hôpital, a dit Freddie. Je suis sûr que ton bras est pété ! »

« Je suis sûre que non », a dit Harmonie, et elle a ajouté en me regardant droit dans les yeux :

« Donc, nous sommes d'accord, pour l'annonce ? Vous me prenez à l'essai ? »

Et bien sûr j'aurais dû lui dire non, vu son (*rature*), étant donné sa (*rature*). Je ne sais toujours pas pourquoi, j'ai hésité et c'est là qu'elle m'a dit « Je commence quel jour ? »

Josiane m'aurait conseillé de ne pas me laisser faire, elle m'aurait fait remarquer que cette fille était visiblement incapable de s'occuper de Mylord, qu'elle allait tout casser dans mon appartement et qui sait si, en plus, elle ne s'adonnait pas à la drogue ? On sait bien que les jeunes de maintenant ont sans arrêt recours aux substances chimiques.

Le dénommé Freddie a tenté de lui dire qu'elle devrait y réfléchir et ne pas s'emballer, qu'ils feraient aussi bien d'en parler tous les deux, mais la jeune femme semblait déterminée.

Elle m'a redit : « Vous avez rendez-vous quel jour ? » et je lui ai répondu : « Mercredi à 15 h 00. C'est à dix minutes à peine. »

« Je serai là à trois heures moins le quart. À mercredi ! »

Mylord a cagnoulé lorsque Harmonie est sortie sur le palier. Elle lui a caressé le museau de sa main valide, tout en le traitant de Trou du C… ce qui n'a pas eu l'air de le gêner, au contraire, puisqu'il s'est mis à lui faire la fête et à lui aboyer une chanson d'amour.

J'ai regardé cette jeune femme descendre l'escalier, tout agitée, secouée de grands gestes, précédée de son ami Freddie qui parait les chutes, qui anticipait les mauvais coups, et je me suis sentie curieusement apaisée, tout à coup.

Je dis à Freddie que ce n'est pas cassé je n'en suis pas certaine Wouh-Ah mais je le lui dis pour une raison simple je suis bien décidée à ne pas me laisser atteindre ne pas me laisser entamer. Freddie n'a pas pris les mêmes résolutions que moi ça paraît évident Quand j'ajoute que tout va bien une simple contusion dans trois jours on n'en parle plus il secoue la tête gravement « Je n'en suis pas si sûr, mon cœur, ça me semble bien amoché. » Je répète que ce n'est rien je ne sens presque plus la douleur enfin si je la sens encore un peu bien sûr si je fais ce mouvement-ci ou celui-là Ah mais j'ai le sentiment que ce n'est pas si grave. « Avec toi rien n'est jamais grave » répond Freddie ce qui est faux bien sûr il y a des choses graves. Ma mère qui oublie de se réveiller trois jours avant la Fête des Mères Freddie qui pourrait ne plus m'aimer s'il en avait assez de moi Elvire ma presque sœur et son regard nerveux impossible à capter Elvire rescapée d'une famille de cinglés en voilà des choses graves. Je pourrais ajouter tout ce à quoi on pense en termes de gravité toutes ces perspectives à ruiner le moral la guerre la pollution le monde qui va dans le mur les chefs d'État qui trompent leurs électeurs crédules les attentats terroristes Enculé(s) les animaux massacrés par des gens sans conscience dans certains abattoirs aux procédés indignes les enfants vendus comme esclaves. Si on en veut du grave c'est facile à trouver. Alors un bras meurtri qui vire au bleu foncé est-ce que c'est grave. Non.

Freddie conduit très doucement joue à l'ambulancier il ne coupe pas ses virages ne colle pas au pare-chocs du véhicule qui précède ne fait subir aucun cahot à sa douce compagne gravement fracturée c'est un homme cool et zen qui gère la situation comme un professionnel tous ses livres de développement personnel ont trouvé aujourd'hui leur justification ils ne servent plus seulement à caler notre armoire.

Je tiens mon bras serré contre mon ventre pas trop serré non plus pour ne pas aggraver la douleur pas si aiguë en fait que je ressens plutôt d'une façon diffuse au point qu'il est difficile de dire d'où elle vient précisément. Elle s'amasse et va se concentrer plus bas toujours plus bas loin de l'endroit où je suis tuméfiée. On dirait qu'elle cherche une position de repli. Elle glisse le long de mon bras suit la pente naturelle qui va de l'épaule au poignet elle fuit le lieu de l'agression elle fait comme ces gouttières qui imbibent le plafond impriment leurs auréoles finissent par goutter lentement plic et ploc par remplir des bassines entières à un endroit précis alors que la tuile fracassée par la grêle ou déplacée par un coup de vent est peut-être située quelques mètres plus haut car l'eau a fait ce qu'elle fait toujours elle a suivi son cours elle s'est engouffrée dans la première fissure. Je réfléchis à cette douleur qui pulse au niveau de mon poignet quand c'est beaucoup plus haut que j'ai été blessée. Puis ma pensée dérive je pense à tout ce qui fait mal à un endroit précis quand cet endroit précis n'en est pas l'origine. Les disputes par exemple qui surviennent souvent quand on ne les attend pas Dont la source est parfois lointaine. Les guerres les conflits que certains présidents malhonnêtes déclenchent au nom de la démocratie mais dont les origines sont comme les gouttières situées largement en amont à l'emplacement précis de leur portefeuille d'actions. Je tiens mon bras meurtri je suis partie bien loin de la blessure initiale je ricoche d'une idée à l'autre je pense aux ventes d'armes aux fantoches assassins que l'on place à la tête de pays puis que l'on exécute au gré des intérêts de multinationales qui dansent leur quadrille de folie sur le grand toit du monde sans se préoccuper de la fragilité évidente des tuiles et tant pis si ça casse et tant pis si ça ploie et tant pis si ça fuit trois étages plus bas. Je pense au pétrole qui nous tue aux semences stériles vendues par Monsanto aux industries pharmaceutiques qui empoisonnent la planète à cet apiculteur de Chine ou du Mexique qui voit mourir ses ruches par dizaines est-ce qu'il sait d'où vient la gouttière Non bien sûr il ne le sait pas. À cet instant Freddie demande « Elle est cintrée, cette femme, non ? » Qui ça je dis le temps de descendre du toit d'oublier les abeilles la culture intensive les produits phytosanitaires et les perturbateurs endocriniens. *Qui ça.* « La vieille qui t'a cassé le bras. » Mon bras n'est pas cassé je dis. Freddie ignore il continue « Tu veux vraiment aller bosser chez elle ? T'es pas sérieuse, là, si ? » Si si je suis sérieuse si et j'irai pas plus tard que mercredi. « Mais tu veux prouver quoi, ma puce ? Tu cherches quoi, à la fin ? » Rien je dis. Je ne cherche rien. Je n'ai rien à prouver au monde ni à moi-même ce qui est faux bien sûr. Aussi faux que de prétendre que l'eau coule toujours à l'aplomb de la gouttière Que la douleur bat toujours à l'endroit tuméfié. Aussi faux que d'affirmer que la vie en général et la mienne en particulier me conviennent telles qu'elles sont et que nulle amélioration ne saurait les rendre plus belles. Freddie n'est pas doué pour ces raisonnements et il ne sert à rien de vouloir l'y entraîner d'ailleurs pour confirmer qu'il ne changera pas d'avis Freddie insiste.

« Moi, je la sens pas, cette bonne femme, je suis sûr qu'elle est tarée. »

Tarée.

Je demande à Freddie ce que d'après lui les gens peuvent penser de *moi*. Ceux qui ne me connaissent pas qui ne m'ont jamais vue. Est-ce qu'ils me *sentent* les gens est-ce qu'ils ne s'imaginent pas eux aussi que je suis *tarée* bonne à jeter. « Arrête, mon cœur, arrête, je ne supporte pas que tu parles de toi comme ça, alors arrête, OK ? » Je lui dis que je peux arrêter de parler mais ce n'est pas parce qu'on ferme les yeux que la réalité arrête d'exister. Les gens me croient tarée c'est tout c'est suffisant. Je demande à Freddie si je le suis. « Quoi ? » *Tarée.* Je vois ses yeux briller il va bientôt voir flou ce sera dangereux il ne faut pas conduire avec les yeux qui brillent. C'est bon je blaguais je dis. Je ne suis pas tarée du tout. Il renifle il répond « En fait, je crois que tu l'es un peu. » *Que je suis quoi.* « Tarée. » Et il ajoute « En même temps, quand on a le syndrome de Gilles de *Tabourette*… » Il se marre doucement. Va te faire voir je dis. Je ne peux pas m'empêcher de rire moi aussi.

En fait c'est bien cassé. Une jolie fracture dit l'interne. « Une jolie fracture nette, il n'y a pas de déplacement. Ce n'est pas bien grave, allez, ne vous en faites pas ! On va vous enlever cette attelle par contre – qui vous a bricolé ce truc-là ? – on va vous mettre une résine à la place. Si vous pouviez arrêter de bouger ? »

Arrêter de bouger c'est l'histoire de ma vie. Arrêter de bouger mais bien sûr Enculé.

Freddie lui a déjà parlé de Tabourette du coup l'effet de surprise ne peut pas vraiment jouer. Si on ne peut même plus s'amuser.

Quoi que j'aie pu prétendre je ne suis pas étonnée que ce soit une fracture Lorsque la porte blindée s'est rabattue sur mon bras ça m'a fait un mal de chien. Et cette grosse femme tellement paniquée qui s'appuyait dessus de tout son poids de fonte son poids d'énorme mammifère pour m'empêcher d'entrer ça n'a pas arrangé l'état de mon humérus. *Mon humérus*. On entend *mon numerus* comme dans *numerus clausus* qui veut dire nombre fermé. Le nombre fermé des gens qui ont une santé de fer aucune anomalie ni aucun handicap à qui tout réussit sans qu'ils soient obligés de se battre au couteau. Ces gens à qui la vie sourit jusqu'aux gencives. Mon humérus a mal supporté la fermeture inopinée d'une porte blindée neuf points dont je connais le nombre car madame Suzain l'a mentionné comme si je devais me sentir fière d'avoir eu le bras fracassé par une fermeture aussi hautement qualifiée Me sentir fière oui et même pourquoi pas un petit peu redevable de l'honneur qui m'était fait par sa porte blindée. Madame Suzain a eu peur c'est la raison de son geste je ne suis pas idiote je l'ai très bien compris. La peur est le moteur de bien des inepties. Elle a sûrement pensé que j'allais la tuer la découper en morceaux minuscules la donner à bouffer à son petit chien trop gros Obèse jusqu'aux pattes aux babines aux bajoues Ce qui tend à confirmer la théorie fumeuse selon laquelle les gens ont des animaux de compagnie qui leur ressemblent. Je me demande quel type d'animal je devrais adopter est-ce qu'il en existe qui soient envahis de tocs de tics de Wouh-Ouh-Ah de friture sur la ligne. Un animal sauteur agité bondissant un animal hurleur crieur intempestif dont personne personne personne ne voudrait voilà l'animal qu'il faudrait. Quand la porte a claqué sur mon bras ça m'a secouée si fort j'en ai eu le souffle coupé de douleur ça me lançait jusque dans l'épaule ça remontait jusqu'aux mâchoires j'ai cru que j'allais mourir mon cœur allait cesser de battre aussi stupidement que celui de ma mère mais le sien a eu la prévenance de stopper en douceur au milieu de la nuit et je l'espère de tout cœur au beau milieu d'un joli rêve. J'allais mourir d'une mort ridicule qui me ressemblerait d'une certaine façon de quoi m'étais-je rendue coupable dans une incarnation précédente pour hériter de ce karma pourri. Quand la grosse Fleur enfin a rouvert sa porte la douleur s'est calmée mais c'était toutefois une jolie fracture.

Le plus éprouvant dans cette journée pathétique ce sont les vingt minutes à attendre Freddie dans l'entrée sur une chaise au coussin recouvert de plastique transparent *Vingt minutes* à côté de cette femme assise sur une chaise jumelle cette grosse femme touchante une vieille vache grasse aux doux yeux dépressifs qui serre son mouchoir dans sa main tout en jetant des regards angoissés autour d'elle Qui tient ce mouchoir comme si sa vie en dépendait comme si c'était son doudou bénéfique et que le malaxer dans le creux de son poing pouvait la protéger des dangers de ce monde Les gens les bruits les monstres de placard la Maladie terrée dans un coin de la pièce la Mort dans l'autre coin et moi et moi et moi Wouh-Ouh-Ouh-Ah-Ah-Ah.

Je lui ai fait peur très peur comment lui en vouloir j'imagine assez bien quel effet ça peut faire de se faire insulter sans raison se faire hurler dessus par quelqu'un comme moi sans parler du coup de poing évité de justesse. Je perçois son angoisse elle se vaporise comme un brouillard diffus Madame Suzain exhale sa panique comme un fumeur son nuage de fumée mais je ne vais pas porter toute la misère du monde la mienne me suffit qu'elle se débrouille toute seule avec ses angoisses stériles et son effroi démesuré. Ma compassion je l'ai usée Je l'ai usée jusqu'à la trame elle est mitée comme un vieux pull on peut voir le jour au travers. Je suis exaspérée j'ai de bonnes raisons pour ça Je m'étais presque convaincue que tout se passerait bien je ne peux pas nier l'échec incontestable. J'ai gravement merdé comme dirait Freddie avant de m'achever d'un *C'était à prévoir, mon poussin !* Je ne peux pas entendre ça. Je ne peux pas me faire aux échecs prévisibles.

Entre deux secousses deux cahots je dis à madame Suzain que j'ai le syndrome de Gilles de la Tourette je m'attends à ce qu'elle me fasse répéter *le syndrome de quoi* mais non, elle a l'air de savoir de quoi il retourne. À peu de chose près.

Gilles de Tabourette.

Pourtant c'est une maladie rare je m'y connais en statistiques je peux tout réciter par cœur elle touche moins d'un pour cent de la population frappe les hommes plus que les femmes à proportion de 3 pour 1 Chez deux tiers des patients la maladie s'estompe en devenant adulte jusqu'à finir par disparaître ou se faire plus vivable Les gestes amples et violents n'affectent qu'un petit nombre de malades La coprolalie également. Coprolalie du grec ancien *Kopros* qui veut dire excrément comme on l'entend dans Coprophages les insectes bouffeurs de merde dans Coprolithes petits cacas fossilisés mais également dans Copropriété sans doute parce que c'est la merde à gérer. De *Lalia* d'autre part qui veut dire langage. Je souffre de coprolalie qui est une propension à employer un langage ordurier parfois à caractère sexuel alors j'ai de la veine oui j'ai vraiment de la veine moi qui déteste la vulgarité. J'avais moins de 0,3 % de raisons d'être touchée et à bientôt trente ans je ne devrais plus l'être ou presque et de toute façon il y avait peu de risques que je sois affligée *à la fois* de mes tics de mes tocs de mes bouses de langage Grosse Pute Enculé. J'aurais eu plus de chance de gagner l'Euromillions Dommage vraiment dommage que je n'y aie pas joué.

En expliquant mon cas à madame Suzain je me sens comme toujours humiliée. Pourtant depuis le temps j'aurais dû me blinder me verrouiller neuf points comme la porte blindée de madame Suzain je n'ai pas de raison de me sentir gênée je ne suis pas responsable j'aurais pu venir au monde avec un handicap bien plus terrible encore naître sans bras sans jambes sans cœur sans idéal où pire sans humour. Je devrais m'estimer heureuse voilà ce qu'on dit toujours Ça pourrait être plus grave estime-toi heureuse. Je ne m'estime pas. Ni heureuse ni rien. Je suis seulement fatiguée fatiguée fatiguée de devoir expliquer préciser prévenir ne jamais m'oublier une heure seulement et même si j'y arrivais même si je m'oubliais les autres ne m'oublieraient pas. Wouh-Ah. Ceux qui comprennent les mots maladie-handicap comprennent également qu'il n'y a pas de quoi rire se disent à juste titre Ça pourrait m'arriver Les autres rient parce qu'ils ont peur sans penser que leur rire blesse Les frontières entre eux sont diffuses perméables On peut changer de camp ou jouer à la marelle sur la ligne qui les sépare. Nous sommes tous des joueurs de marelle on va de la terre au ciel en poussant son caillou. Pendant que nous attendons sur ses chaises au tissu rose ancien recouvert de plastique comme des tranches de pâté sous vide madame Suzain ne rit pas ne sourit pas non plus garde le front baissé avec un air coupable tout à fait justifié parce que son coup de la porte claquée puis délibérément appuyée sur mon bras Ta Tadaaaa. Elle me demande mon prénom je lui demande le sien et comment ne pas rire. M'appeler Harmonie à quoi pensait ma mère. Je sais je sais je sais ça ne se voyait pas quand j'ai poussé mon premier cri je n'ai pas fait de doigt d'honneur ni insulté la sage-femme je n'étais pas un petit monstre tout excité de soubresauts je suçais mon pouce sagement et je suis restée quelque temps une petite fille comme les autres Je n'ai aucun souvenir aucun de ces minuscules moments. Et Fleur Suzain la grasse fleur la formidable Rafflesia la plus grosse fleur au monde une grosse fleur pas belle et qui pue le charnier est-ce que les parents de Fleur se doutaient de ce qu'elle deviendrait un jour sûrement pas sinon ils ne l'auraient jamais jamais appelée comme ça. Je ne suis pas Harmonieuse elle n'est pas une Fleur délicate. Je me suis changée un jour en petit animal agité bondissant et elle est devenue cette vache énorme et lente cette grosse hippopodame aux yeux tristes craintifs Toutes les deux nous sommes d'une espèce en voie de progression l'espèce de celles et ceux qui nichent dans des caches se terrent dans des trous de hobbit vivent dans des bocaux étiquetés Obésité morbide Syndrome de Machin ou Maladie de Truc. Nous sommes de l'espèce des paumés inclassables condamnés pour survivre à se faire oublier. Je rêve chaque jour de mettre le nez dehors sans éveiller aussitôt l'attention Cesser de faire peur cesser de faire rire et si je dois attirer les regards que ce soit comme une œuvre d'art un bel objet rare et précieux. Je suis précieuse je suis rare je suis bien plus que rare puisque je suis unique et puisque je suis moi. Et madame Fleur Suzain est tout aussi unique et rare tout aussi digne d'intérêt. On pourrait faire la visite commentée de madame Fleur Suzain Admirez sa rondeur de planète la courbe de ce bras plus dodu qu'un jambon observez sur sa lèvre supérieure cette fine rosée de sueur la douceur dans ses yeux d'enfant intimidée qui ne sait pas comme elle devait être belle à trente ans Comme elle aurait troublé monsieur Pierre Paul Rubens si elle avait vécu quatre siècles plus tôt.

J'irai chez cette femme garder son affreux chien son gros petit poussah qui sent l'eau de Cologne j'irai quoiqu'il arrive et si je casse la vaisselle les bibelots les chaises sous plastique je verrai bien ce qui arrivera. Je n'ai pas presque pas peur ce qui n'est pas le cas de madame Suzain qui s'effraie de son ombre une ombre d'éléphante enceinte une ombre de baleine bleue l'ombre d'un Zeppelin obscurcissant le ciel. Voilà ce qu'est madame Suzain une montgolfière lestée de plomb retenue pour toujours au sol par l'énormité conjuguée de sa peur De sa masse. Je suis sûre que dans sa tête madame Suzain est libre amoureuse légère je suis sûre qu'elle a douze ans et chaque matin lorsqu'elle s'éveille s'assied sur le bord du lit elle est la première surprise en retrouvant la pesanteur Elle s'afflige de voir en se mettant debout son ombre colossale recouvrir le plancher comme une marée noire. Lorsqu'elle tente de se lever elle réintègre malgré elle son lourd destin de grosse femme. De femme vieille de surcroît. Et la peur aussitôt se drape à ses épaules comme un manteau qui serait trop étroit Fleur respire avec une paille elle rétrécit ses mouvements mais c'est ainsi que se vivent les angoisses je présume. Je ne sais pas. Je ne sais pas ce qu'est l'angoisse.

L'anxiété me suffit, la friture et tout *ça*.

Une fois revenus chez nous mon bras très joliment enserré de résine Freddie essaie de me convaincre avec toute la diplomatie dont il est incapable que je mérite mieux Mais mieux que quoi je dis. Mieux que d'aller travailler pour madame Suzain. Pour Freddie je mérite *mieux* que tout ce qui m'échoit. Si quelqu'un voulait bien l'écouter mais ce n'est pas le cas on devrait me traiter en princesse exotique en ange venu du ciel Les barrières clôtures empêchements divers les coups du sort les injustices devraient s'effriter devant moi se réduire en poussière se déployer en tapis rouge déroulé sous mes pas je mérite le meilleur dans le meilleur des mondes. Il n'y a que Freddie pour s'imaginer ça.

Nous passons la soirée à parler de madame Suzain de son nabot de chien en forme de barrique et « du temps que je perdrai à garder ce clébard ». Le temps que je perdrai à garder ce clébard je dis sera du temps gagné sur celui à ne rien faire Et puis cette femme me touche je sens des trucs chez elle je la crois plus fragile plus fracassée que moi. « Et alors ? Tu cherches à dire quoi ? » demande Freddie « Tu veux aller perdre ton temps – ne m'interromps pas, ma puce, je sais ce que je dis – tu veux aller *perdre ton temps* chez cette vieille folle shootée à je ne sais pas quoi, sous prétexte qu'elle est plus fracassée que toi ?! Mais c'est quoi, l'objectif, mon cœur ? Tu veux créer une communauté ? Fonder le club des bras cassés ? » Freddie pile sur sa phrase devient pâlot regarde le bout de ses baskets comme s'il espérait y lire la réplique suivante. Elle ne s'y trouve pas comme c'est étonnant. Freddie vient de me dire une chose impensable faite de petits mots tout à fait volatils faciles à prononcer mais démesurément douloureux à entendre Trop tard pour se mordre la langue. Quand les mots sont sortis comment les rattraper sitôt ouvert la cage ils se pressent au dehors chutent comme des corps tombant le long d'une façade prennent de la vitesse et à la fin s'écrasent. Parfois avant de toucher le sol le vent les soulève les porte vient les pousser sous l'aile Alors les mots s'en vont au gré des courants d'air ils s'élèvent s'éloignent on ne les entend plus ou bien ils restent là perchés sur le bord de l'oreille hirondelles posées sur le rebord d'un toit. Il y a un silence encombrant. Monumental au point qu'on pourrait tourner autour sept fois comme font les croyants autour de la Kaaba dans une lente et pieuse circumambulation. Un silence bâti sur de l'irréparable. Le club des *quoi* je dis. Mais j'ai bien entendu. Ce sont des mots nouveaux dans la bouche de Freddie je suis si consternée qu'ils me viennent de lui que j'ai le sentiment de ne pas les connaître. Quand Freddie les a prononcés je les ai vus aussitôt se matérialiser sous une forme nouvelle imagée ramassée. *Bracassé.* Un mot tout frais pondu que je pare de plumes d'oisillon exotique d'un vert couleur espoir de joli zandoli car

Freddie n'a pas pu vouloir me dire autre chose non il n'a pas pu vouloir me traiter de bras cassé c'est-à-dire de bonne à rien parasite incapable non non NON il n'a pas.

*Bracassé* ce n'est pas méchant ça fait penser à des nids duveteux sur de grands baobabs Le chant des Bracassés à la tombée du jour dans le silence de la plaine. À moins que ce ne soit un animal sauteur bondissant et hurleur un petit animal soyeux et doux Oui c'est sûrement mon animal fétiche et m'appeler ainsi une preuve d'amour. Ou encore une rose splendide baptisée de ce nom flamboyant qui claquerait comme un fier étendard. La Bracassée de Sainte-Harmonie quelle euphorie des sens fleur capiteuse et rare. Mais ce mot en brassant ses échos dans mon crâne fait naître autour de lui des choses plus confuses des choses ennemies qui se regroupent là-bas *là-bas* dans le lointain avant de me charger de toute leur violence. Le club des QUOI je dis. Freddie s'excuse d'un air boudeur la tête posée sur mes genoux mes mains captives retenues fermement en douceur par les siennes pour ne pas s'en prendre une parce que Wouh-Ouh-Ah-Ah il s'excuse comme le font les enfants avec cette insouciance cette conscience atténuée de la gravité de leur geste Faute avouée à demi pardonnée on n'en parle plus voilà mais je dois lui expliquer quand même que certains mots laissent des traces que le pardon n'est pas l'oubli et Freddie se met en colère « On n'en parle plus, je t'ai dit ! » OK je dis OK et j'en fais quoi de ça tes excuses merdiques et ta faute avouée D'ailleurs je ne vois pas comment tu aurais pu la cacher ta faute pauvre naze car ce n'est pas un vase échappé de tes mains dont tu aurais subrepticement jeté les morceaux au fond de la poubelle pour éviter les réprimandes ce sont des mots *que tu viens de me dire*. Tes mots de Trou du cul Sale Con Enculé j'en fais quoi tu peux m'expliquer

Je vais devoir garder ça comme une paire de lunettes que l'on m'aurait clouée sur les os de l'orbite. De gros verres de myope ajustés sur mes yeux comme un fer trop étroit au sabot d'un cheval. Dans ton regard je me verrai désormais comme une bras cassé est-ce que tu t'en rends compte Plus l'amour de ta vie ta princesse exotique ta petite fée des bois mais une bonne à rien. Putain. Freddie dit que les mots ont dépassé sa pensée ce qui est impossible il faut concevoir les mots juste avant de les dire comment faire autrement ils ne surgissent pas d'un néant nébuleux. Les mots n'ont pas dépassé sa pensée mais seulement sa politesse son respect envers moi sa considération son amour sa tendresse. S'il les a dit ces mots c'est bien qu'ils étaient là. Freddie se lève pâle et froid.

Pour mes vingt ans j'ai voulu faire une chute libre en parachute en tandem et en sautant j'ai eu ce sentiment de chose irrattrapable je ne pourrais plus que tomber maintenant je ne pourrais pas remonter dans l'avion rien à faire pas rebrousser chemin je ne pourrais que tomber de façon verticale selon une trajectoire tout à fait prévisible et puis j'atterrirais sans aucune surprise sauf si le parachute refusait de s'ouvrir auquel cas je m'écraserais lourdement sur le sol pauvre bouse et le grand moniteur s'écraserait sur moi. Je ne sais pas pourquoi je repense à tout ça en regardant Freddie se lever Jolies lèvres serrées larmes aux yeux de colère ou de honte je ne sais pas. Ce que je sais par contre c'est qu'il part sans un mot après avoir claqué la porte mais fort heureusement loin très loin de mon bras. Je vais prendre un bain histoire de calmer la tornade C'est la grande fiesta de la friture sur la ligne du *ça* en avalanche des parasites fous et plus je cherche à maîtriser mes gestes et plus évidemment j'aggrave ma déroute Grosse Pute Wouh-Ah. Il a raison Freddie je suis une bracassée je ne suis pas autre chose et Freddie vient de me faire une grosse fracture Une fracture avec déplacements. Un déplacement du cœur remonté dans la gorge De la confiance en moi partie dans la chasse d'eau De cette image de moi que je ne voulais pas voir qui me revient dans la figure Jeune femme agitée nue dans sa salle de bains bras plâtré protégé dans un sac en plastique ce corps de vingt-neuf ans trop mince trop nerveux dont je suis prisonnière petit pantin hurleur Bracassé disgracieux aux yeux emplis de pleurs. Une attelle en résine ça ne suffira pas.

Je dors toute seule cette nuit-là seule pour la première fois depuis que Freddie et moi nous sommes appariés. Je ne téléphone pas je ne cherche pas à savoir où il est avec qui ni même si. Je ne cherche pas à le chercher je n'espère pas son retour je ne désespère pas de son absence je m'endors comme un plomb sur toutes mes brisures.

Profond chagrin en couverture.

# III
# NÉON

Je reviens le mercredi au 57 rue des Soupirs à quatorze heures quarante-cinq et je me sens curieusement calme ce qui vu de l'extérieur laisse malgré tout à désirer. Calme et presque sereine malgré le réveil dans les draps pas assez chiffonnés pas assez dérangés des draps de sommeil sans câlins. Je supporte l'appartement vide depuis deux jours les petit-déjeuners toute seule avec moi dans un silence épais à beurrer mes tartines. Un silence troublé uniquement par moi mes bruits mes mots mes insultes diverses et moi et moi et MOI et mes bras insoumis mes bras en ailes de moulins à narguer Don Quichotte démesurés géants qui brassent toujours l'air. Freddie n'est pas rentré Je me surprends à penser qu'il ne reviendra plus. Découragé l'amour asséchée la tendresse je suis seule désormais et pour tout avenir j'irai garder un chien obèse chez une femme sous anxiolytiques.

Je sonne. Madame Suzain m'ouvre aussitôt retient la porte de façon ostensible. Je lui montre ma résine comme un petit berceau pour bras endolori elle se prend les joues à deux mains s'écrie sur un ton dramatique *Oooh mon dieu, je suis désoléée !* s'efface pour me laisser entrer ce qui est une licence poétique pour qu'elle s'efface vraiment il faudrait plus que ça. Le chien trottine jusqu'à moi ventre à terre renifle mes chevilles car quelles que soient ses intentions vu sa hauteur de repose-pied il ne peut espérer mieux faire. Satisfait de ce bref examen il repart clopinant pour aller se vautrer dans sa belle panière. Madame Suzain n'a pas lâché ses joues je remarque ses mains de toutes petites mains roses et potelées aux doigts courts et sans bagues. Je me demande si elle compte sortir ainsi pour aller à son rendez-vous les deux joues agrippées par ses mains grassouillettes les yeux étirés vers le bas la bouche encore ouverte sur un *Oooooh* de surprise. Ce n'est pas grave je dis Une simple fracture. Madame Suzain gémit *Une fractuuuure !* elle presse un peu plus fort ses joues je me demande si en les relâchant elles garderont ou non l'empreinte de ses doigts. Elle paraît navrée et elle a l'air sincère. Elle s'est habillée pour sortir Une robe trop longue dans les beiges agonie des chaussures à talons trop plats un gilet de mémère un vieux sautoir de grosses perles aux teintes en conflit larvé posé en évidence sur ses énormes seins comme sur un présentoir une large console. Une seule fantaisie mais de taille ses paupières bouffies en rose romantique et sa bouche crispée en bleu azuréen. Elle doit avoir un amant beaucoup plus jeune qu'elle pas d'autre explication elle me surprend un peu cette madame Suzain sous ses airs de Zeppelin timide c'est peut-être une Fleur carnivore une vraie cougar en talons plats Je ne trouve pas ça ridicule chacun d'entre nous peut espérer le bonheur pourquoi pas je me demande seulement à quoi ressemble Tadaaa l'amant de madame Suzain. Je l'imagine très mâle Hells Angels tatoué musculeux moustachu à l'extrême Gilet en peau de vache Bottes à bouts pointus et Fleur dissimulant de fines lingeries sous sa robe en jacquard façon tapisserie. Elle paraît aussi angoissée que la fois précédente aussi shootée probablement Elle savonne en parlant. Elle me donne les consignes pour Mylord Ne jamais le laisser sortir de l'appartement Ne pas céder à ses caprices Ne jamais lui donner à manger. Surtout pas. « Ou alors un biscuit peut-être, mais seulement si vous voyez qu'il est triste. Il peut se montrer angoissé quelquefois et surtout qu'aujourd'hui, enfin, je ne sais pas trop, c'est la première fois que je le laisse à la garde de quelqu'un d'autre, mon pauvre petit chéri ! Je crains qu'il n'en soit tourneboulé ! Moi je le suis, en tout cas. Non pas que je n'aie pas confiance en vous, Harmonie. Je peux vous appeler Harmonie ? J'ai parfaitement confiance en vous malgré ce, enfin votre... J'ai *totalement* confiance en vous. En tout cas *jamais* plus de trois biscuits, ça non, certainement pas ! Mylord est habitué à cette discipline, nous avons des règles très strictes, nous ne devons pas y déroger. Trois biscuits c'est un maximum ou alors, bon, d'accord, s'il y avait une urgence, mais dans ce cas il vaudrait mieux que vous m'appeliez, même si je préférerais que vous ne m'appeliez pas. »

Je demande à quoi je me rendrais compte qu'il est angoissé et comment mesurer son degré de panique pour estimer au plus juste le nombre de biscuits que je ne dois surtout pas lui donner à cause de son diabète mais qui peut aller jusqu'à trois.

« Oh c'est facile, dit madame Suzain, lorsqu'il est tourmenté il me fait de l'incontinence. Je vous ai laissé le sac à popos et le papier absorbant dans la cuisine, vous verrez. »

Je ne grimace pas quelle belle maîtrise pourtant je déteste tout ce qui a trait aux épanchements organiques pipis popos vomis je n'y peux rien ça m'écœure ça me ferait me vider moi-même par toutes les voies possibles y compris les issues de secours j'aurais fait une mauvaise infirmière Si je deviens mère un jour même si ça n'en prend pas tellement le chemin je ne sais pas comment je gérerai tout ça Non vraiment je ne le sais pas Peut-être que je rapporterai le bébé à la maternité si c'est trop difficile Peut-être que je le confierai à son père s'il ne m'a pas quittée déjà. Peut-être que je ferai comme les autres mères je ferai avec et puis voilà. Madame Suzain parle de plus en plus vite elle paraît mal à l'aise et ses yeux virevoltent je sens que ma présence envenime son stress je ne veux pas qu'elle me contamine rien de plus contagieux que les gens angoissés la panique est un virus agressif offensif il n'y a qu'à observer les mouvements de foule une émeute un incendie une bombe qui explose et tout le monde court et se marche dessus Sauve qui peut surtout moi poussez-vous poussez-vous et tant pis si les autres y restent Dieu reconnaîtra les siens après tout il est là pour ça. À Paris après les attentats du 13 novembre 2015 à la suite d'une fausse alerte place de la République on a retrouvé des chaussures des vêtements et des *poussettes de bébé.* Je me suis toujours demandé si les bébés étaient dedans. Je regarde madame Suzain qui s'énerve au point de laisser elle aussi ses chaussures ses affaires elle va partir en syncope en coma me claquer entre les doigts je lui dis sans parasites avec une grande gentillesse et un calme olympien je lui dis que j'ai compris l'essentiel des consignes qu'elle ne doit pas s'en faire ni rater l'heure de son rendez-vous. Le mot rendez-vous la fait sauter sur place comme une goutte d'eau dans la poêle à feu vif. Elle regarde la pendule avec affolement boutonne son gilet de travers prend son sac à main grand comme une valise Elle part en courant comme le lapin d'Alice « En retard ! Je suis en retard ! »

Je referme la porte et le calme revient Mylord soupire du fond de sa panière je visite l'appartement. Un grand appartement comme j'en rêverais trois chambres deux WC un salon un séjour il en faut des moyens que je n'aurai jamais ce n'est pas le travail de Freddie qui permettrait de payer des loyers aussi lourds. De toute façon Freddie vient de partir Wouh-Ah il vient de me quitter je suis seule sans travail ni ressources je finirai sur un banc les enfants me jetteront des pierres je les insulterai on m'emmènera au poste je ferai un bras d'honneur au commissaire en le traitant de Wouh-Ouh-Ah Ce genre d'anecdotes peut très bien m'arriver j'ai fait pire au lycée et je peux témoigner que les profs n'ont pas d'humour et ça m'étonnerait que les commissaires en aient.

Ce bel appartement a de très beaux volumes C'est sa décoration qui laisse à désirer suivant mon propre goût Madame Suzain aime les bergères en biscuit les assiettes de collection les petits objets en vitrine D'autres préféreraient les lignes froides épurées marbre et aluminium fauteuils inconfortables et larges baies vitrées Moi j'aime le bric-à-brac les choses inutiles et surtout pas fragiles avec moi rien ne peut durer. Même pas l'amour à ce qu'il semblerait.

Madame Suzain a recopié ses consignes à la virgule près sur des post-it collés sur la porte du placard du réfrigérateur l'écran de la télé la porte des toilettes.

- Ne pas faire sortir Mylord

- Ne rien lui donner à manger

- Ses biscuits sont dans le placard du haut à gauche derrière le café

- La clé de secours est dans la boîte à clés (porte-clés en scoubidou rose)

Le silence ne me dérange pas tellement d'habitude Pourtant ça me dérange de l'affronter ici dans ce lieu étranger en compagnie d'un chien à qui Wouh-Ouh-Ah-Ah je n'ai pas grand-chose à dire. Deux heures à tuer dans ces lieux deux heures de vie gaspillées pourquoi faut-il que je m'impose des situations à ce point imbéciles inutiles j'aimerais le savoir mais je ne le sais pas. J'entends Freddie me reprocher *le temps que je perdrai à garder ce clébard*. Il a raison qu'est-ce que ça m'apporte au final d'être dans une cuisine que je ne connais pas à écouter ronfler un carlin en surpoids dans sa grande panière encombrée de peluches tout ça pour trente euros dans le meilleur des cas. Et même si je change de pièce car je suis libre d'aller où je veux même si je décide de lire dans le séjour ou dans une des chambres ou dans le lit de madame Fleur Suzain entre ses jolis draps brodés Ouh Ouh ou bien assise sur ses toilettes les pieds posés sur le petit tapis en moquette lilas je ne suis pas chez moi. Je me sens cernée par l'ennui au point de ne plus pouvoir me concentrer sur ma lecture déjà que Tadaaaa lire c'est un exploit. Mon numéro aurait beaucoup de succès. La détente du bras imprévisible et brusque le bouquin que j'envoie balader à trois mètres pour une porte qui claque la sonnerie du téléphone un coup de klaxon dans la rue. Écrire alors écrire je n'en parle même pas je me cramponne au stylo je m'applique j'épuise ma volonté et quand je crois être arrivée à la fin de ce Bordel de Pute de formulaire à remplir comme il faut dans les petites cases mon épaule me trahit ou c'est mon bras qui lâche ou ma main qui résiste et je reprends un autre formulaire sous le regard faussement indifférent du préposé au guichet derrière sa vitre blindée qui laisse quand même passer mes regards assassins. L'informatique résout une partie des problèmes ni feuille ni stylo il a suffi de coller le clavier au bureau Freddie m'a bricolé un système d'enfer je ne peux plus rien casser détruire je peux enfin m'énerver tranquille. Mais Freddie vient de partir il vient de me quitter ça me revient avec cette violence dont fait preuve la peine lorsqu'elle remonte à la surface depuis les profondeurs où elle s'était tapie. Lorsque Maman s'est endormie j'ai connu ces moments de grâce empoisonnée ces courts moments d'oubli que venait fracasser la réalité froide Maman est morte elle n'est plus là. Souffre et souffre c'est comme ça. Le ronflement du chien me tire de ce gouffre. Il ne faut pas camper à la porte du malheur quelquefois elle s'ouvre. J'attends un appel de Freddie cet appel ne vient pas rien ne peut me sauver de l'attente. Le roman que j'avais apporté s'éternise un peu trop dans les préliminaires comme un amant timide et qui craint de mal faire La pendule murale débite ses secondes et cet affreux clébard clapote des bajoues il faut que je bouge il faut sinon Wouh-Ouh.

Je vais promener Mylord voilà une bonne idée Je shoote dans sa panière je dis Bouge-toi grosse paupiette on va se promener J'aurais pu tapoter sa tête mais il faut se méfier des chiens qu'on ne connaît pas il pourrait mordre s'il est con. Si c'était moi je le mordrais sans l'ombre d'une hésitation. Mylord sursaute ouvre les yeux me regarde avec un air de chien battu qu'il a dû travailler pour avoir ses biscuits interdits au diabète Pas la peine d'essayer de me jouer du violon c'est non. Il secoue son ankylose s'extrait mollement de son panier. Je cherche une laisse je la trouve sans surprise dans l'entrée accrochée au portemanteau au bout d'un harnais ridicule. Une fois le poussah déguisé en husky nous sortons de l'appartement je referme la porte neuf points grâce à la clé ornée d'un scoubidou rose gracieusement vrillé en pénis de verrat.

La vie n'est pas la même avec un chien en laisse. Mylord relève ses mails au pied des lampadaires prend le temps d'y répondre patte levée pas bien haut à l'impossible nul n'est tenu surtout quand on culmine à trente-cinq centimètres. Il trotte à petits pas sa grosse langue fripée pend d'un côté de l'autre de ses babines humides aux poils raides collés. Du bon côté de la laisse du côté des seigneurs je me sens libre et grande et différente et fière. J'ai tenu tête à Freddie. Il m'a peut-être quittée il ne reviendra peut-être pas et ma vie va partir en vrille mais pour une fois je ne me suis pas laissé enterrer par sa terrible gentillesse cette prévenance assidue qui m'infantilise, m'enferme. Il y a des gens qui vous aiment de travers vous enveloppent d'un amour en coton épais filandreux pour protéger des chocs et que surtout rien ne vous fêle qu'aucune aspérité n'arrache votre peau. Ce n'est pas bon d'être aimé de façon aussi précautionneuse Maman me laissait faire du vélo du patin à roulettes et pourtant elle savait bien que. Le coton n'était pas dans le cœur de ma mère il était dans la pharmacie à côté des pansements. Freddie m'aime d'un amour solide et résistant mais il n'a pas confiance en moi Son amour me rassure il ne me grandit pas Il me coupe les ailes il ne me permet pas d'oublier comme le nid est haut tellement haut sur la branche et comme le risque est grand de vouloir le quitter. Je ne me suis pas laissé faire je dois me raccrocher à ça. Ne pas m'arrêter à la dispute aux mots blessants sans garde-fou à la séparation provisoire *ou peut-être*. Je n'ai pas tenu compte de son avis j'ai décidé toute seule j'ai choisi de venir perdre mon temps pour un salaire de misère et je n'ai pas non plus écouté les consignes de madame Suzain ne pas laisser sortir le chien je n'en ai fait qu'à ma tête et d'accord il n'y a rien de plus stupide que de me réjouir de cette balade en ville en compagnie d'un clébard asthmatique pourtant à cet instant même je me sens allégée d'un grand poids je dois réussir à comprendre pourquoi.

C'est le regard des gens. C'est ça.

Ils ne me regardent plus ou je ne les vois plus et ça revient au même je suis devenue l'anonyme que j'ai toujours rêvé d'être Une jeune femme dans la rue qui promène son chien. Une jeune femme agitée peut-être mais pas plus que ces gens pendus au téléphone toujours entre deux mondes entre ici et ailleurs la rue le métro le train et *à l'autre bout du fil* comme aurait dit ma mère pourtant le téléphone est sans fil depuis longtemps *à l'autre bout du fil* celui ou celle qui les attend les engueule les aime les embauche ou les licencie leur annonce une naissance un décès un échec une réussite. Les oreilles colmatées par leurs petits écouteurs ces gens sont agités aussi font des mouvements étranges rient s'exclament lèvent les bras au ciel essuient leurs yeux trempés de larmes de rire de colère de terrible chagrin parfois même ils emploient des mots très orduriers mais qu'ils ont décidé de dire. Est-ce qu'il m'aurait suffi de vivre avec des écouteurs collés sur les oreilles pour devenir normale aux yeux des autres Si c'est le cas j'ai gaspillé mon temps. Un simple glissement du regard bouleverse la perspective change la vision des choses. À quoi tient la normalité. Mylord Suzain semble à la fête Humer le vent pisser sur un bord de trottoir se laisser coller dans le derrière une truffe étrangère faire de même en retour par pure civilité. Est-ce qu'il est souvent sorti de l'appartement de madame Suzain ce n'est même pas certain il a dû passer sa vie au chaud sans mettre le nez dehors ou presque Je les imagine bien les deux plantes de serre la grosse Fleur de pépinière et le carlin dans sa panière.

Je vais à l'épicerie presque plus de café j'en bois trop je le sais ce n'est pas recommandé aux piles électriques Diego me fait un grand sourire voit le chien son sourire s'éteint. « Tu m'en veux pas Momo, mais laisse ton chien dehors, c'est le règlement, pour l'hygiène. » Ce n'est pas mon chien je dis il n'y a pas de problème. Par contre si tu pouvais éviter de m'appeler Momo ou Nini ou Harmo s'il te plaît. J'attache la laisse au garage à vélos j'achète du café du chocolat des cookies et des pommes ça fera mon dîner tant pis pour la diététique je n'aime pas faire la cuisine je ne suis pas douée pour Par contre je sais repeindre les murs à grandes giclées de pâte à crêpes recouvrir le sol d'épluchures ou d'éclats de verre brisé.

Je retourne chez madame Suzain avec la sensation d'avoir oublié quelque chose comme un mot sur le bout de la langue un mot que je connais Je ne connais que lui mais il se défile il se tient embusqué à l'orée de la conscience et je passe par mille hypothèses *Ça commence par un M* ou *On entend le son i* et c'est seulement devant la porte de l'immeuble que je comprends l'étendue de l'oubli un oubli rondouillard affublé d'un harnais ridicule j'ai laissé Mylord au parking à vélos Wouh-Ouh-Ah-Oh.

Je fais le chemin à rebours Grosse Pute Enculé j'insulte la terre entière ballottée secouée de grands gestes suivie par des regards surpris inquisiteurs. Je ne m'en fais pas pour ce fichu carlin personne n'ira le voler il est tellement moche je crains de revenir sans lui chez madame Suzain après qu'elle soit rentrée. Je cours avec des grâces de gibbon en folie j'ai beau me répéter que je n'en ai rien à faire quelle importance au fond Encu-ulé fou-ou-tu chien je me sens fautive je n'aime pas ça. Le chien Mylord est là comme je pouvais m'y attendre il m'aperçoit remue la queue. Je reviens en le traînant derrière moi un passant gueule « Ça va pas de tirer cette bête comme ça ! Pouffiasse ! » Je préférerais m'en foutre l'ignorer De quoi est-ce qu'il se mêle seulement il a raison le redresseur de torts Quels que soient mes problèmes Mylord n'a pas à payer la facture à ma place. La connerie vient de moi elle vient de moi seule car c'est *moi* qui l'ai oublié. Je ralentis mon pas c'est une forme d'exploit je ne maîtrise plus rien ou presque quand je suis dans cet état-là. Freddie m'appelle à l'instant même où je viens d'arriver chez madame Suzain par chance avant qu'elle ne soit là. Je sens vibrer le téléphone je vois s'afficher la photo de Freddie celle où il est tellement beau dans un rayon de soleil et ça me contrarie. J'aimerais qu'on m'explique cette complexité de la nature humaine Depuis deux jours j'aurais donné mes yeux mes reins mon cœur mon âme pour qu'il me téléphone et là bizarrement ça me dérange en fait Ce n'est pas le moment. Je suis une autre femme depuis une demi-heure depuis que je sais qu'avec un chien en laisse je me sens le courage d'affronter l'extérieur. Freddie n'est plus mon seul sauveur Ce n'est probablement qu'un leurre séparatiste je crois tenir la barre je crois avoir repris la maîtrise de ma vie en être devenue la seule souveraine ce soir je pleurerai en mordant l'oreiller mais pour l'heure je n'ai pas envie de lui répondre je fête la fin de la tutelle je me sens la reine en titre de tous les Bracassés je suis pleine de projets vagues mais dont il ne fait pas partie. Son histoire de club sa réflexion stupide ont trouvé un écho en moi. Je ne sais pas comment ni sous quelle forme lèvera cette pâte mais ça travaille je sédimente il y a quelque chose à faire Quelque chose à faire avec *ça*. Ma vie n'a pas évolué de façon remarquable depuis la veille au soir pourtant elle vient de prendre une direction nouvelle pour des mots maladroits deux nuits en solitaire si peu de choses et alors quoi. Ce n'est pas la taille de la graine qui fait l'envergure de l'arbre J'ai rarement vu plus petite semence que celles des séquoias immenses. Freddie a planté tout au fond de mon cœur tout au fond de mon ventre dans ma terre fertile de chagrin retournée dans mon âme sensible une graine de Bracassée qui germine déjà pousse loin ses fragiles et blanches radicelles. Je laisse sonner le téléphone s'éteindre le sourire de Freddie dans le rayon de soleil qui perçait ce matin-là sur cette photo prise par moi un jour lointain enfui passé depuis des mois un jour dont le seul souvenir qui me reste est que nous avions fait l'amour et que nous avions ri mais je ne sais plus pourquoi. Ce portrait est celui d'un fantôme et je ne lui répondrai pas. Il s'est détaché de moi. Je donne à boire au carlin qui souffle comme un phoque il est ravi de la balade pas du tout rancunier au contraire il me fait des fêtes à un point que c'en est gênant les chiens seraient-ils masochistes si on les étrangle avec une laisse ça les fait peut-être jouir Est-ce qu'il y a des études cliniques « L'asphyxie érotique appliquée aux clébard ».

Madame Suzain arrive dix minutes plus tard elle n'arbore plus son joli maquillage mis à part quelques traces discrètement étalées elle semble troublée bousculée bouleversée Son amant mauvais genre a dû se la trousser sur un coin d'établi. Elle veut savoir si tout s'est bien passé entre Mylord et moi j'invente un scénario pour 30 millions d'amis j'ai joué à la balle avec lui je lui ai lu le journal il a mangé un biscuit mais un seul c'est promis Tout a été merveilleux impeccable. Je la sens un peu vexée de ne pas être indispensable. Je rétropédale en catastrophe j'ajoute que toutefois cependant malgré tout juste après son départ Mylord est resté assis un grand moment devant la porte avec l'air pensif abattu et que depuis une demi-heure au moins peut-être davantage il donne tous les signes d'une grande impatience. Je la sens soulagée. Elle me dit d'un air accablé qu'elle est *éventuellement disposée à me confier Mylord lundi prochain à la même heure* comme si je voulais lui emprunter une perceuse et qu'elle ait de la peine à prêter ses outils. Je m'apprête à lui dire Non je ne vais pas revenir je me suis emmerdée à un point atomique. Je me ravise. Je refuse le café qu'elle m'offre par politesse j'encombre son espace et j'ai besoin d'air frais je prétexte un rendez-vous pour ne pas la froisser le café ce sera pour la prochaine-la prochaine fois-fois-fois peut-être Là je n'ai plus le temps et j'en suis désolée Grosse Pute j'ai rendez-vous à l'hôpital pour mon bras. *Mon Dieu, j'espère que cela ne vous fait pas trop mal !* dit madame Suzain en s'agrippant les joues quel étrange réflexe. Non tout va bien je dis c'est seulement pour un contrôle. Elle lâche ses joues elle n'insiste pas ne se formalise pas même quand je déborde Wouh-Ah un peu sur son palier parce que Tadaaaa il fallait que ça sorte je ne peux pas rester pondérée trop longtemps.

Elle dit « À lundi prochain ? Merci encore, vraiment ! » puis salue la voisine qui vient de sortir de chez elle ce qui était une mauvaise idée.

Freddie et moi ça ne va plus la lune de miel est terminée le pot de miel s'est renversé on reste ensemble tous les deux parce qu'on est collés par le sucre pas moyen de se séparer. Est-ce que je peux encore dire Freddie *et* moi je ne sais pas Est-ce que je dois m'habituer à dire Freddie *ou* moi Freddie *sans* moi D'ailleurs pourquoi commencer par Freddie Pourquoi ne serais-je pas le sujet principal unique de mes phrases Moi *sans* Freddie moi juste **moi**. *Wouh-Ouh-Ah-Ah.* Ça devait arriver sans doute entre Freddie et moi *entre Moi et Freddie* bien trop de divergences de choses non exprimées. Depuis que je vis avec lui je suis comme le chien Mylord quand il part pour la promenade Je trottine gaiement dans les pas de Freddie je marche sagement dans l'ombre de Freddie je m'en remets à lui pour l'essentiel des choses. Ce n'est pas bon pas bon il faut choisir sa vie sa voie tout seul tant pis si on se trompe il faut savoir se mettre à l'épreuve de l'échec. De véritables échecs je comprends maintenant qu'il n'y en aura jamais dans les pas de

Freddie et qu'il n'y aura pas non plus de victoires. Il faut que ma vie s'ouvre. Lorsque j'étais petite ma mère me faisait parfois des cadeaux sans autre raison que mon sourire mes yeux écarquillés toute ma frénésie et mon agitation un instant captivées Elle revenait des courses avec ce petit air de mystère joyeux cet air particulier que je connaissais bien elle fouillait dans son sac à l'abri de mes regards se retournait vers moi mains cachées dans le dos. Elle me disait « Ferme les yeux, ouvre tes mains, mon chat. J'ai un petit cadeau pour toi ! » J'aurais voulu avoir des mains immenses des mains comme des ailes Des draps pour le grand lit Des voiles de bateau car plus mes mains seraient larges et grandes et plus le cadeau serait gros. Aujourd'hui je veux des mains à glaner l'univers des mains à récolter des champs entiers d'étoiles la vie est un cadeau que j'ai laissé trop longtemps dans l'emballage je vais couper les rubans à coups de dents aiguës déchirer le papier comme un chat qui s'énerve. Il faut que je me calme. Vivre d'accord mais pour faire quoi Tadaaa une fois taris mes beaux discours remisés mon lyrisme maniaque mes élans compulsifs mes enthousiasmes idiots J'ai déjà travaillé dans plusieurs entreprises j'ai eu plusieurs emplois pas un qui me convienne ou qui soit compatible avec mes Wouh-Ouh-Ah. Petits boulots sans âme dame pipi entretien gardiennage classement d'archives tri rien de bien compliqué et le plus éloignée possible du public au cas où. Mes projets d'avenir étaient inaccessibles quelle connerie l'ambition on ne devrait avoir que des désirs adaptés à nos propres moyens. Il ne faut pas rêver aux lointains horizons quand on a de trop courtes ailes. Je voulais enseigner le français Wouh-Ouh-Ah comment l'imaginer Une prof secouée de tics qui traite ses élèves de tous les noms d'oiseaux Qui lâche sans prévenir des injures horribles Grosse Pute Enculé ce n'est pas envisageable et pourtant c'était *ça* que j'aurais voulu faire et pour *ça* j'aurais tout donné. Je n'ai pas écouté les conseils avisés. « Tu devrais réfléchir, tu ne te rends pas compte de la difficulté. » J'ai pris des cours j'ai lu me suis inscrite aux premières épreuves d'admissibilité Mathématiques Français. On m'avait informée que *Vu ma situation* et *Pour garantir l'égalité des chances entre les candidats* – et rien que cette phrase me faisait mourir de rire – j'aurais droit à un aménagement du temps que je devais demander quémander au médecin de la Commission qui s'occupait de *ce genre de choses*. Le médecin était pressé sec et désagréable il m'a à peine regardée ne m'a pas questionnée Le motif de ma visite était si évident j'ai à peine eu le temps d'expliquer mon désir d'enseigner de parler de l'égalité des chances que *Vu ma situation* il m'a octroyé d'un grand coup de tampon un tiers de temps en plus pour rendre ma copie. Il m'a tendu le certificat d'une main indifférente en disant « C'est tout ce que je peux faire pour vous, même si je doute que ce métier puisse vous convenir. Enfin, c'est votre choix, je suppose ? » Il a ajouté « Bon courage » pour ne pas dire « Bon débarras ». Son regard était clair Un tiers de temps en plus mais ça changerait quoi. Je n'attendais aucune compassion mais du mépris pas davantage. Je me souviens de l'écrit fatal du jeune surveillant obligé de rester plus longtemps que prévu Sa tête devant mon certificat un tiers de temps en plus Grosse Pute Salope je me souviens de lui Un jeune type aux cheveux gras qui sentait la transpiration. Dès que la salle s'est vidée à la fin de l'heure réglementaire je suis restée seule avec lui il a passé son temps à envoyer des sms la sonnerie coupée encore heureux mais ça vibrait quand même toutes les cinq minutes je le voyais rire sous cape je sombrais dans la paranoïa il se moquait de moi il prenait peut-être des photos des vidéos de moi quand je ne regardais pas et je ferais bientôt marrer la France entière sur YouTube. J'ai déjà vu ce genre de films ce voyeurisme abject ces images volées par des cons lamentables alors c'était possible. Je me sentais de plus en plus stressée envahie par les parasites on devait m'entendre glapir *Trou du cul Enculé* jusqu'à l'autre bout du bâtiment soudain j'ai lâché prise j'ai rendu ma copie à quoi bon Je suis sortie de la salle bien avant la fin de ce tiers de temps supplémentaire généreusement octroyé Tout ce travail pour rien je ne serais pas prof mais comment Mais comment avais-je pu y croire. Freddie m'attendait à la grille comme un papa attend sa fille à la sortie de la kermesse pour un peu il allait me dire Tu t'es bien amusée mon poussin ma chérie ? Tu as gagné un cadeau à la pêche aux connards ? Mais non il a compris il m'a récupérée en miettes entre ses bras il a dit « Ce n'est pas grave, ma crevette, tu feras autre chose ! » Mais si c'était très grave et je n'ai plus rien fait.

Et je ne demandais pas à être consolée.

À ce moment de ma vie je me suis mise en panne pourquoi continuer Autant s'abandonner à l'autre se reposer sur lui pour ne plus supporter toute seule mon propre poids Freddie semblait solide je m'en suis arrêtée là. Est-ce qu'il existe un mot pour dire que l'on démissionne de soi-même Que l'on donne congé à sa propre ambition. Je me suis arrêtée dans les bras de Freddie refuge port d'attache peut-on dire prison C'est de là que je dois repartir maintenant. Il sera dur le redémarrage mais je sens malgré tout un embryon d'espoir comme si la dispute avait cassé mes chaînes celles qui me ligotaient à moi-même et à l'autre une dispute une blessure du sel sur la coupure c'est peut-être ce qu'il me fallait. Bras cassés *Bracassés* le mot chantonne en moi sa musique fragile Jolie clochette cristalline Clarine au cou du petit veau Wouh-Ouh-Oh-Oh un faible courant d'air je respire j'espère je m'accroche à des riens Putain.

En sortant de chez madame Surain je fais un grand détour pas envie de rentrer de crever de chaleur dans ce minuscule appart au cinquième sous les toits ouvert sur une cour plus étroite qu'un puits une cour comme une porte qui ouvre sur l'enfer *Vous qui entrez ici laissez toute espérance* qui compacte la canicule et la renvoie comme un boulet à peine on fait des courants d'air. Pas envie de répondre aux questions de Freddie car Freddie sera là j'en suis sûre et certaine nous ne sommes jamais restés aussi longtemps fâchés. Deux nuits sans dormir avec moi c'est une première un exploit. Je le vois déjà d'ici vautré dans le canapé Freddie ne s'assied pas il se laisse glisser épouse mollement la forme du divan on dirait une pâte qu'on verse dans un moule. Plus je pense à lui plus je me sens agacée j'ai quitté madame Suzain dans un état de calme relatif la seule perspective de retourner chez moi me met de nouveau en désordre surtout l'idée de Freddie affalé. J'imagine son œil faussement innocent son œil qui me fuira car Freddie n'aime pas les conflits et les drames je peux imaginer sans peine son reproche « Je t'ai appelée, tout à l'heure, pourquoi tu m'as pas répondu ? » Parce que je n'étais pas dans un jour à répondre c'est tout Je ne réponds plus de rien voilà Ni de mes actes ni aux appels ni à l'envie que Freddie aura peut-être de me prendre dans ses bras parce que non non et non je suis dans un jour de colère frigide toute ébauche de consolation me mettra hors de moi c'est sûr Fini la femelle bonobo la moindre tentative de rapprochement me fera fuir au loin et d'ailleurs je *suis* loin je suis *beaucoup trop* loin Putain j'ai pris le boulevard dans le sens opposé sans regarder où j'allais je me suis égarée perdue. Lorsque j'étais petite j'avais de ces crises de colère soudaines ce sont des incidents fréquents chez les Tourette enfants Je me transformais en tornade violente en Bouftou de Tasmanie à tourner tourner sur moi-même arracher les posters aux murs faire valser les tasses les assiettes les couverts comme le vilain Taz des dessins animés Looney Tunes Ma mère savait comment me calmer En fait elle ne le savait pas toujours mais elle avait des intuitions Un jour je me souviens elle s'est mise soudain à tourner sur elle-même elle aussi Tourner comme une toupie en bombardant les murs avec les fruits qu'elle venait d'acheter puis elle a renversé le pichet d'eau sur sa tête je nous revois au milieu de la cuisine Maman cheveux dégoulinants et chemisier trempé ses pieds dans une flaque qui allait en s'agrandissant sur le carrelage de la cuisine moi qui restais saisie tellement abasourdie toute colère éteinte elle qui se taisait plus surprise que moi Je n'osais plus bouger crier taper dans les cloisons Pour finir je me suis mise à rire elle a ri également la crise a disparu parfois le rire désamorce Parfois le rire est salvateur.

Quand j'arrive chez moi les pieds chauds douloureux il n'y a personne un appartement vide de toute présence humaine territoire silencieux je suis vexée j'aurais préféré que Freddie soit là pour pouvoir le lui reprocher mais qu'il n'ait pas jugé utile de revenir à la maison ça *Ça* c'est insupportable. Que peut signifier son absence je ne compte plus pour lui ou quoi. Je m'en veux d'être aussi infantile aussi peu indépendante affermie dans mes choix. Je veux bien le quitter mais sans que lui me quitte. Je veux bien le danger mais sans courir de risque. La chute sans les bleus. Je mets de la musique *What a wonderful world* merci monsieur Amstrong j'aime les vieux airs de jazz un peu lents balancés je me déshabille je mets ma peau à l'air mis à part le débardeur la culotte à cause du vieux papi libidineux d'en face qui mate tant qu'il peut derrière ses volets. Sortir le tapis de gym faire mes exercices me détendre respirer m'étirer peu à peu Dompter le chat sauvage qui égratigne ma vie pour qu'il rentre ses griffes arrête de feuler Devenir un cœur calme un typhon apaisé Une petite brise.

## Mercredi 28 juin 18 heures 14

Je suis catastrophée. Il faut que je reprenne mes esprits et que j'essaie de noter de la façon la plus objective possible tout ce qui s'est passé aujourd'hui.

La journée avait on ne peut plus mal commencé, il n'y avait pas de raisons qu'elle s'arrange. Cette nuit, j'ai fait un cauchemar horrible : j'étais debout devant un alignement de tables de cuisine qui se prolongeait à l'infini, sur lesquelles on avait déposé des cadavres auxquels je devais couper les bras avec une tronçonneuse pour en faire des fagots, ce qui n'était déjà pas drôle, quand j'ai soudain reconnu le docteur Borodine parmi les victimes et, à l'idée de devoir le mutiler aussi, je me suis mise à pleurer comme une (grosse) Madeleine en criant Fiodor Fiodor ! Mais à l'instant où je m'apprêtais à le débiter (car c'était mon travail, je n'avais pas le choix, il fallait bien que je m'exécute, même si j'en étais terriblement navrée), il s'est assis brusquement et s'est mis à agiter ses bras en tous sens en hurlant « *Chèrrre Fleurrr, Chèrrre Fleurrr, mais vous n'y pensez pas !* ».

Je me suis réveillée en sursaut et en nage.

Un peu plus tard, au petit déjeuner, j'ai constaté que mon paquet de céréales avait été attaqué par les mites, ce qui m'apprendra à acheter bio. Le pire c'est que lorsque j'ai aperçu un asticot en train de faire la planche dans mon café au lait, j'avais déjà avalé la moitié de mon bol. J'ai failli vomir sur Mylord, et j'ai eu des renvois pendant au moins une heure. Puis je me suis inquiétée toute la matinée à l'idée que cette jeune femme complètement (*rature*) un peu agitée soit en retard et me fasse rater mon rendez-vous, ce qui a eu pour seul résultat de finir de me mettre dans un état de nervosité extrême. Par ailleurs, je me sentais affreusement coupable envers mon cher Mylord, car il ne savait pas que j'allais l'abandonner pour la première fois de sa vie, pauvre pauvre bébé. Je n'avais pas osé le lui dire, je tâchais de garder un air enjoué et de faire comme si de rien n'était, comme font tous les parents en pareilles circonstances – du moins je le suppose – pour ne pas lui mettre la puce à l'oreille.

*N.B. : En parlant de puces, penser à lui racheter un collier insecticide quand j'irai à la pharmacie. Il va être en contact avec des étrangers.*

Je suis néanmoins persuadée que mon bébé d'amour se doutait de quelque chose, la preuve : il n'a pas fini son assiette à midi, ce n'est pas dans ses habitudes.

Après cela, Josiane m'a appelée à 12 h 43. Elle avait l'air surprise et contrariée que je ne l'aie pas fait moi-même à l'heure habituelle, c'est-à-dire 12 h 15. Je dirais même qu'elle semblait agacée, au ton un peu cassant qu'elle a pris pour me dire qu'elle n'avait *plus beaucoup de temps à me consacrer* puisqu'il était presque l'heure de *Sa Canasta*. C'est étonnant comme Josiane arrive à faire entendre les majuscules. J'ai répondu à *Sa Majesté* qu'il ne fallait surtout pas qu'elle s'inquiète, que je n'avais pas beaucoup de temps moi-même car j'attendais *Quelqu'un*. Je n'ai pas osé ajouter que ce n'était pas le jour pour venir me chercher des poux dans le chignon. J'aurais voulu piquer sa curiosité que je ne m'y serais pas prise autrement : elle m'a aussitôt bombardée de questions indiscrètes.

Alors, comme ça, j'avais un *rendez-vous* ? Un rendez-vous *galant* peut-être ? Et je ne lui avais rien dit, *petite cachottière* ? Et pouvait-*on* savoir de quoi il retournait ?

Je déteste ce genre d'indiscrétion, surtout quand je la sens teintée d'une vague ironie. Comme si je ne pouvais pas avoir de rendez-vous *galant*, moi aussi ! Et pour quelle raison, j'aimerais qu'*on* me le dise ? Parce que j'ai passé l'âge ? Pour cause d'embonpoint ? J'étais déjà remontée comme un coucou lorsqu'elle a ajouté « qu'au moins, *pour une fois*, j'aurais quelque chose à raconter à *ce cher Fiodor…* ».

Je ne sais ce qui m'a le plus ulcérée, du *« pour une fois »* ou du *« cher Fiodor »*.

Malgré tout, comme je suis faible (d'ailleurs je ne cesse de m'en vouloir, il faut absolument que j'aborde cette question avec le docteur Borodine. Si j'ose y retourner un jour…), je lui ai expliqué que j'attendais une jeune femme qui devait venir garder mon Mylord, car je ne pouvais le laisser seul, depuis son malaise, que m'accompagner serait trop fatigant pour lui, etc. C'est agaçant cette impression que j'ai, avec Josiane, de devoir systématiquement rendre des comptes sur ma vie, voire de me justifier. En tout cas, Josiane a gloussé, et si elle ne s'est pas exclamée d'une voix triomphante « *Je me disais bien, aussi ! Un rendez-vous galant, c'était inconcevable !* », elle l'a pensé tellement fort que j'en ai eu des acouphènes.

Étant donné que j'ai une grande facilité, pour ne pas dire une propension, à me passer moi-même au pinceau à goudron, j'ai cru bon d'ajouter, sans qu'elle me les demande, tous les détails que j'aurais bien évidemment dû taire : le syndrome d'Harmonie, la blessure à son bras, les reproches de son compagnon Freddie, et jusqu'à la crainte que j'avais que cette jeune femme ne me fasse faux bond pour mon rendez-vous de tout à l'heure.

Josiane n'a jamais éprouvé de sa vie le plus petit début d'angoisse (je serais tentée de dire que pour s'angoisser il faut avoir au moins un semblant d'imagination), par contre elle est méfiante, je crois l'avoir déjà écrit. À peine lui avais-je tout raconté qu'elle s'est mise à pousser des cris d'orfraie, me disant que j'étais folle d'avoir embauché une inconnue, et que si cette maladie la rendait agressive dans ses gestes, elle la rendait peut-être, non, *sûrement*, très dangereuse aussi.

– En tout cas, ce n'est pas contagieux, j'ai vérifié ! j'ai dit, avec ce sens des blagues imbéciles qui me caractérise.

Elle m'a rétorqué sèchement que je ne devrais pas plaisanter avec ça, que si je me faisais agresser, je l'aurais bien cherché, qu'à ma place elle téléphonerait tout de suite à cette jeune personne pour lui dire de ne pas venir, et que si elle insistait pour venir quand même, il faudrait appeler la police. Puis elle a ajouté qu'elle devait me laisser *impérativement*, car elle ne pouvait décemment pas faire attendre *Ses Partenaires*. Mais que je n'hésite pas à la prévenir, si j'avais des ennuis. Bien entendu.

– Si je me fais assassiner, je dois vous prévenir aussi ?

Ma phrase est tombée dans le vide, elle avait déjà raccroché.

Cette conversation m'avait déclenché un petit début d'angoisse, ce qui arrive souvent quand je parle à Josiane. Je me sentais désormais nerveuse et indécise au point de rester les bras ballants devant ma penderie, en proie aux tourments de l'enfer, car je ne savais pas du tout comment m'habiller pour aller chez ce cher F(*rature*) chez le docteur Borodine.

J'ai fini par me décider pour ma robe en crêpe couleur lin, un fin gilet en rayonne assorti, (le temps faisait mine de vouloir se couvrir), et un joli collier aux grosses perles de couleurs vives, assez original, je dois dire, que j'ai acheté sur un marché d'artisans, dans les années soixante-dix.

Bien entendu, le docteur Borodine n'est pas homme à remarquer la façon dont je m'habille et d'ailleurs je ne vois pas du tout pourquoi je tiendrais à ce qu'il le fasse. Mais j'aime pouvoir me dire que je présente bien, quand je vais à mes rendez-vous. Comme je me trouvais la mine chiffonnée – merci Josiane ! – j'ai osé un discret maquillage. C'est le moment qu'a choisi le néon de ma salle de bains pour me lâcher, bien sûr. C'est de ma faute, aussi, ça fait plus de deux mois qu'il papillonne quand je l'allume, je ne peux m'en prendre qu'à moi-même, à procrastiner tout le temps. Bref, j'avais à peine entamé mon ravalement de façade que le téléphone a sonné dans le séjour. Je me suis imaginé que c'était Harmonie et je me suis précipitée, la gorge nouée, convaincue qu'elle m'appelait au tout dernier moment pour se décommander car on sait bien de quoi les jeunes d'aujourd'hui sont capables, plus rien n'a d'importance pour eux, surtout pas les engagements. Mais non, c'était une voix masculine inconnue qui voulait me vendre une véronda en m'appelant *Madame Chijain*. J'ai perdu un temps précieux à tenter d'expliquer à ce monsieur que je ne voyais pas comment je pourrais envisager de faire faire une « véronda » en vivant au troisième étage d'un immeuble aux balcons minuscules puis, étant donné que mes arguments ne semblaient pas le convaincre, j'ai fini par écourter cet échange en raccrochant de façon un peu abrupte, je l'avoue, mais il faut parfois couper court, comme disait monsieur Guillotin. Savoir se retirer d'une situation pénible, voilà ce que m'a appris le docteur Borodine, entre autres merveilleuses choses qui ont changé ma vie.

Je suis retournée me maquiller à tâtons et j'avais à peine fini qu'Harmonie a sonné à la porte, et à l'heure exacte. Comme quoi !...

J'ai vu à son regard appuyé qu'elle remarquait mon allure, je me suis demandé si je n'avais pas poussé trop loin l'excentricité, avec cette tenue pimpante et ce sautoir un peu trop coloré. Au diable ma timidité ! ai-je pensé. Arrivée à mon âge, je ne devrais plus avoir à me soucier du jugement des autres.

Je lui ai passé les consignes pour Mylord, qu'elle a eu l'air de comprendre, sauf peut-être en ce qui concerne la question des biscuits du goûter. En tout cas, je l'ai trouvée plus calme que la dernière fois, même si elle ne cesse de japper de façon intempestive mais, étant prévenue, je n'en ai pas été plus traumatisée que ça. J'ai également remarqué qu'elle a tendance à répéter mes mots ou les siens, ce qui est assez déroutant. Du coup je me suis demandé si elle ferait pareil avec les aboiements de Mylord qui lui-même a tendance à faire écho à ceux de la jeune femme. Je me suis dit que, dans ce cas, leur duo improvisé indisposerait sans doute les voisins, plus particulièrement monsieur et madame Piquet, qui ne sont pas de grands mélomanes. Je le saurais, sinon, car les cloisons sont minces. J'étais obnubilée par cette question futile lorsque Harmonie m'a fait remarquer que j'allais me mettre en retard, ce que je n'aurais pas manqué de faire, en effet, si elle ne m'avait rappelée à l'ordre. Je suis partie en toute hâte, sans même prendre le temps d'une dernière caresse à mon pauvre petit bouchon. J'ai fait tout le chemin avec ce poids sur le cœur, sans parler de l'angoisse atroce que j'éprouve chaque fois que je sors de chez moi. Mon malaise devait se lire sur mon visage car j'ai remarqué que certains passants me dévisageaient avec commisération, même si je faisais l'impossible pour ne pas croiser leur regard, ce qui, bien entendu, n'a fait que m'indisposer davantage.

Cette indisposition était néanmoins compensée par l'heureuse pensée (ça rime, je deviens poète !) de revoir le docteur Borodine. Je n'étais pas retournée chez lui depuis le malaise cardiaque de mon bébé d'amour, j'avais hâte. C'est un si bon praticien, si attentif et compétent. Voilà bien la seule et unique raison de mon empressement : la gratitude sans limites que j'éprouve envers cet homme de l'Art. Aussi, quand je repense à ce qui est arrivé durant la consultation, je me sens submergée d'une telle honte que je voudrais me cacher dans un trou de souris.

Josiane me dirait qu'il faudrait un gros trou.

Lorsque ce cher docteur Borodine m'a introduite dans son cabinet (j'ai beau réfléchir, je ne sais pas comment tourner autrement cette phrase, mais je la trouve étrange), j'ai vu qu'il me regardait avec une intensité nouvelle, qui m'a quelque peu chamboulée. Après un silence troublé, il m'a demandé de sa voix merveilleuse « Comment vous po*rrrr*tez-vous, Chè*rrr*e madame Suzain ? » et je lui ai répondu par une boutade pitoyable, dont le sens général était que lorsqu'on est affligée d'une telle masse, on la porte *comme on peut*.

C'est affreux, dès que je suis mal à l'aise je cherche à faire de l'humour alors que je n'en ai pas le moindre, ou du moins qu'il ne fait pas rire.

Le docteur Borodine a eu la délicatesse de ne pas relever ma saillie, quand moi je m'extasie à chacune des siennes (décidément, je ne sais pas ce qui m'arrive, aujourd'hui, j'ai le sentiment que mes phrases sonnent bizarrement).

Ensuite, je lui ai parlé de moi, puisque je suis l'objet de ces consultations, il ne faudrait quand même pas l'oublier. Et, ainsi que je l'avais fait avec Josiane, je lui ai raconté la première visite d'Harmonie, Gilles de Tabourette, la fracture du bras, ma porte blindée neuf points. Curieusement, c'est ce dernier détail qui l'a le plus intéressé. Après la séance, lors de notre « *debrrriefing* » (ah, que j'aime ce mot !) le docteur Borodine a voulu revenir sur les raisons m'avaient poussée à recourir à une protection aussi conséquente. De quoi avais-je eu peu*rrr* ? Me sentais-je plus *rrr*assu*rrr*ée, depuis ?

Je lui ai raconté le cambriolage de la bouchère – sans oser dire que le coupable était son mari. Je veux bien passer pour une idiote à mes propres yeux, mais à ceux de Fiodor, je ne le supporterais pas – puis j'ai ajouté que c'était surtout mon assureur qui se sentait plus rassuré, *car mes toiles de maîtres seraient bien protégées.*

Le docteur Borodine, surpris, m'a aussitôt demandé de lui parler de ces tableaux, ce qui m'a fait me rendre compte une fois de plus que jamais personne ne comprend mes petites plaisanteries. Pour couper court à des explications humiliantes (« Non, en fait je disais ça pour rire… ») et comme *plus c'est gros mieux ça passe,* selon la formule consacrée de Josiane, qui est une femme expérimentée, je me suis inventé une collection d'œuvres d'impressionnistes, Sisley, Degas, Monet, Cézanne, et même *une des dernières toiles de Frédéric Bazille,* dont j'avais vu une exposition quelques mois auparavant. J'étais horrifiée par ce que j'étais en train de faire, car je déteste le mensonge et j'espérais de tout cœur que Fiodor, qui lit en moi comme dans un livre ouvert, allait se rendre compte de l'imposture. Mais il m'a seulement dit qu'il adorait les impressionnistes, lui aussi, et qu'un jour, à l'occasion, *il serait enchanté de voir ma collection.*

Le monde s'effondrait autour de moi. J'aurais tout donné pour un Placidon, dix Sérénix, une boîte entière de Zenocalm. Je mentais à mon thérapeute et il ne le voyait même pas !

J'aurais dû le savoir, pourtant : Josiane, par exemple, a toujours soutenu à son généraliste qu'elle ne fumait pas plus de deux à trois cigarettes par jour. S'il avait été un tant soit peu observateur, il me semble qu'il aurait rectifié de lui-même. Josiane a les dents plus jaunes qu'un ragondin, l'index et le majeur en cuir tanné safran, elle empeste le cendrier, et son emphysème chronique n'est sûrement pas venu en suçant des cachous. Combien de débats avons-nous eus à ce sujet, elle et moi, à une certaine époque ! Quel intérêt y a-t-il à mentir à son médecin, si le but est qu'il vous soigne ? Ce à quoi elle me rétorquait qu'elle n'allait pas le voir pour « ça », mais pour des *problèmes féminins* (ces deux derniers mots étant prononcés à voix basse, comme l'aveu d'un vol ou d'un assassinat). À cette période, Josiane évoquait si souvent ces fameux *problèmes féminins*, de façon sibylline, que je me suis risquée un jour à lui demander si c'était grave, car je finissais par m'inquiéter. Peu avare de détails (Josiane s'épanche sur elle-même avec une grande liberté), elle m'a expliqué que depuis quelques mois elle avait *la tirelire en toile émeri*, expression que j'ai mis un certain temps à comprendre, juste avant de rougir comme un feu au carrefour. Après quoi elle a ajouté qu'elle avait enfin trouvé le traitement adéquat et que, d'ailleurs, j'avais dû remarquer les sourires de Rosario et ses cernes *en couilles de loup*. Josiane a son franc-parler, à son contact, j'ai beaucoup enrichi ma palette, même s'il s'agit souvent d'expressions difficiles à placer.

Mais voilà que, comme toujours, je m'égare sur des chemins de traverse ! J'en étais à Fiodor Borodine qui m'écoutait parler de mes impressionnistes et qui, loin d'arrêter mon délire, semblait y croire au point de chercher à se faire inviter pour voir mes œuvres de visu. (Est-ce qu'on peut dire voir de visu ? Il faudra que je pose la question au doc(*rature*) que je cherche dans le dictionnaire.)

Je m'étais tellement enferrée dans mon mensonge que je ne savais plus comment m'en sortir. Il était évident que je ne pourrais jamais inviter Fiodor, et c'était d'autant plus déchirant que j'aurais ressenti tant de joie à le faire. Je peux bien le dire à mon carnet, j'ai si souvent rêvé de cette situation. J'aimais imaginer Fiodor arrivant à l'heure du thé (dans mes rêves, il me semblait que l'inviter pour le thé était plus convenable, tout au moins pour un premier rendez-vous). Il serait venu avec des macarons, un petit bouquet de fleurs, il se serait habillé avec goût, mais sans affectation. De mon côté, j'aurais investi en coiffeuse et esthéticienne, à défaut d'avoir une robe que je puisse brancher sur mon aspirateur, comme les housses à vide d'air, pour diminuer mon volume de moitié, et je me serais fournie en Orange Pekoe, ou mieux encore, en Golden tips, chez le meilleur fournisseur de thé de l'arrondissement. Le reste de mes rêveries se confondait plus ou moins avec certaines scènes de *Passions, romances et jalousies*, ma série préférée. Fiodor dans le rôle du général Perkins, moi dans celui de la comtesse Armande de Chaufroix de Vaux.

Hélas, dorénavant, plus rien ne serait possible. J'avais menti à Fiodor de la pire façon qui soit : je n'ai en tout et pour tout qu'une reproduction de Bernard Buffet, que j'ai punaisée dans les toilettes. Fiodor m'avait crue, lui avouer la vérité serait trop difficile, je ne m'en relèverais pas, j'allais devoir mettre un terme à des mois de thérapie. D'ailleurs tout le bénéfice de ma séance venait de s'envoler en quelques secondes, et je me sentais encore plus mal que lorsque j'étais entrée dans sa salle d'attente, ce qui est encore le cas à bientôt dix-neuf heures. Quoi qu'il en soit, mon trouble a dû transparaître, puisque le docteur Borodine m'a demandé d'un air navré d'oublier au plus vite sa demande inopportune, au motif que sa position de thérapeute « *lui interdisait toute incursion dans ma vie personnelle, en dehors de ce que je lui confiais dans le cadre de son cabinet* ». J'ai soupiré, mais ce n'était pas d'aise, oh non, car je ne me sentais pas pour autant soulagée. Je n'aurais pas à avouer mon mensonge, soit, mais Fiodor ne viendrait jamais, *jamais*, prendre le thé chez moi, il venait d'être clair. «… *Ou bien, plus tard, un jour, lorsque nous en aurons fini avec notre thérapie ?* » a-t-il ajouté de sa voix de basse russe. Je me suis reprise à espérer. Ma « collection » n'existant pas, je pourrais toujours lui raconter que je l'avais vendue aux enchères la veille du jour où il viendrait me voir, je n'en étais plus à un mensonge près. Et nous prendrions le thé quand même. Peut-être même, qui sait, lui et moi nous (*rature*).

Au moment de prendre congé, le docteur Borodine a pris ma main entre les siennes, en me regardant de nouveau dans les yeux avec une telle attention que je me suis sentie rougir. Puis il a murmuré d'un ton soucieux : « P*rrr*enez bien soin de vous, chè*rrr*e petite madame. » J'ai attendu qu'il ait refermé la porte de son cabinet sur la patiente suivante pour aller discrètement aux toilettes, dans l'entrée. Je déteste faire comme chez moi mais je n'y peux rien, l'émotion me porte sur la vessie, et j'allais éclater si je ne me soulageais pas. C'est là, après avoir fait pipi, que j'ai reçu le coup de grâce. En me voyant dans la glace au-dessus du lavabo, j'ai cru m'évanouir. À cause de ce maudit néon en panne, j'avais confondu mon rouge à lèvres et mon fard à paupières, qui sont tous deux en bâtonnets. J'avais la bouche bleue et les paupières roses, c'était une véritable horreur. J'ai soudain compris les regards insistants du docteur Borodine, avant de me rendre compte que je venais de traverser la moitié de la ville peinturlurée comme un cul de mandrill, comme dirait Josiane qui s'y connaît en élégances et que, pour tout arranger, j'avais cru bon de m'inventer une collection d'importance mondiale pour ne pas perdre la face devant le docteur Borodine, ce qui était déjà fait, vu ma tête de clown.

Je me suis débarbouillée du mieux que j'ai pu avec un mouchoir en papier, et je suis rentrée chez moi en rasant les murs, mortifiée à tel point que je n'ai même pas eu d'angoisse.

La jeune Harmonie s'était occupée de Mylord du mieux qu'elle avait pu, la pauvrette, même si je me doutais bien que j'avais terriblement manqué à mon bébé chéri. Cette certitude aura été le seul apaisement d'une journée désastreuse. Enfin, pas tout à fait. Si je suis honnête – et je le suis toujours, sauf lorsque je m'invente des collections de tableaux (rien que d'y repenser je voudrais mourir de honte) –, si je suis honnête, je dois avouer qu'un incident m'a quelque peu ragaillardie.

Alors qu'elle allait partir, Harmonie, qui s'était montrée jusque-là d'un calme relatif, a été de nouveau prise d'une de ses crises de Tabourette, et elle a commencé à se répandre en insultes diverses assortis de gestes grossiers, pendant que nous nous mettions d'accord pour le lundi suivant (s'il y a un lundi suivant...) sur le pas de ma porte.

Attirée par le bruit comme les cafards le sont par la lumière, madame Piquet a cru bon de sortir sur le palier, et a dévisagé Harmonie avec une méfiance palpable.

Harmonie l'a saluée très civilement avant de la prier d'aller « Sucer des queues ». Je me suis mordu les joues au sang pour ne pas ajouter « *en enfer* ». De toute façon, je suis certaine que madame Piquet n'a jamais vu le film *L'Exorciste*. D'ailleurs, à ce propos, je me suis toujours demandé pourquoi cette phrase n'est pas complète, dans le film. Sucer des queues de *quoi* ? Je dirais bien de cerises, qui sont un bon diurétique mais, en même temps, ça se prend en tisane, ça ne se suce pas. C'est à se demander s'il ne s'agit tout bonnement pas d'une erreur de traduction.

Toujours est-il que la mère Piquet a poussé un cri déchirant en portant la main à son cœur, ce qui était une vaine tentative, puisqu'il est clair qu'elle n'en a pas. Sur ce, Harmonie m'a dit au revoir entre deux injures fleuries, avant d'emprunter l'escalier. J'ai entendu une poignée d'osselets rebondir sur le sol, juste à côté de moi. Madame Piquet venait de s'effondrer en travers du palier. J'en ai conclu qu'elle faisait un malaise vagal, ce qui m'est arrivé plus souvent qu'à mon tour. Je lui ai donc collé une bonne paire de claques qui ne l'a pas soulagée, au contraire de moi. Elle n'a pas réagi. Comme je n'imaginais pas lui faire du bouche-à-bouche – nous sommes trop éloignés du Centre antipoison – je suis rentrée chez moi appeler les secours. La caserne étant toute proche, j'ai vu débouler cinq minutes plus tard une escouade de jeunes hommes en uniforme, fort harmonieusement bâtis. (Bien entendu, je n'étais pas ressortie sur le palier, je n'aurais pu supporter autant d'agitation, mais rien ne m'empêchait de coller l'œil au judas.) Au même instant le Piquet de service est sorti de l'ascenseur, son journal sous le bras. Il est resté muet de stupeur en découvrant sa femme gisant sur leur paillasson, les joues écarlates, le plexus malaxé par un pompier en sueur.

Madame Piquet a vite retrouvé ses esprits. Il n'y avait pas matière à chercher très longtemps.

Lorsque son mari lui a demandé ce qui s'était passé, elle a fondu en larmes en désignant ma porte, cette vieille (*rature*) cette horrible cafteuse. J'ai tout juste eu le temps de me baisser avant d'être repérée. Mon cœur s'est emballé de façon inattendue et j'ai craint une attaque, avant de me sentir brusquement envahie d'une joyeuse excitation, qui m'a fait me souvenir des jeux de cache-cache, lorsque j'étais enfant.

Je me demande si le chocolat fait baisser le taux d'adrénaline. Dans le doute, il me semble qu'une cure s'impose.

# IV
# PLUIE

Je n'ai pas aimé l'école jalousies félonies échantillons toxiques de ce que promet la vie Avec mes Wouh-Ouh-Ah et tous mes parasites j'avais du mal Du mal à m'intégrer vraiment S'intégrer à un groupe c'est important vital tous les enfants le savent Solitude rejet c'est ce qui fait le plus mal. Tout seul on n'est que soi ce n'est pas suffisant. Je me faisais des copains au rabais au rebut Timides disgracieux rondouillards loucheurs bègues étranges énergumènes petits haltérophiles champions de l'arraché qui levaient haut très haut au-dessus de leur tête le poids déjà trop pesant de leur vie. Ceux à qui rien n'est donné d'avance qui ont bataillé double pour être et pour avoir. La volière des oiseaux rares.

*Le club des Bracassés* m'a balancé Freddie sans vouloir me blesser il n'est pas malveillant non non il ne l'est pas Il n'empêche les mots Les mots peuvent être violents. Je n'en ai pas fini pas pas pas Pas fini avec mes blessures d'école je le sais je le sens le corps se souvient avant moi À peine j'y repense

Tadaaa la boule dans la gorge cette vague nausée ces crampes d'estomac. Freddie revient deux jours plus tard arrive à vingt-deux heures comme si rien ne s'était passé et d'ailleurs il s'est passé *quoi* Objectivement je veux dire Il veut me prendre dans ses bras Non laisse-moi je dis je voudrais qu'on parle Il est urgent parfois de pouvoir s'exprimer ne pas se laisser consoler museler d'un sourire un câlin J'ai des choses à lui dire lui *Dire* Bordel de Pute ça me vient par rafales vagues incontrôlables ça pousse loin au-delà du discours préparé Je dis J'ai besoin de temps De réflexion Je ne sais pas si nous Je crois que toi et moi Je cherche des phrases réconfortantes Je n'en trouve aucune Tadaaa Un silence de neige retombe. Il faut nous voir sur ce divan dans l'appartement chaud comme un four à pizza chacun son accoudoir chiens de faïence assis sans se toucher gros malaise entre nous assis le cul dans la neige de mon discours glacial à espérer en vain je ne sais quel miracle les miracles n'existent pas. Je n'attends pas d'excuses de la part de Freddie il n'a pas à m'en faire c'est plus triste que ça la feuille tombée de l'arbre on ne la recollera pas sur son pétiole non on ne la fera pas reverdir elle est tombée la feuille elle a fini son temps elle n'aura pas d'autre printemps. Désormais elle sèche désormais elle s'étiole. On se quitte en s'aimant encore c'est dommage ça arrive plus souvent qu'on ne croit vivre ensemble c'est corrosif on y laisse sa peau son âme. L'amour est nécessaire mais il ne suffit pas. Il faut qu'il y ait en plus des paillettes Du rêve. Freddie me regarde sans comprendre meurt d'envie de me prendre dans ses bras j'aimerais me laisser faire mais non Il ne faut pas Wouh-Ah notre amour est usé on voit le jour au travers à quoi bon persister recoller repriser. Freddie souffre de mon handicap il me regarde et voit une femme anormale empêtrée empêchée je ne le savais pas j'aurais dû m'en douter Ce n'est pas étonnant Pute Bordel de Pute. Je ne veux pas me dire qu'il a raison je ne veux pas me dire que je le comprends pourtant d'accord ce doit être épuisant toujours marcher au pas de l'autre. Je ne peux pas lui en vouloir. Je lui en veux tellement. Freddie regarde ses ongles demande « Où est-ce que tu vas aller ? » et j'entends ce qu'il ne dit pas « Où est-ce que tu vas aller *dans ton état ?* Qu'est-ce que tu vas devenir *sans moi* ? » Ce soir je dors sur le divan je dis Je verrai demain pour la suite ne t'inquiète pas pour moi Grosse Pute Enculé. « Ça va me manquer » dit Freddie. *Quoi.* « De me faire traiter d'enculé tous les jours. » Je peux t'appeler de temps en temps si tu veux. Je peux te le dire au téléphone. « Ce serait pas pareil, répond Freddie, ce serait prémédité. » Ça l'a toujours été qu'est-ce que tu crois Enculé.

« Ouais, ben ça va me manquer » dit Freddie.

Lendemain levée tôt sans faire trop de bruit sans créer de séisme ni hurler comme un Sioux ni taper dans les murs pourtant ça monte en moi l'émotion Sale vague je regarde Freddie il dort Je pense Je le quitte est-ce qu'il faut s'en aller pour si peu et ça me met les larmes aux yeux pauvre crétine. Mon sac est prêt Wouh-Ah je n'ai plus qu'à sortir sur la pointe des pieds laisser Freddie ronfler bras et jambes écartés Est-ce que je le réveille est-ce que je prends le risque d'avoir à dire adieu au revoir je ne sais pas. Hier soir il a voulu que je dorme dans la chambre j'ai demandé Pourquoi Je ne suis pas en sucre c'est moi qui pars c'est moi je prends le divan j'assume.

Je fais le compte des abandons le fauteuil la petite lampe la vue sur les platanes depuis les fenêtres du séjour l'affiche avec ce grand ours jaune les doudous de Freddie car Freddie est un homme qui a gardé ses doudous C'est difficile Wouh-Ah c'est vraiment difficile de quitter un homme qui a encore ses doudous. Je le regarde dormir il a bavé sur l'oreiller encore il constelle les taies de traces d'escargot le regarder dormir c'était mon privilège jamais il ne pourra se voir ainsi les cheveux emmêlés les yeux clos sa barbe du matin qui assombrit ses joues son tatouage délicat sur l'épaule une miniature japonaise un cerisier en fleurs est-ce que j'aimais cet homme à cause de ses doudous de tout petit garçon du cerisier en fleurs de ses taies d'oreillers toujours trempées de bave il faut que j'arrête que j'arrête Wouh Ah La nostalgie poisseuse va me faire du mal je pars je pars je referme la porte je me sens coupable et libérée je respire un grand coup et tout de suite après la question essentielle la seule que j'aurais dû réellement me poser où est-ce que je vais poser mon sac trop lourd Poser mon cœur ma vie ma foutue liberté. Je pense à me réfugier chez ma copine Elvire le temps de. Le temps de *quoi* au juste. J'envoie un sms pas très explicatif « Je peux passer te voir ? » Réponse « Pas de problème » avec Elvire il n'y a jamais de problème jamais J'arrive chez elle Elle m'ouvre les yeux rouges la mine désolée Quel est donc cet affreux sortilège Elvire la rieuse serait-elle infestée par un alien bizarre au nom de Super-Méchant de film américain Depressor Deprimax Melancolix Collaps. Qu'est-ce que tu as je demande « Je suis virée de l'appart » *Tu es virée.* « Ouais. Je dois partir de chez moi. » Dans l'entrée empilés un bordel de cartons menace de s'effondrer comme la pyramide en melons des Charentes qui faisait la fierté de Diego l'autre jour. Elle dit « Le propriétaire veut louer à sa fille on ne peut rien y faire c'est légal » Elle regarde mon plâtre s'inquiète « Qu'est-ce qui t'es arrivé ? » Je te raconterai Je dis et puis j'ajoute Freddie et moi c'est mort. « Oh merde ! » Elvire se défait davantage s'en fait plus pour moi que pour elle soudain et je n'ai plus envie de lui parler de ma vie. Elle va mal je ne vais pas bien on ne va pas cumuler nos tristesses et fausser la balance du côté du chagrin Je vais lui épargner mon célibat précoce mes questions mes Wouh-Ah et mes Putainculé. Je dis Je pensais dormir chez toi pour quelques jours. « Pour cette nuit c'est bon, après ce n'est pas possible, je dois libérer les lieux demain. » Je m'étonne Demain Déjà Tu savais depuis quand. « Trois mois » Pourquoi tu n'as rien dit. « Je ne voulais pas y croire. Le seul fait d'en parler ça devenait trop réel… » Elle me sert une tasse de café de la veille s'en sert une également s'adosse à l'évier on dirait qu'elle a froid elle a les traits tirés Elvire. « J'ai cherché partout, pas moyen de trouver ce que je veux, trop cher, trop moche, trop loin. Le pire c'est qu'en attendant de trouver quelque chose je vais devoir retourner habiter chez ma mère. » Bordel de Pute. « Voilà, approuve Elvire. Bordel de Pute, tu as trouvé le mot juste ! » Elle éclate de rire. « Chez ma *mère* ! Putain ! Ma *mèèèère* ! Tu te rends compte ? » Elle gémit elle se tord les mains s'empoigne les cheveux prend un masque tragique Je ris avec elle et pourtant. Retourner chez sa mère la folle la cinglée autant dire en enfer Elvire m'en a tellement parlé j'ai l'impression de la connaître Dangereuse maniaque peur panique des microbes des germes des saletés un jour elle a lavé Léo le petit frère d'Elvire avec de l'eau de Javel parce qu'il avait joué dans le sable du parc Petit garçon de trois ans Petit Léo brûlé retiré à sa mère élevé en foyer et qui garde à jamais les séquelles stigmates. Le père d'Elvire Wouh-Ah un autre cas d'école grave hypocondriaque mort à quarante-cinq ans d'une hépatite fulminante un nom très distingué pour parler de son foie détruit par overdose de paracétamol. La sœur aînée suicidée à vingt ans. Le grand frère parti faire la guerre à l'autre bout du monde engagé comme mercenaire chez le premier dictateur venu adieu madras adieu foulards plus jamais de lettres de nouvelles parti tuer des inconnus sûrement pour ne pas tuer sa mère ou seulement pour l'argent quelle que soit sa couleur de sang. Et dans ce bourbier putride Elvire petite fée flammèche scintillante.

Elvire je la rencontre pour la première fois il y a sept ou huit ans peut-être Quand on aime on ne compte pas Je la rencontre un jour où nous nous présentons toutes les deux pour un emploi moi d'entretien elle de service dans une même brasserie de quartier Elle a des lunettes de soleil pourtant il ne fait pas si beau je n'aime pas les gens qui se cachent Deux autres filles au rendez-vous le patron prend un air pressé Parler aux gens pas que ça à faire pas aux employées en tout cas Il prévient il nous donnera sa réponse à la fin de l'entretien qu'on va passer Allez Allez plus vite que ça toutes les quatre ensemble dans son petit bureau qui pue le cendrier pas de temps à consacrer à chacune d'entre nous merci pour le respect. Il nous pose des questions sans regarder nos CV détaille les conditions pourries salaire au ras du plancher pas d'avantages sociaux ni de panier-repas ni de déplacement minimum syndical servage au taux légal Ta Tadaaa trop de chance. Je me comprime me contient compacte au fond de moi tout mon énervement fais le vide intérieur ce qui n'empêche pas les sursauts les chambards la friture sur la ligne de chercher à me déborder on n'est jamais trahi que par soi-même Enculé L'autre fille qui postule aussi pour le ménage se met à pouffer en me jetant des coups d'œil je plante mon regard dans le sien d'habitude ça suffit là non j'ai affaire à forte partie Cette force qu'ont les imbéciles Elle bombe le torse pointe les seins aboie « Qu'est-c'y'a ? » et c'est moi qui abandonne Même quand il a tort le crétin a raison c'est un combat perdu d'avance La terrible loi du plus con Le type pressé nous explique le boulot qu'on aurait compris toutes seules malgré sa grande complexité Pour moi ou la pétasse arrogante suivant celle de nous deux qui aura cet emploi merveilleux laver le sol et les tables nettoyer lavabos WC Pour Elvire ou pour l'autre nana prendre les commandes servir la clientèle en salle en terrasse. « C'est moi qui fais le comptoir » dit le patron comme si c'était un travail très technique une spécialisation d'un niveau supérieur. Il a un regard pas franchement dégueu pas très propre non plus ses yeux dérapent un peu sur nos décolletés Je me sens de plus en plus mal La fille idiote qui me nargue le Néandertal au front bas le bureau exigu la crise se profile bonjour les parasites les gestes incontrôlés les bruits que j'ai du mal Ah à plaquer sous ma langue et tout *ça* Le patron fait comme si tout allait bien ce qui est pire Il dit d'un ton gêné au bout de cinq minutes que finalement son choix va « à l'autre personne » la personne aux gros seins et au cerveau menu. Je lui demande si c'est à cause de *Wouh-Ouh Ah-Ah Bordel de pute*. « Tu m'étonnes !... » marmonne la fille assez fort pour que je l'entende. Le patron se récrie Non non ce n'est pas *pour* Ce n'est pas *à cause de* d'ailleurs il n'a rien remarqué il ne voit même pas de quoi je parle Tu veux un dessin Enculé Pas envie d'une plainte pour discrimination *Pour quelle autre raison dans ce cas.* Le patron cherche cherche il réfléchit très fort Un effort magistral Enfin il trouve une explication de fortune et son regard s'éclaire d'une vague lueur Il préfère « former une serveuse plus jeune » Dans ce cas je comprends Je dis. C'est vrai on a donné nos dates de naissance presque six mois d'écart entre la fille et moi. La fille hennit très haut d'un grand rire de tête amplifié par le vide de sa boîte crânienne Elvire est impassible derrière ses verres sombres La quatrième fille est molle indifférente à tout elle ne s'exprime pas sent le H à plein nez. Pour l'emploi de serveuse le patron choisit Elvire mais alors que je m'en vais que je franchis la porte je l'entends lui répondre « En fait, non, ça ne m'intéresse pas de travailler chez vous » L'autre s'étonne il veut savoir pourquoi « Je vous trouve antipathique » elle dit et ensuite son pas rapide qui me suit se rapproche qui emboîte le mien arrive à ma hauteur sa façon de siffler entre ses dents « Quel connard ! » au moment où elle me dépasse mon regard qui la harponne malgré les lunettes sombres et son rire libérateur. Et la bière qui s'ensuit dans le café d'en face. C'est une grande fille pâle un peu maigre et voûtée sous le poids de sa vie mais jolie Elle enlève ses lunettes d'un geste trop détaché je découvre son regard étrange Ses yeux qui ne se posent ne se reposent jamais Des yeux fébriles impossibles à capter vibrants vibrionnants incapables de choisir ce qu'ils vont regarder toujours toujours en train de balayer l'espace je suis intriguée par ce regard fuyant ce regard déroutant qui donne le tournis J'essaie de m'accrocher à ses yeux de sauter dans son regard en marche *Nystagmus* elle me dit C'est le nom de cette affection rare *Nystagmus* alors je compatis Wouh Ouh Ah Grosse Pute. « On fait une sacrée paire, toi et moi ! » elle dit.

Depuis qu'on se connaît Elvire a pris tout le temps nécessaire pour me raconter sa vie par petits fragments éprouvants émouvants un chapitre après l'autre jamais trop à la fois. Elvire s'y connaît bien en poisons en toxines *Dans la famille Tarés je demande la mère Je demande le père Et le frère Et la sœur* Je ne sais pas comment on fait pour survivre à tout ça avec ce beau sourire au milieu des tempêtes Elvire est un miracle une miraculée la plus rieuse des Bracassées Ce mot tourne et tourne dans ma tête il commence à changer mon regard je cherche mes congénères non mes compatriotes ceux qui vivent eux aussi comme en terre étrangère Jamais vraiment mêlés à la vie qui les cerne. Gouttes d'huile dans le verre d'eau. Petits cailloux gênants dans le plat de lentilles. Petits cailloux salvateurs qui m'ont parfois aidée à trouver mon chemin. Elvire en fait partie Monsieur Poussin aussi.

Monsieur Poussin vit au rez-de-chaussée côté rue pourquoi ne dit-on pas vivre au rez-de-trottoir il doit avoir cent ans ou mille ou davantage il se déplace peu avec difficulté en poussant devant lui son déambulateur je découvre son existence un matin par hasard Je trouve un livre ouvert sur le trottoir en passant devant sa fenêtre ce que je faisais depuis longtemps très très longtemps sans le savoir Rue des Soupirs au 43. Le livre a dû tomber de l'appui de la fenêtre comme l'oisillon tombe du nid ce ne serait pas surprenant depuis quelques jours le vent souffle. Je me penche je le ramasse il est un peu taché de pluie Un manuel technique sur la photographie et plus précisément la photo argentique je tapote à la vitre entrebâillée Hé ho je dis Hé ho il y a quelqu'un. La fenêtre s'entrouvre davantage sous la pression de ma main s'ouvre très lentement sur une pièce obscure dans laquelle Tadaaaa je ne distingue rien. Hé ho Il y a quelqu'un je dis. Je viens de ramasser un livre Hé ho sur le trottoir est-ce qu'il est à vous par hasard. Du fin fond de la pièce j'entends une voix âgée « Entrez, entrez. » Je n'ai pas l'intention d'entrer non non non désolée je vais plutôt poser ce livre sur le rebord de la fenêtre le poser et partir à pas vifs m'éloigner sans me retourner parce qu'entrer chez un inconnu dans son appartement aux ténèbres de cave non non non c'est hors de question. « Sonnez à Poussin, je vous ouvre ! C'est la première porte après les boîtes aux lettres. » Pourquoi ne pas venir jusqu'à la fenêtre prendre le livre me remercier c'est peut-être une personne alitée je n'ose pas refuser à la voix chevrotante je suis toujours touchée par les vieux je n'y peux rien et puis *Monsieur Poussin* c'est joli c'est fragile je suis sensible aux noms je l'ai toujours été À treize ans je suis tombée amoureuse à mourir d'un dénommé Balthazar Desrivières je trouvais ça tellement poétique tellement romantique tellement Ta Tadaaa En fait ce Balthazar était un imbécile ses rivières charriaient des flots de bile amère de méchanceté gratuite pourtant il était beau il avait les yeux verts un vrai nom de héros Les garçons de seize ans sont aussi dangereux que les champignons à lamelles plus ils sont attirants plus ils sont vénéneux. Ce jour où je ramasse le livre sur le trottoir me voilà un instant plus tard le nez collé au tableau des sonnettes en train de chercher Poussin dans une couvée de noms Delbard Moreau Habib Lanquenot Bornerant je le cherche le trouve sonne pousse la porte qui s'ouvre sur un hall aux odeurs de moisi je toque à la première porte après les boîtes aux lettres je fais toujours ce qu'on me dit. Un vieux petit monsieur guère plus haut qu'un troll vient m'ouvrir entre deux raclements de déambulateur sur ses anciens carreaux aux motifs d'arabesques. Il y a des gens dont la laideur parfaite devient une forme d'art vivant une disgrâce aimable Monsieur Poussin est de ceux-là. Oreilles d'éléphant gros nez rouge vineux peau grise ravinée de rides encaissées sourcils énormes touffes de cheveux blancs hirsutes clairsemés et semés sans logique apparente au hasard d'un crâne ovoïde et dans ce visage de légende ces deux yeux de vieil Esquimau réduits à de petites fentes au fond desquelles brille une lueur enjouée. Il me regarde en souriant le sourire disponible de ces gens qui ont la vie devant eux alors qu'ils sont déjà anormalement vieux que leurs jours se réduisent à quelques feuilles vierges sur un mince calendrier alors qu'ils vont bientôt mourir est-ce qu'ils sont au courant est-ce que quelqu'un parfois pense à le leur redire Sans doute pas car ils font comme si de rien n'était semblent avoir le temps d'offrir un café des gaufrettes à l'inconnu qui vient représentant de commerce sondeur pour les médias témoin de Jéhovah. Qu'est-ce que je fais ici je n'ai rien à y faire je m'apprête à m'enfuir Wouh-Ah. Je tends le livre au troll je dis d'une voix étrangère trop polie trop bien contenue

J'ai pensé que c'était à vous et je n'ajoute pas Gros connard Vieille Pute. « Oui, oui, parfaitement, ce livre m'appartient. Mais entrez, entrez donc, j'ai si peu de visites !... » sourit monsieur Poussin. Il me pousse d'une main légère entre les omoplates pour me faire avancer dans la pièce principale son autre main s'appuie au déambulateur. Près de lui je me sens immense. Jeune géante robuste irradiant de santé. Dans cette pièce à contre-jour la fenêtre découpe au rasoir un rectangle de lumière aveuglante intrusion de blancheur dans ce caveau cet antre. « Je l'avais posé là. » Il montre la fenêtre il rit « Il sera tombé avec le vent. Dire que depuis hier je le cherchais partout ! » Ce livre lui appartient donc D'ailleurs c'est évident mes yeux accoutumés au contraste violent font maintenant la part des choses l'éblouissement s'estompe Je vois Ça me saisit La pièce est tapissée de photos en noir et blanc il y en a partout sur les murs sur les portes les meubles les cloisons encadrées punaisées accrochées à des fils à linge qui traversent la pièce en tous sens en suivant des trajets calculés pour la taille du petit Poussin bancal je dois baisser la tête je dois faire attention et pourtant je ne suis pas grande. Mon regard embrasse cette scène de crime s'y accroche s'y englue moucheron capturé dans la toile collante on se croirait dans un film d'angoisse chez un de ces fous pervers Wouh-Ouh-Ah Enculé qui inlassablement décorent leur enfer des portraits de leurs victimes et si c'était le cas elles seraient innombrables Devant moi il y a une foule muette. Pas une seule nature morte ni paysages ni bouquets des gens partout des gens Il y a un point commun entre tous ces portraits il me semble une invariante mais de quel ordre quand soudain je finis par *saisir* Ta Tadaaa comme dans ces illusions d'optique quand un dessin peut se voir en relief ou en creux et dès que le cerveau se prend enfin au jeu tout s'éclaire tout change. Monsieur Poussin a pris toutes ses photos depuis cette fenêtre. Des centaines de photos argentiques Wouh-Ah certaines surexposées floutées d'autres d'une incroyable netteté toutes pétries de joie de mouvement de lumière. La rue Non *cette portion de rue* visible depuis la fenêtre sert de scène de théâtre depuis combien d'années. Lueurs de crépuscule aube printemps hiver après-midi d'été enchaînement de saisons aux branches des platanes bois nu bourgeons feuillage luxuriant feuilles tombées au sol Pavés mouillés de pluie blanchis de neige vibrant de chaleur lourde panorama identique et changeant sur lequel défilent visages silhouettes anonymes êtres humains Passants Parapluies ouverts en corolles bottes montantes jupes courtes manteaux de laine capturés par cet œil vigilant de cyclope l'objectif de monsieur Poussin qui du fond de sa niche sombre regarde passer le fleuve incessant de la vie. Il suit mon regard Dit « Si vous vivez dans le quartier, vous allez sûrement vous trouver ! Regardez donc de plus près, si, si, je vous en prie ! » Il dit ça en riant le vieux troll photographe moi je n'ai plus qu'une envie reconnaître des visages et d'ailleurs c'est le cas je viens de voir un portrait de Diego Ta Tadaaa deux photos de Tonton dont une magnifique mon voisin de palier parti il y a trois ans la boulangère le boucher et là Freddie qui passe comme une ombre rapide et moi oui *moi* sur le trottoir d'en face dans une belle lumière de début de soirée. Je ne me suis jamais vue ainsi jamais ça me saisit me déroute Je marche d'un pas vif on doit être à la fin du printemps je porte un long foulard gris doux sur la photo mais en réalité il est bleu porcelaine. Il émane de moi une grâce aérienne dont je ne me savais pas dotée. Je souris malgré moi Je souris. Monsieur Poussin tend sa main déformée par les siècles ouvre la pince à linge avec difficulté délivre le portrait du fil sur lequel il était retenu me le donne je refuse il insiste l'émotion me submerge je ne sais pas pourquoi Wouh-Ouh-Ah-Ah. Plus tard entre monsieur Poussin et moi s'ébauche au fil des jours un lien subtil pas vraiment amitié ni tendresse comment le qualifier je pense au mot complicité mais de quoi serions-nous complices. Je vais le voir de temps en temps je sais où le trouver il n'y a pas de surprise il ne met pas le nez dehors même pour aller acheter son pain Une *auxiliaire de vie* vient le voir tous les matins pour s'occuper de lui sans cela il mourrait de faim de soif d'isolement c'est ainsi Il y a des gens qui ont besoin d'un moteur auxiliaire pour vivre. Monsieur Poussin ne me raconte pas tellement son histoire je ne lui inflige pas trop la mienne nous nous faisons le cadeau réciproque de conserver quelques secrets. Il remarque bien sûr mes pollutions de gestes mes écarts de langage comment faire autrement mais nous n'en parlons pas. Je vois sa laideur son déambulateur son grand âge sa solitude. Lorsque je suis assise au fond de sa caverne sur la chaise à la paille attaquée par les griffes d'un chat mort depuis bien longtemps lorsque je bois à petites gorgées sa tisane éventée dans une tasse aux bords douteux mes parasites faiblissent et parfois capitulent je ne veux pas savoir pourquoi. Savoir finit toujours par tuer la magie. J'ai bien peu de détails sur lui. Il va fêter ses cent trois ans rien que ça c'est vertigineux Il aurait voulu devenir photographe. Mais vous l'êtes je dis vous l'êtes Votre travail est magnifique. Moi je voulais être professeur Professeur vous imaginez. Vous êtes un Renoir de la photo argentique vos femmes sont aimantes vos hommes sont comblés et vos photos guérissent vous avez ce pouvoir. « Guérissent ? » Monsieur Poussin rit de toutes ses gencives sur lesquelles demeurent quelques pitons rocheux. Oui je dis Oui *guérissent* Parfaitement *guérissent* je me suis toujours détestée en photo mais sur le portrait de moi que vous m'avez donné je me suis trouvée belle vous ne pouvez pas imaginer je dis vous ne pouvez pas comprendre ce que cela me fait. « Je crois que si, répond monsieur Poussin. Je me souviens qu'en juillet 46, une femme m'a dit Je t'aime ». Je ne lui demande pas qui était cette femme. Savoir qu'elle lui a dit *Je t'aime* me suffit. Monsieur Poussin petit vilain son gros nez ses grandes oreilles Monsieur Poussin a fait battre le cœur d'une femme Était-elle fade quelconque disgracieuse pleine de charme ça n'a pas d'importance. Le jour où monsieur Poussin me fait cette confidence je pense à Freddie qui m'aime *m'a aimée* avec mes tocs mes tics mes trucs mon *ça* on peut donc pour un temps au moins aimer l'autre pour ce qu'il *est*. Je passe des heures sans me lasser à regarder ces photos qui racontent par pleines boîtes par pleins fils à linge tendus la vie de ce quartier depuis plus de quatre-vingt-dix ans. Monsieur Poussin me fait les honneurs de son laboratoire dans sa petite salle de bains agrandisseur bacs en plastique fixateur révélateur bain d'arrêt papier mat brillant satiné. Je dis Vous développez vous-même vos photos c'est incroyable Monsieur Poussin sourit de mon air fasciné « Ce n'est pas bien compliqué, vous savez… Ça vous intéresserait de voir comment ça marche ? » Et lui et moi dans le noir absolu puis nimbés de lumière rouge moi assise sur le bidet lui debout devant sa baignoire vénérable sorcier aux pouvoirs mystérieux odeur âcre des produits Portraits qui apparaissent lentement sous nos yeux tels des Polaroids d'un autre âge d'une bien meilleure qualité cet œil expert du vieux troll qui trie déchire garde soupire se réjouit « Toute ma retraite y passe, vous savez ! » J'assiste à des naissances rapides et sans violence Fleuriste facteur livreur petite fille jeune amoureux tous ces gens dont l'âme se révèle puis se fixe Chimie et alchimie conjuguées des potions et des philtres Hydroquinone Thiosulfate de sodium Bisulfite de sodium Aqua simplex du robinet. « Lorsque mon père est mort, me dit monsieur Poussin, je venais d'avoir dix ans. Il avait été photographe de guerre, la Grande Guerre, bien entendu. Il s'appelait Louis Poussin. » Je demande Poussin comme le peintre. Il sourit « Non, non, Poussin… comme un poussin ! » Il dit « J'ai hérité de tout son matériel. Je l'avais souvent vu faire, j'avais même commencé à développer des clichés avec lui, il m'avait déjà presque tout appris. J'adorais mon père, il était tout pour moi. À cinq ans, j'ai été renversé par la charrette du laitier, je boitais bas, j'étais devenu, comment dire ? J'étais un peu sauvage… Le regard des autres, vous comprenez ? » *Oui* « Lorsque mon père était à la maison, il me consacrait tout son temps. Après sa mort, ma mère a dû penser que la photographie me consolerait un peu de l'absence de mon père. Aujourd'hui on ne laisserait pas un enfant manipuler ce genre de produits, mais à l'époque… » Il ajoute après un moment « Après quatre ans de guerre passés sur tous les fronts, mon père est mort d'une simple grippe… On ne sait jamais à l'avance où nous attendra le destin. Je n'ai presque aucun cliché de lui. » Monsieur Poussin montre une porte. « Il est mort dans cette chambre. C'est la mienne, maintenant. J'ai passé toute ma vie ici. » Monsieur Poussin photographe par devoir de mémoire terré dans ce réduit comme l'était son père au fond de la tranchée Traversant jour après jour son siècle sans jamais témoigner d'autre chose que de la vie quotidienne banale vue depuis son fauteuil sa fenêtre. Monsieur Poussin dit que son travail est loin d'avoir le même intérêt que celui de son père Il répète « Ce n'est qu'un passe-temps, c'est tout ! » Son père avait du talent *Lui*. Je ne suis pas d'accord je dis Je ne connais pas le travail de votre père mais je vois le vôtre c'est l'œuvre d'un ethnologue d'un poète c'est une lanterne magique qui projette sous mes yeux le reflet de temps disparus. Longueurs des jupes en corolles des pantalons remontés hauts Coupes de cheveux à la garçonne hauteurs de talons Pied-de-poule vichy rayures Je trie je fouine je farfouille Je me reconnais sur huit portraits Freddie sur douze Tonton sur une vingtaine je découvre son visage encore jeune et mince la lente succession d'outrages de naufrages jusqu'à sa tête d'aujourd'hui sa caboche burinée de pêcheur de morue. Sur toutes ces photos les gens paraissent aimables et beaux ils paraissent heureux c'est extraordinaire Je découvre même une photo d'Elvire sans doute prise un jour où elle venait chez moi. Lorsque je lui demande de me la prêter le temps d'en faire une copie monsieur Poussin dit « Gardez la, ça me fera plaisir. Prenez toutes celles que vous voulez. Mais si ! Lorsque je partirai tout cela s'en ira avec moi, vous savez. Ça finira à la poubelle. Qui voulez-vous que ça intéresse ? » Dans la voix de monsieur Poussin pas d'interrogation totale certitude rien de ce qui a fait sa vie ne restera Plus rien et comment ne pas accepter ses photos dans ce cas comment ne pas répondre Moi justement oui *Moi* ça m'intéresse je veux bien un assortiment pas une pleine brassée même si j'en ai envie disons quelques clichés soigneusement choisis dont cette photo d'Elvire qui date d'il y a deux ou trois ans ses cheveux plus longs à l'époque ce pull elle ne le quittait pas Une ombre de sourire une pose gracieuse le visage tourné par-dessus son épaule on dirait qu'elle attend quelqu'un et peut-être que c'était moi Sur la photo son regard est capté je ne dis pas figé mais pour une fois arrêté apaisé. Immobile. Monsieur Poussin devrait se prendre en granulés se boire en infusion le soir dans chaque tasse infuser diffuser ce qui émane de lui de son regard attentif bienveillant. Monsieur Poussin est un artiste rare Ses portraits sont des airs de valse.

Je passe ma première nuit de fille de nouveau disponible sur le marché de l'amour qu'on se le dise Bordel de Pute ma première nuit de célibataire depuis quatre ans Quatre ans déjà Elvire et moi nous parlons de nos pères nos mères nos familles ce goudron collant sur nos plumes. Le père d'Elvire malade imaginaire mais l'imagination est mortelle parfois Elvire évoque un peu à peine ses dernières heures à l'hôpital fin de la pièce puis coma Toute une vie d'homme hanté par la peur de tomber malade tristement résumée dans son ultime journée blouses blanches perfusions lit médicalisé *Mais avant* Je demande Comment c'était *avant* « Entre mon père et moi, tu veux dire ? » Elvire réfléchit elle dit qu'elle ne sait pas « En fait ça *n'était pas*. Ni bien ni mal. » Elle ajoute « C'est horrible, tu vois, mais je n'ai pas un seul vrai souvenir de mon père. Quand je pense à lui, c'est flou. Pourtant quand il est mort j'allais avoir vingt ans, je devrais pouvoir m'en souvenir, mais je n'ai rien partagé avec lui, rien. On se côtoyait, c'est tout. Entre nous ça se résumait à Bonjour Bonsoir Joyeux Noël Bonne Fête Papa Joyeux Anniversaire. Par contre, je me souviens de ses ordonnances, ses piles de médocs partout dans la maison que ma mère époussetait dix fois par jour, dessus dessous pour chaque boîte, *ses nids à poussière,* elle disait. Après la mort de mon père, j'ai demandé à ma mère qu'est-ce qu'il avait, comme maladie, pour avoir autant de traitements ? Ce n'était pas le genre de questions qu'on posait, chez nous, mais je crois que j'avais la trouille d'un truc héréditaire. Ma mère m'a répondu qu'il n'était pas malade, qu'il ne l'avait jamais été, qu'il craignait seulement d'attraper *quelque chose*. Je me suis dit qu'ils s'étaient bien trouvés tous les deux et que passer son temps à craindre d'attraper *quelque chose,* c'est la pire maladie qui soit. Je me suis dit aussi que mon père, qui n'avait rien, avait quand même trouvé des médecins pour lui refiler sans broncher des cachets, des pilules… Entre lui qui se prenait la tension et le pouls dix fois par jour au moins et ma mère qui a failli tuer mon frère en le décrassant à la Javel parce qu'il avait joué dans le sable où un chien avait peut-être pissé, j'ai fini par comprendre que ma sœur se soit foutue à l'eau et que mon frère cherche à crever le plus loin possible, dans les pires conflits du monde. Chez nous, ça puait la mort et le désinfectant. » On laisse passer un souffle une respiration puis Elvire demande « Et toi, alors ? Chez toi ? » Je tente de parler de mon père ce grand inconnu grand absent Ce père qui a pris la fuite lorsque j'avais trois ans dès les premiers chambards les premiers parasites dès l'apparition du *syndrome*. Je dis *ce père* pas *mon* père je ne vois pas pourquoi je mettrais le possessif aucune appartenance aucune Où se trouve la filiation avec *cet homme* revenu bien plus tard bien trop tard j'avais quinze ans Quinze ans ce n'est pas l'âge du pardon loin de là j'ai détesté ce père venu tambouriner à la porte de ma vie une famille entière accrochée à ses basques une compagne un demi-frère deux fausses sœurs toute une *famille* Bordel de Pute qui me regardait comme une bête curieuse mais peut-être que non que je l'imaginais Peut-être qu'ils venaient vers moi les bras ouverts vraiment seulement pas de chance les miens étaient fermés trop peur d'être déçue rejetée mal aimée petit chat plein de griffes petit chat échaudé. Ce père aux abonnés absents qui espérait Tadaaa blanchir sa mauvaise conscience mais non ça ne marche pas comme ça Je ne suis pas un pressing j'ai dit Tu peux crever Tu m'as laissée tomber tu n'as pas été là je me suis démerdée sans toi on ne peut pas refaire l'histoire je m'en fous de ta contrition et de ton regard désolé je m'en fous Je n'ai plus besoin de toi j'ai dit Je n'ai pas besoin de te pardonner tu n'existes plus tu *n'es* pas Ne compte pas sur moi pour te décharger de tes remords s'ils t'empoisonnent tant pis pour toi. Aujourd'hui est-ce que je lui répondrais autre chose pas sûr la question ne se posera pas trois ans plus tard Wouh-Ah il s'est encastré dans un mur en rentrant du travail je l'ai su par ma mère qui a été prévenue je ne sais plus par qui Il y a toujours de bonnes âmes pour apprendre aux voisins les tragédies et les drames. Je suis un peu émue ça se voit Ta Tadaaa mes bras pantins nerveux mes mains polichinelles ça s'entend aux syllabes contre lesquelles je bute aux mots comme des haies obstacles horripilants où ma langue vient trébucher Elvire rit parfois pour un mot écorché une répétition trop ridicule *cule* son rire me distrait m'aide me réconforte Je dis Je n'aime pas trop parler de lui tu sais. Je lui explique ensuite les raisons de mon départ ce prétexte futile pour deux mots malheureux Freddie qui me couvait de près sans me laisser quitter le nid Un nid enduit de glu des liens noués si fort qu'à la fin ils étranglent C'est peut-être cette absence du père qui m'a poussée dans les bras d'un homme plus âgé la différence d'âge n'est pas si importante huit ans est-ce que ça compte mais ça m'aura donné le sentiment d'un refuge un homme solide voilà ce dont j'avais besoin en tout cas je le croyais.

Je dis la confiance en moi qui s'est amenuisée lentement épuisée le regard de Freddie dans lequel j'ai toujours pu lire de la tendresse Toujours mais où je n'ai jamais vu la foi qui soulève les montagnes fait dire à l'Autre « Quel que soit ton combat, je suis à tes côtés, je sais que tu vas gagner, que tu peux y arriver » Cette foi grâce à laquelle il n'y a pas de montagnes trop hautes. Je suis peut-être trop exigeante Je dis. Elvire ne répond pas elle ne prend pas parti simplement elle m'écoute les oreilles en confessionnal assise sur son lit genoux entourés de ses bras menton posé dessus le drap tout autour d'elle. Je raconte les *Bracassés* mes images d'oiseaux de nids de petits mammifères bondissants et sauteurs Ta Tadaaa Elle rit Elvire elle rit Elle rit facilement. Je donnerais ce que j'ai et ce que je n'ai pas pour ce trésor de rires moi qui prends si souvent la vie par la face nord Elle me décrit les idées qui lui viennent imagine un relief sauvage désolé les Grandes Bracassées aux sommets inviolés. Elle dit « Et *Nystagmus*, alors ? Ça ne t'inspire pas, ça ? » Si bien sûr *Nystagmus* un de ces noms énigmatiques poétiques étranges comme on en donne parfois aux maladies. Un Nystagmus je dis c'est un oiseau de nuit Un grand oiseau aux plumes sombres avec des yeux immenses d'une belle couleur Une belle couleur jaune orange. « Des yeux qui bougent dans tous les sens ? demande Elvire. Des yeux comme les miens ? » *Tes yeux ne bougent pas ils dansent.* Elle sourit elle répète « Ils *dansent* ? OK, je prends. Je trouve ça très joli. » Elle dit que pour elle un nystagmus c'est une statuette orientale en porcelaine fine Un objet rarissime en fait quelle chance d'en avoir un. Voilà je dis voilà comment on devrait voir les choses On devrait toujours adopter le nom de ses symptômes syndromes affections craquelures du vernis On devrait les apprivoiser compagnons familiers leur donner un visage se les approprier s'en faire des alliés Ne pas nier la différence à quoi bon les damiers ne seront jamais identiques aux rayures On devrait en faire notre signature notre originalité. Je dis Sur ce je vais dormir sinon je vais finir par dire des conneries Admire ma grâce ma souplesse admire ta copine à la patte cassée quand elle se tortille chenille pour se mettre dans son duvet Elvire souffle les bougies demande « Tu gueules la nuit aussi, des fois ? C'est juste pour savoir si je mets mes boules Quiès ? »

Freddie ne s'est jamais plaint Je dis.

J'ouvre les yeux entre inquiétude et manque Que faire de ma journée où dormir cette nuit Wouh-Ah ma part de lâcheté fleurit spontanément à l'ombre de mes doutes. Revenir à l'appartement faire comme si de rien n'était Dire à Freddie Mais quoi lui dire. Il va me manquer c'est certain et la vie avec lui la moelleuse quiétude et plus encore et davantage le fantôme de l'amour que j'avais fantasmé. Si je rebrousse chemin si je retourne vers lui je vais me perdre m'égarer une part de mon âme va disparaître la part qui fait que je suis moi en toute indépendance et toute liberté. Elvire fait le café je beurre des miettes de tartines ce n'est pas évident avec mon bras plâtré mes sauts mes soubresauts Elle dit « Tu vas faire quoi, du coup ? Tu as des projets ? » Je vais faire quoi *du coup* très très bonne question. Déjà trouver un lit mon besoin viscéral de nid s'aggrave gravement en regardant mon sac à dos trop lourd posé contre le mur à côté du divan ce sac à dos Tadaaa qui contient ma fortune mon ordi mes papiers mes culottes en coton. Elvire se demande à haute voix si quelqu'un dans nos connaissances ne pourrait pas me louer une chambre une coloc une sous-loc. Je dis Bien sûr ça court les rues les gens qui veulent louer à quelqu'un comme moi Wouh-Ouh-Ouh-Ah-Ah-Ah Elle soupire « En même temps, si c'était aussi simple je ne serais pas obligée d'aller *chez qui tu sais*… » Elle me serre aux épaules m'embrasse sur l'oreille me réconforte comme elle peut « Dès que je trouve un coin pour me poser, je te fais signe, c'est promis. On se démerdera, on est des grandes filles ! » Je roule mon duvet enfin je *tente de* Ce n'est pas aujourd'hui que mon corps se mettra d'accord avec ma tête Ah Ah Je finis par bourrer le duvet à coups de poings dans le sac Bordel de Pute Je fais la brave Je dis Ça va aller Mais ça ne va pas du tout Non. De toute façon il ne fait pas froid je dis Au pire je dormirai dehors. « Fais gaffe à toi, répond Elvire. Ne va pas dans des coins déserts. » Je sens que ça la contrarie de me voir livrée à moi-même. Elle réfléchit soupire ajoute « *Au pire*, comme tu dis, ça te dirait pas de dormir chez ma mère ? » On fait la même grimace on a le même rire. « Allez, fais-toi plaisir, je sais que tu en rêvais… » Mon téléphone sonne c'est Freddie il a la voix de quelqu'un qui n'a pas trop dormi me demande si ça va j'ai la gorge qui se serre *Ça va et toi* Freddie hésite répond un peu trop vite « Oui, oui ! » puis rectifie « Enfin, non, pas trop, non, ça fait vide. » Est-ce qu'il parle de l'appart de son cœur de sa vie. Oui ça fait vide Je dis. Ce qui *fait vide* aussi c'est mon avenir proche je préfère ne pas trop m'inquiéter du lointain Un supplice à la fois Pas de boulot une allocation d'adulte handicapé au montant ridicule l'appart était payé par Freddie bienvenue dans la vraie vie chaque chose en son temps Elvire part au travail on se donne rendez-vous en fin de journée devant chez sa mère d'ici là je vais aller déposer une demande de logement social Tadaaa la toute première urgence est là Ce genre d'urgence qui se résout au bout de plusieurs mois Dans le meilleur des cas.

Elvire n'a pas menti à propos de sa mère Elle vit dans une maison aussi aseptisée qu'un bloc opératoire et d'ailleurs ça sent la clinique on se déchausse en entrant on se lave les mains et surtout *on ne touche à rien* Elvire ne fait pas de vagues se plie aux habitudes sans quitter son sourire elle est loin de tout ça bien loin rien de ce que peut dire sa mère ne la perturbe ne la trouble. Son regard papillon oiseau-mouche doit sans doute venir de là Ne jamais rien regarder ça lui permet sans doute de ne jamais rien voir. Sa mère met des couvre-chaussures de centre hospitalier il faut se déguiser de la même façon j'évite de regarder Elvire de regarder mes pieds dans les chaussons bleu schtroumpf en intissé jetable et en boîte de 1 000. Sa mère au regard fou de rongeur pris au piège nous suit un chiffon à la main en essuyant les meubles et les poignées de portes je me sens de moins en moins à l'aise je commence à m'éparpiller et puis Tada un coup de poing soudain dans le mur Pute Salope Pute La mère d'Elvire sursaute Grosse pute Enculé Elvire la prend d'autorité sous l'aile va la briefer dans la cuisine elles reviennent cinq minutes après Elvire me fait un clin d'œil rassurant Sa mère un peu plus calme marmonne entre ses dents « Viens, je vais te montrer ta chambre, *Harmonique* » Je ne rectifie pas OK pour Harmonique nique Nique sa mère et moi nous montons à l'étage Elle m'emboîte le pas époussette la rampe parfaitement cirée Ouh Ah dans le couloir photos aux cadres alignés de façon millimétrique portraits figés de la famille le père décédé Ah La grande sœur qui fait la gueule et doit réviser son suicide Elvire petite fille avec des grosses joues Léo quand il avait trois ans aucun portrait de la mère aucun portrait récent je pense à ceux de monsieur Poussin tellement joyeux tournoyants La mère d'Elvire ouvre une porte c'est la chambre de Léo une chambre peinte en bleu qui donne sur la rue jouets livres pour bébés grosses voitures adaptées aux petites mains potelées et pleines de fossettes moquette immaculée sans un grain de poussière lit à barreaux pour nain. Le petit Léo ne vient plus depuis longtemps je le sais. La mère d'Elvire dit « J'espère que ça ira, je vais chercher des draps. » Elvire entre je lui montre le lit elle lève les yeux au ciel elle Dit « T'inquiète. Tu dormiras dans ma chambre, c'est tout. » La mère d'Elvire revient elle porte les petits draps pliés repassés impeccables les dépose sur le matelas puis me montre la salle de bains deuxième à gauche dans le couloir modèle exposition tout est neuf et tout brille à faire mal aux yeux il y a une bouteille d'eau de Javel dans la douche *de l'eau de Javel* Bordel de Pute. Pendant le repas la mère d'Elvire se lève plusieurs fois pour laver ses couverts les nôtres se passe les mains sans arrêt au gel désinfectant. Sa peau est rouge et sèche marquée ici et là de lésions de grattage. Elle marmonne toute seule nous regarde par en dessous surtout moi Wouh-Ah-Ah et ça ne manque pas soudain Ta Ta Tadaaa la détente importune le mouvement brutal je renverse mon verre le vin coule sur la table goutte sur le tapis petite hémorragie. Je veux réparer les dégâts je me lève la mère d'Elvire bondit Elle me bouscule presque me demande de m'asseoir sur un ton angoissé une supplication davantage qu'un ordre Elle part en courant dans la cuisine je suis tétanisée Elvire me fait des signes détends-toi c'est pas grave Sa mère réapparaît armée pour le combat seau d'eau éponges détergent s'accroupit à mes pieds essuie fourbit nettoie jusqu'à la moindre trace Elvire lève ses yeux au ciel ses yeux boules de flipper qui percutent tous les obstacles Elle me regarde par sursauts je pense à son enfance chaotique épuisée elle dit d'une voix lasse « On fera ça plus tard, Maman ! Mange avec nous, OK ? » Sa mère se redresse on ne voit que sa tête qui dépasse de la table qui semble détachée de son corps posée là sur le bord Une tête de veau aux grands yeux larmoyants puis Tadaaa elle replonge bruit discret de l'éponge qu'elle rince dans le seau on se lève de table on part sans dire un mot.

Dans la soirée on parle Elvire et moi on parle dans son grand lit sur ce sujet brûlant la folie de sa mère. « Elle est satellisée » dit Elvire. Je lui raconte madame Suzain Mylord le chien la porte blindée neuf points ma très jolie fracture je parle de *Tabourette* elle éclate de rire on se comprend on connaît cette gêne des gens vis-à-vis de certains symptômes qui dérangent affectent le comportement troubles neurologiques aliénations diverses attitudes anormales ses yeux en essuie-glace toujours en mouvement mon corps récalcitrant et ma langue rebelle on n'avait jamais parlé de ça vraiment l'obscurité facilite les choses Je tente un vague parallèle avec sa mère Elvire coupe aussitôt « Non, ça n'a rien à voir. On ne peut plus rien tirer de ma mère, plus rien. Elle pourrait se soigner. Aller bien, je ne sais pas, mais aller mieux, ça oui. Elle aime trop son malheur. Je crois que ça lui donne l'impression d'exister. » Chocs discrets sur la cloison Elvire soupire « Là, elle est en train de dépoussiérer les cadres, après elle ira faire la salle de bains à fond. Elle n'arrête jamais son cirque avant minuit. Parfois ça reprend vers quatre heures… » *Tu m'en veux si je pars demain.* Elvire glousse. « Elle fout la trouille, hein ? » La trouille je ne sais pas je ne dirais pas ça Elle me met mal à l'aise oui Je me sens crispée ce n'est pas bon pour moi déjà que Wouh-Ouh-Ah. « De toute façon, je vais me barrer aussi, répond Elvire. Je ne me souvenais pas que c'était à ce point ! » Le sommeil est long à venir je ne suis pas chez moi je réagis à tous les bruits La mère d'Elvire a terminé les cadres elle est partie s'attaquer à la douche soupirs et eau qui coule le souffle lourd d'Elvire endormie près de moi mon corps qui évite le contact qui rechigne à trouver son calme cette idée fixe autour de laquelle je tourne et tourne obstinément comme une chèvre autour de son piquet. Je ne sais pas où aller. Chez Tonton c'est le foutoir Capharnaüm de choses étranges plaques d'égout vieux outils chalumeaux matériel de chantier qui lui servent à faire ses sculptures minuscules ou monumentales entreposées dans son hangar Monstres bizarres et drôles droits sortis de l'Enfer version Jérôme Bosch Je m'imagine chez Tonton à taper le carton sur sa table de salon en palette de chantier Pendant que le grand Cthulhu de monsieur Lovecraft me nargue par la verrière de ses gros yeux de vache pensive Wouh Ah Bordel de Pute Ça ne manque pas d'une poésie un peu rude d'accord mais Non Je garde cette solution pour s'il n'y en a pas d'autre Me réfugier chez monsieur Poussin

Tadaaa je ne m'y vois pas non plus je veux bien jouer la brave et garder le moral mais dormir chez un centenaire même s'il est optimiste je ne sais pas si ce serait bon pour moi en ce moment Je ne crois pas.

Second matin l'univers contre moi rien ne va plus méchant karma trop courte nuit il pleut à verse Elvire est de mauvaise humeur elle ne supporte pas sa mère Dispute dans la salle de bains puis au rez-de-chaussée J'entends « Fais-toi soigner ! » J'entends « Ne me parle pas sur ce ton, tu m'entends ? Je suis ta mère ! » Et puis « Ma *mère ?!* N'emploie pas de grands mots dont tu ne connais pas le sens ! » J'arrive dans la cuisine Elvire a les yeux secs elle est assise à table devant une tasse vide front buté mains crispées Je ne l'ai jamais vue en colère jamais sa mère entre à son tour puis repart puis revient elle pleure à gros sanglots Elle me prend à témoin se plaint d'une voix hystérique qui s'éraille s'enraye monte dans les aigus Elvire se lève me prend sous le bras elle dit « On se casse. » Elle tremble d'énervement on marche cinq minutes au hasard elle téléphone à un copain est-ce qu'il peut l'héberger en urgence la nuit prochaine elle tente le coup de me caser aussi je sens que c'est difficile je fais signe *N'insiste pas.* Elle raccroche s'apaise « Je dois bosser à midi, aujourd'hui. En comptant le temps pour y aller je suis libre jusqu'à onze heures, tu as le temps pour un café ? » *Je vais voir sur mon agenda.* Elle rigole se défroisse « Désolée pour la scène. Je devrais le savoir, à force. Je ne peux plus la saquer, je n'y peux rien, elle me sort par les yeux. » Je dis En médecine chinoise la colère vient du foie et *elle sort par les yeux* Tu vois rouge Je dis. Puis on parle d'autre chose. Elle a trouvé un job sympa dans un café salon de thé solidaire ciné associatif lieu de débats spectacles elle y fait la cuisine la serveuse la caissière suivant les besoins du moment certains soirs c'est elle qui monte sur la scène. *Ça y est tu as fini par l'écrire ta pièce tu auras mis le temps.* Elle s'éclaire. « Oui, ça y est ! Enfin, rien n'est au point, bien sûr, mais c'est pas grave. » Je demande le titre *Les yeux en face des trous* Je la regarde On a le même sourire en coin « On parle toujours de soi, c'est connu… » Elle dit que je devrais écrire moi aussi Je lui donne un exemple de mes empêchements Ta Tadaaa je m'imite très bien je lui fais mon numéro Tabourette fait des ratures Tabourette fait des trous dans la feuille casse la pointe de son stylo Tabourette se trompe de touches écrit en langage inconnu XcQoizef pojPkiluglu Elvire rit sans malice ne se démonte pas répond que si c'est trop compliqué d'écrire je peux toujours dicter « Il y a de super logiciels, maintenant. J'ai un pote qui s'y connaît, je suis sûre qu'il peut t'en craquer un sans problème, si tu veux ! » Elle ajoute « Tu aurais des choses à dire, non ? » Des choses à dire qui n'en a pas. On retourne chez sa mère pour chercher nos affaires Drame pleurs tragédie. « Tu ne m'embrasses pas ? » geint la mère d'Elvire. Elvire s'exécute c'est ça elle *s'exécute* je comprends mieux le mot dans ce contexte-là Être obligé d'aimer quelle horrible sentence. J'accompagne Elvire jusqu'à l'arrêt de bus la pluie s'est arrêtée on se promet de s'appeler vite on se dit au revoir le bus démarre Elvire s'éloigne son visage n'est plus qu'une tache claire derrière la vitre du bus qui tourne au carrefour je voudrais courir derrière je me sens seule au monde il n'est même pas onze heures je n'ai pas d'avenir Si j'appelais Freddie je rentrerais chez moi *si j'appelais Freddie* revoilà les questions qui franchissent les douves se lancent à l'assaut de ma frêle volonté je sens que je vais crier injurier à tout va ça monte Bordel de Pute un homme me regarde d'une drôle de façon Enculé il s'approche il me prend à partie énervé puis comprend son erreur s'excuse s'éloigne en courant presque comme si j'avais la peste un couple de canards s'ébroue au bord de l'eau un joggeur passe Mon sac me ruine le dos soudain le ciel se crève et la pluie me submerge. C'est un jour vide un jour en trop je regarde l'heure toutes les cinq minutes je déjeune d'un hamburger je fais des plans fumeux obsédée par la nuit prochaine dormir dehors *Au pire* mais il pleut Dormir dehors mais ça m'angoisse Freddie appelle deux fois je ne lui réponds pas si je réponds je vais craquer la peur va me drosser à la côte m'échouer dans ses bras alors non je ne réponds pas. Je visite deux expos de photos entrée libre je pense à monsieur Poussin Je fais un tour dans une librairie des endroits qui me calment le temps ne s'arrange pas il est à peine seize heures mon téléphone lâche prise je vais dans un café me réchauffer le recharger je tremble comme une feuille je manque de sommeil le constat est sans appel je peux faire ma belle je peux claquer les portes la vérité est là je ne suis pas une tueuse aucune résistance Freddie avait raison je suis une bracassée. « Et pour la demoiselle, qu'est-ce que ce sera ? » demande le serveur. Je pense De l'espoir Je dis Un café noir. S'il vous plaît. Enculé.

Passer devant chez moi sans ralentir le pas passer le dos crispé en ayant peur de croiser Freddie Tadaaa deux jours de fugue deux jours quel incroyable exploit quelle tentative courageuse et me voilà déjà de retour dans ma rue mon sac est imbibé de pluie mon ordinateur prendra l'eau mes petites culottes aussi. Devant chez monsieur Poussin j'hésite est-ce que je tape au carreau est-ce que je sonne chez lui mais *Non*. Si je descendais la rue sur deux cent cinquante mètres je serais chez Tonton dans moins de cinq minutes mais *Non*. Alors quoi quelle perspective je réalise le piège dans lequel je me suis enfermée dépendante de l'appart du confort de Freddie routine rassurante permanence des choses. Je continue ma route mais je ne vais pas loin. La grande porte d'entrée est ouverte je croise un jeune homme en train de se débattre avec un fauteuil rouge je propose mon aide il me regarde un instant évalue le montant des dégâts que je risquerais de causer me répond « Non merci, c'est gentil, mais je vais y arriver. »

Pas de problème Enculé. Je renonce à aider je renonce à exister je vais aller me noyer en plein drame me jeter du sixième je me dirige vers l'escalier il me rappelle me montre la porte de l'ascenseur « Par contre, si vous vouliez bien monter ces trois cartons jusqu'au cinquième et les laisser devant la deuxième porte à gauche, ce serait super gentil, merci. Ma copine est déjà en haut, mais la sonnette ne marche pas, il faut frapper. » Je prends les cartons Wouh-Ah il pose le fauteuil et vient caler la porte de l'ascenseur pendant que je les charge je sens ses yeux posés sur moi Le regard le regard c'est toujours difficile surtout surtout surtout les gens que je ne connais pas. Il sourit me demande « Gilles de la Tourette, c'est ça ? » *Vous êtes médecin* « Non pas du tout, je suis musicien. Mais mon frère l'a également » Il dit *Mon frère l'a.* Pas la peine d'expliquer décrire édulcorer Son frère *L'a.* Il sait. Mon souffle se tempère. « Je m'appelle Maxime. » Je m'appelle Harmonie. Il rit. « Ah ! L'harmonie, ça, je m'y connais un peu ! » On ne dit rien de plus je monte les cartons je les pose au cinquième une fille brune m'ouvre me regarde d'un air surpris j'explique J'ai vu Maxime en bas je m'appelle Harmonie elle s'appelle Fiona Elle me propose à boire je refuse prétexte un rendez-vous « Pour une autre fois, alors ? Merci pour les cartons ! » Elle a l'air sympathique je la trouve jolie Je crois que je lui en veux de sa sérénité De l'amoureux en bas qui porte le fauteuil Des deux copains dans l'appartement qui vissent les étagères au mur et me disent Salut comme si j'étais de la bande De ce grand frisé qui me prend gentiment aux épaules sur le pas de la porte et me plaque sur le côté pour ne pas me bousculer ce grand frisé qui dit « Je redescends aider Max » J'en veux à cette fille pour cet appartement clair pour ses vêtements secs pour tout l'amour que je sens dans sa vie et pour ce chat qui joue déjà sur les piles de cartons Je suis tentée de redescendre dans le hall *aider Max* moi aussi mais je ne le fais pas je m'arrête au troisième.

Je sonne une fois deux fois Wouh-Ah je sonne encore ouvrez moi ouvrez moi j'entends des pas qui montent et puis des rires C'est Maxime son fauteuil et le copain frisé encombré de cartons qui arrivent sur le palier je fais semblant de chercher mes clés je pose la main sur la poignée je joue à la propriétaire je souris d'un air détaché ils me sourient aussi Maxime me remercie ils négocient le tournant disparaissent vers l'étage suivant Seules restent leur voix encore pour un instant je respire un grand coup je crois que je vais pleurer je tape une dernière fois une dernière à la porte Wouh Ah si rien ne se passe tout s'arrête si rien ne se passe je suis morte.

« Harmonie ? » demande une voix.

C'est moi c'est moi Bordel de Pute.

# V
# TISANE

## Jeudi 16

Cela fait presque sept mois que je n'ai pas écrit une ligne. Sept mois déjà, je n'en reviens pas ! Lorsque je me suis rendu compte de quel jour nous étions, j'ai cru à une erreur, mais non. Il faut dire que tant de choses se sont passées, depuis la dernière fois où je me suis confiée à mon cher carnet noir. Et voici que ce matin, je ne sais toujours pas pourquoi (encore une de mes lubies, sans doute) j'ai éprouvé le besoin impérieux d'écrire ces quelques lignes et je me suis réfugiée dans ma chambre. Je n'y suis pas si mal installée, finalement, depuis que la jeune Elvire m'a dégotté ce petit bureau tout à fait pratique, très propre, et pas si laid, ma foi, qu'elle a trouvé sur le trottoir le jour des encombrants. Je suis tranquille, j'ai tout mon temps. Je n'ai même pas à me soucier du repas : aujourd'hui c'est Tonton qui s'en charge (elle s'appelle Denise, mais puisque tout le monde utilise ce surnom gentillet quoiqu'un peu ridicule et mal approprié, je me plie aux usages). Enfin, lorsque je dis que je n'ai pas à me soucier du repas, c'est ma bonne éducation et mon caractère charitable qui parlent. Je m'en soucie, au contraire, et même grandement. Je suis prête à parier ma retraite que nous aurons du hachis Parmentier pour midi, à moins que ce ne soit un gratin dauphinois. Tonton ne peut concevoir un repas sans pommes de terre, qu'elles soient frites, farcies, rissolées, sautées, en purée, en salades, en veloutés, gratins, beignets ou papillotes, de préférence agrémentées de viandes en sauce ou de charcuteries. Moi qui ai la vésicule capricieuse – à force de me faire de la bile pour rien, dirait sûrement Josiane, qui n'en est pas à une platitude près – je dois avouer que je souffre, lorsque Tonton est au fourneau. Mon organisme, déjà mis à rude épreuve par un excès de cuisine russe, ne supporte plus aucun écart, ni de gras, ni de sauce, ni même de pommes de terre. Les jours où Tonton officie en cuisine, mes entrailles protestent comme un syndicaliste tout le reste de la journée. Comme j'ai pris le parti de tousser bruyamment pour masquer mes borborygmes, pas souci de discrétion, Tonton se croit obligée de me fournir en pastilles pour la toux, d'un goût abominable, qu'elle me tend d'une main à ce point impérieuse que je n'ose pas refuser, et pourtant elles me causent des brûlures d'estomac. Heureusement, ma pharmacienne m'a conseillé un très bon pansement digestif, dont le seul inconvénient est que j'urine bleu.

Le jour où j'ai tenté de faire savoir (de façon délicate) que j'aimais *aussi* le poisson, Tonton m'a répondu sur un ton sans réplique qu'il ne fallait pas y compter, ça lui donnerait l'impression d'être au travail. Je n'ai pas bien compris, sur le coup, même si je n'ai pas osé le lui dire. J'ai encore un peu de mal à exprimer le fond de ma pensée et cette horrible peur de déranger, de dire une bêtise, ou que mes propos – fussent-ils anodins – soient mal interprétés. Donc je n'ai pas compris (abrège un peu, ma fille !) jusqu'à ce qu'Harmonie me rappelle que Tonton vend du poisson sur les marchés.

Quelques jours plus tard, alors que je me risquais à faire remarquer que trop de féculents n'arrangeraient sans doute pas mon (léger) problème de poids, Tonton m'a démontré par A comme Andouillette plus B comme Blanquette que c'était totalement faux, que les féculents ne font grossir personne, le gras pas davantage, et que la seule chose à éviter c'est le sucre, c'est tout. « Même les caramels mous et le chocolat fourré ? » ai-je demandé, sur le ton de la plaisanterie. J'ai compris à son regard réprobateur que ma tentative d'humour était tombée à plat, comme toujours, il faut que je m'y fasse.

Je ne sais pas si ce que prétend Tonton à propos du gras et du sucre a été démontré de façon scientifique. Jusqu'à preuve du contraire, le fait de s'exprimer sur un ton péremptoire ne garantit en rien que ce qu'on dit est vrai. Si c'était le cas, néanmoins, je trouverais très déprimant d'envisager la vie sans petites douceurs. Par chance, Tonton ne cuisine pas tous les jours, sinon je me serais suicidée depuis longtemps (et sans doute réincarnée en Roseval, en Charlotte ou en Bintje). Non, si je devais avouer une préférence entre nos cuisinières – ce que je me garderai bien de faire, pour ne froisser personne – je voterais pour Elvire, qui est la reine incontestée des desserts et des entremets. Je me relèverais la nuit pour n'importe lequel de ses gâteaux en plusieurs couches nappés de crème onctueuse et de glaçages colorés. Toujours est-il que je ne me permets plus aucune réflexion culinaire avec Tonton, ni avec qui que ce soit d'autre. Par chance, Harmonie cuisine peu et personne ne lui en tient rigueur, quant à moi, je me mets de plus en plus rarement aux fourneaux, j'ai bien peu le temps de le faire, encore moins depuis quelques jours, avec tous ces préparatifs.

J'entends Tonton chanter dans la cuisine (beugler serait plus juste). Les Piquet vont devenir fous. Cela dit il y a peu de risque qu'ils reviennent se plaindre une seconde fois. Le jour où monsieur Piquet a cru bon de sonner à midi moins le quart pour nous signifier qu'il était « inadmissible d'avoir à supporter cette cacophonie », c'est Tonton elle-même qui lui a ouvert la porte, le torchon sur l'épaule et la louche à la main. Et quand on ne connaît pas le fond de son caractère, la bougresse est patibulaire, avec ou sans louche ou torchon. Elle ressemble à un légionnaire (enfin, à l'idée que je m'en fais). Moi-même, elle m'a fait peur, la première fois où je l'ai vue, pourtant je ne suis pas bâtie en finesse non plus. Il est vrai que le monde entier m'impressionne, je ne suis pas d'une nature bravache. Je devais être lapin de garenne plutôt que lion, dans une autre vie. Quoi qu'il en soit, Tonton intimide. Je ne sais pas si ça tient à son crâne rasé au-dessus des oreilles, à sa taille imposante, à ses chemises d'homme aux manches roulées aux coudes, à ses deux dents de devant ébréchées en biseau, ou bien aux tatouages qui ornent ses avant-bras et affichent en bleu délavé « Mort aux vaches » « Mort aux lois » et « Vive l'anarchie », toujours est-il que monsieur Piquet en est resté sans voix.

– … supporter cette *quoi* ? a demandé Tonton de sa voix de stentor, la main à son oreille, car elle est un peu sourde.

Monsieur Piquet a avalé sa salive de travers, il a chuchoté cacophonie dans un souffle mourant, puis il s'est empressé de faire demi-tour et de retourner chez lui, la tête rentrée dans les épaules au point de ressembler à une vilaine tortue.

Depuis, cela ne surprendra personne, il y a pléthore de protestations courroucées placardées dans le hall. À ce propos, j'ai appris par madame Petrovic, du quatrième, qu'un cercle de paris clandestins a été mis en place dans le bâtiment B. Il s'agit de miser sur le nombre de lettres affichées par monsieur Piquet, dit *Le Blaireau*, afin d'évaluer son record mensuel qui serait, pour l'instant, de 63 plaintes pour le seul mois de novembre. Les petits voisins du quatrième descendent récolter ses messages chaque soir. Il paraît qu'ils en ont plus de mille et qu'ils envisageraient d'en faire un Livre d'or. En attendant, les mises vont bon train. Elles se font en cacahuètes, chips, biscuits apéritifs, sur le même principe que la galette des rois : le gagnant invitera tous les participants, qui apporteront à boire. Le règlement ne précise pas si les Piquet eux-mêmes feront partie des convives. J'ai misé d'un bocal d'olives à la grecque et j'avoue que je tremble car, par malheur, j'ai de la chance au jeu.

Pendant que je raconte ces petites anecdotes, Tonton s'égosille dans la cuisine. Elle a mis la radio à fond et couvre la voix de Caruso,

*Una furtiva lagrima*
*Negli occhi suoi spuntò…*

C'est à ce genre de détails que je réalise le chemin parcouru : je n'aurais jamais imaginé me réjouir un jour d'entendre une presque inconnue bramer au milieu de mes casseroles d'une voix plus puissante que celle d'un cerf en rut (je me fie à un documentaire que j'ai vu sur Arte, je n'ai aucune pratique du brame chez les cerfs) (ni chez qui que ce soit d'autre). (Et pour dire les choses franchement, je ne me « réjouis » pas d'entendre bramer Tonton. J'endure et je subis, sans souffrance excessive.)

Cela dit, Tonton est une belle personne. Elle a le cœur plus grand que la réflexion, ce qui n'est pas difficile, mais ce n'est pas bien grave. Si Tonton chante faux, elle le fait avec cœur. Elle massacre sans pitié le répertoire italien, mais c'est sans mauvaise intention de sa part. Comme le dit si bien la sagesse populaire, c'est l'intention qui compte. À chacun sa place en ce monde. Josiane m'accuserait de faire de l'angélisme. C'est une tournure d'esprit qu'elle pratique fort peu.

Je m'aperçois que j'ai tant de choses à dire, que tant de petits et grands évènements se sont succédé depuis peu. Si mon carnet pouvait parler, je suis sûre qu'il me ferait part de son étonnement, (je lui imagine une voix mélodieuse et, je ne sais pourquoi, un très léger accent. Mais pas russe par contre, non, ça, c'est hors de question !).

Oui, s'il pouvait parler, mon carnet noir, mon cher complice, mon confident des mauvais jours, il me demanderait sans aucun doute : « Chère Fleur, qui sont tous ces gens dont les noms enjolivent mes pages, désormais ? Elvire, Tonton, monsieur Poussin ?... » Car il est vrai que depuis le temps que je m'épanche sur ses pages de la façon la plus intime, jusqu'à ces derniers mois qui ont bouleversé ma vie, je n'ai pas souvenir d'avoir jamais mentionné autant de personnes différentes en si peu de phrases.

Non, non et non, *je m'y prends mal !* Je voudrais raconter les évènements dans l'ordre mais, brouillonne comme je suis, je crains de ne pas y arriver.

Je mets la charrue avant les bœufs et les bœufs dans le poulailler.

Quelle que soit la chronologie, elle n'a que bien peu d'importance, comparée à cette immense peine qui m'a terrassée il y a peu : mon Mylord m'a quittée. De ma vie je n'ai éprouvé de peine aussi profonde, sauf peut-être le jour où je me suis aperçue que ma balance me faisait une ristourne de plus de dix kilos. Et encore, il n'y a pas matière à comparer, une balance peut se remplacer. Mylord était irremplaçable.

Je l'ai retrouvé un mardi matin, mon pauvre bouchon, endormi pour toujours dans sa panière blanche, son hochet à côté de lui, sa petite patte posée dessus. J'ai songé à mourir, tant cette découverte m'a déchiré le cœur. Si je ne me suis pas laissée aller à ce projet fatal, c'était pour une raison sottement prosaïque : je n'avais plus de Constipax. Si je m'étais suicidée à coups de Sérénix, de Zenocalm et de Placidon, leurs diverses molécules se seraient livrées en moi à des querelles intestines (sans mauvais jeu de mots) et je savais très bien quelle tragique conséquence en aurait résulté. Je ne pouvais décemment pas infliger un spectacle aussi pathétique à celui ou à celle qui aurait découvert mon gros corps de baleine étendu sur le sol.

Échouée, passe encore. Mazoutée, sûrement pas.

On a sa dignité.

Ma peine a été un tant soit peu apaisée par Harmonie qui, à la suite de recherches, m'a appris quelques jours plus tard que les carlins vivent rarement plus d'une douzaine d'années. Mon bébé allait fêter ses quatorze ans, cela prouve que je m'en suis toujours bien occupée, et il faut se résoudre à ce qu'une vie s'achève.

Oui, contre toute attente, Harmonie m'a été d'un grand secours, au moment du décès de Mylord. Ainsi que Tonton, monsieur Poussin et Elvire, depuis. Sans elle, sans eux, il ne fait aucun doute que je me serais laissée aller à la plus noire mélancolie. Ceci étant, lorsque je tente de poser un regard objectif sur ma vie actuelle (Josiane prétendrait que j'en suis incapable) (je me demande parfois si elle m'estime vraiment ?) je crois que le départ de mon petit chéri a sonné les prémices d'un changement profond. Je ne suis pas certaine que l'expression « sonner les prémices » soit correcte mais, après tout, si l'on sonne le glas pour signifier un deuil, je ne vois pas pourquoi on ne sonnerait pas les prémices quand il s'agit d'une naissance. Bien entendu, Josiane se ferait un devoir de m'apprendre ce que je sais déjà, à savoir que « glas » *est un nom propre donné à un type particulier de lente sonnerie de cloches, d'ordinaire jouée sur un seul ton, et réservée aux enterrements*. Elle ajouterait, en levant haut son nez pointu, que le mot *glas* vient du latin *classum*, dérivé de *classicum*, qui veut dire sonnerie de trompettes, quand *prémices* est issu du latin *primitiae*, qui désigne les premiers fruits de la terre ou du troupeau destinés aux offrandes religieuses et que, si l'on peut sans nul doute faire sonner des trompettes, on ne peut espérer en faire autant de poires ou de veaux. Je gage même qu'en disant le mot « poire » elle poserait sur moi un regard pénétrant. Josiane n'est jamais si contente que lorsqu'elle peut ramener sa science. Mais qui n'entend qu'une cloche n'entend qu'un son, et le sien n'est pas agréable.

Je sais bien, moi, qui aurait pu répondre à cette question, qui aurait su me parler savamment des *prrrrémices.* (*Arrête !*)

Harmonie était chez moi depuis quelque temps lorsque le drame est survenu. Et c'est entre ses bras fragiles (dont un récemment fracturé, quelle pitié, je m'en veux encore quand j'y pense) que je me suis effondrée à demi au matin de la tragique découverte, au risque de causer une seconde victime, par étouffement cette fois. Mon cri d'horreur l'avait tirée du lit, à sept heures quinze. Cette petite demoiselle est rarement levée avant neuf heures et demie. Je l'ai vue arriver vêtue d'une de ces prétendues culottes dont l'arrière est réduit à une simple ficelle et d'un débardeur en dentelle qui ne laissait pas ignorer grand-chose de sa modeste morphologie. Moi-même j'étais, comme tous les matins, revêtue de ma robe de chambre en satin canari, qui a encore dû rétrécir au lavage, car elle me gêne de plus en plus aux entournures. Bref. Mon pauvre bébé dormait de son dernier sommeil et moi, en larmes, je cherchais désespérément mon Placidon dans le bac à légumes du réfrigérateur, où je ne le mets jamais, c'est dire dans quel état cette tragédie m'avait mise. Harmonie a compris tout de suite de quoi il retournait, elle m'a obligée à m'asseoir, elle s'est occupée de tout. J'ai beaucoup apprécié qu'elle soit présente, ne serait-ce que pour trouver mes gouttes de Pondéral (vu la gravité de l'urgence). Je tremblais si fort sur mes jambes que j'aurais été incapable de faire un pas. Harmonie s'est montrée attentive, prévenante, elle n'a quasiment pas renversé le verre qu'elle me tendait, et me faire traiter de Grosse P… ne me heurte pas plus que ça, maintenant que je sais que c'est dit sans malice.

Ce deuil m'a profondément secouée, d'autant plus qu'il venait après l'*épisode Borodine*, et son lot de péripéties.

J'entends d'ici mon carnet protester : « Fleur, tu n'expliques pas pourquoi cette jeune femme était chez toi, au matin du drame ! » Et c'est vrai, je ne l'ai pas dit.

Harmonie était donc là quand mon bouddha aux pommes m'a quittée pour toujours. Elle ne m'a guère laissé le choix, le soir où elle s'est invitée à l'improviste. Il était 19 h 26, il pleuvait à verse depuis le matin, l'orage s'approchait. Je venais de faire prendre son bain à Mylord (il aimait tant jouer dans sa baignoire avec ses canards en plastique, mon joli cachalot d'amour !). J'étais en train de le sécher dans la salle de bains avec sa serviette bleue brodée à son prénom, avant d'aller préparer son repas, lorsque j'ai entendu sonner. J'ai bien failli ne pas ouvrir : je n'attendais personne et les visites imprévues me stressent horriblement. Par chance, je n'en reçois jamais.

La sonnerie de l'entrée a retenti de nouveau, trois ou quatre fois. « Encore un représentant ! » ai-je murmuré à Mylord. Il n'y a que ces gens-là pour venir vous déranger à l'heure des repas et insister avec autant d'impolitesse. Puis je me suis souvenue que nous étions dimanche. Ensuite, on a frappé, assez discrètement. J'ai senti la panique me serrer au collet, je me suis précipitée (sans bruit) dans la cuisine pour prendre un Zenocalm. Je suis revenue sur la pointe des pieds, en retenant ma respiration et j'ai cru m'évanouir lorsque j'ai vu la poignée de la porte s'abaisser légèrement comme si on cherchait à pénétrer chez moi. J'ai entendu des bruits de voix sur le palier, des rires. Depuis le matin il y avait des allers-retours incessants dans l'escalier, j'avais pu entrevoir par l'œilleton un groupe de jeunes gens en train d'emménager et j'avais entendu la porte des Piquet s'ouvrir et se fermer de plus en plus bruyamment une dizaine de fois. J'imaginais sans peine à quel point elle et lui devaient se ronger les sangs. La petite troupe s'installait dans l'appartement laissé vacant par monsieur et madame Cerrano, un couple de personnes âgées très calmes. Surtout lui, depuis son AVC. Ils venaient de partir en maison de retraite. Leur appartement est pile au-dessus du mien, mais il est au cinquième, ouf ! Je me souviens d'avoir pensé que madame Petrovic ferait tampon entre eux et moi. Si une communauté devait s'installer dans l'immeuble, j'aimais autant être préservée dans la mesure du possible de leurs fêtes nocturnes. On sait bien comment sont ces jeunes, toujours à écouter des musiques discordantes en fumant des cachous. (Je tiens l'information du jeune homme du quatrième – celui-là même qui récolte les lettres de monsieur Piquet. Un jour, une petite barrette brune est tombée de la poche arrière de son pantalon, alors qu'il relevait son courrier dans le hall. Je l'ai ramassée et je la lui ai rendue. Et comme, prise d'un incroyable accès de courage, je lui demandais de quoi il s'agissait – car il me semblait reconnaître cette odeur tenace qui flotte régulièrement dans la cage d'escalier – il m'a remercié et m'a répondu que c'était du cachou indien, excellent pour les cordes vocales. Il faut dire qu'ils les sollicitent, leurs cordes vocales, et même *qu'ils tirent sur la corde,* (tu es incorrigible, ma pauvre, arrête d'essayer de faire de l'humour). Ils font parfois de ces raffuts, leurs amis et eux ! Surtout les vendredis et les samedis soir, et jusqu'à des heures matinales. Par chance je dors avec des boules Quiès, depuis monsieur Suzain. J'ai demandé au jeune homme si son remède était sur ordonnance, (j'avais très mal à la gorge, ce jour-là, et mes pastilles de Tranquilvox ne me faisaient aucun effet). D'après ce qu'il m'a expliqué, le cachou indien ne se suce pas, il se fume. N'étant pas fumeuse moi-même, j'ai renoncé à l'idée de lui en emprunter un morceau.

Après réflexion, je me suis dit que ces jeunes gens ne sont guère soucieux de leur santé, malgré tout : fumer des sucreries ne doit pas être bon pour les bronches, même si se soigner avec des plantes est toujours mieux que de prendre de la drogue, c'est entendu.

En tout cas, depuis ce jour-là, ce garçon et sa compagne me disent bonjour quand ils me croisent, ce qui prouve que les jeunes sont capables de sentiments humains, comme les gens normaux. Pour autant leur problème de voix n'est toujours pas résolu, ça continue à sentir le cachou jusque sur le trottoir. Ils devraient consulter.

Bref, je me réjouissais que madame Petrovic du quatrième soit prise en sandwich entre ces nouveaux venus et moi, d'autant qu'ils paraissaient particulièrement nombreux pour s'installer dans un trois-pièces. J'ai appris un peu plus tard, grâce à

Harmonie qui entretient des rapports amicaux avec eux, qu'il s'agissait seulement d'un couple, Fiona et Maxime. Les autres étaient venus pour leur prêter main-forte ce jour-là. Maxime est musicien et Fiona plasticienne. Je les trouve charmants, malgré tout.

Ça y est, je perds encore le fil, je suis incorrigible !

J'en étais au moment où la poignée de ma porte s'était furtivement baissée, au milieu des échos d'une conversation dont je n'ai pas saisi un traître mot, tellement le sang battait fort à mes tempes. Les bruits de voix se sont éloignés dans les étages, tout s'est tu peu à peu. Enfin, après un long silence, alors que je me croyais tranquille, j'ai de nouveau entendu une série de coups secs sur le montant de la porte, suivie de petits aboiements qui m'ont paru vaguement familiers et qui ont mis Mylord en joie. J'ai appelé « Harmonie ? », d'une voix tremblante.

Sa réponse a levé le doute : je ne connais personne d'autre qui réponde B… de P… à l'énoncé de son prénom.

Ce dimanche 2 juillet en début de soirée j'ai donc trouvé Harmonie, avec son bras plâtré et un gros sac à dos, en train de détremper mon paillasson. La pauvre fille était dans un tel embarras… Elle m'a expliqué en deux mots (et quelques onomatopées) qu'elle venait de quitter son ami, ce beau garçon prénommé Freddie. Cette manie qu'ont les gens de divorcer pour un oui pour un non ! De mon temps, on supportait dignement son calvaire. Enfin. La personne qui aurait dû l'héberger lui avait fait faux bond (il s'agissait d'Elvire, mais à ce moment-là je ne pouvais pas le savoir), pour une sombre histoire d'expulsion dont je n'ai pas compris toutes les subtilités et ce d'autant moins que cela ne m'intéressait pas du tout. J'étais bien trop préoccupée par cette visite tardive, la perspective de mon gratin de pâtes qui allait refroidir ou pire, que j'allais peut-être devoir partager avec elle, et le début d'angoisse qui commençait à m'envahir car, même si je venais de prendre mon Zenocalm, il lui faudrait malgré tout vingt à trente minutes pour agir. Ce n'est pas Lourdes, non plus, il n'y a pas de miracles. D'ailleurs, en y réfléchissant, je me demande pourquoi les médecins s'obstinent à me prescrire un médicament qui met près d'une demi-heure à faire son effet, pour calmer des crises d'angoisses qui s'apaisent d'ordinaire en moins de vingt minutes.

Toujours est-il qu'Harmonie se retrouvait à la rue et que, spontanément – les jeunes d'aujourd'hui ne s'embarrassent pas de questions superflues – elle s'était tournée vers moi afin que je l'héberge. Il est vrai, me suis-je dit, que la pauvrette ne doit pas avoir beaucoup d'amis, quand on voit à quel point elle est *(rature)* quand on voit la gravité de son *(rature)* quand on voit toutes ses *(rature)*.

Je me suis dit que la pauvrette ne devait pas avoir beaucoup d'amis. Point.

À peine avais-je ouvert qu'Harmonie est entrée. J'aurais bien refermé ma porte au même instant mais, considérant son bras plâtré, je me suis dit que lui refaire le coup de la porte claquée pourrait s'apparenter à de l'acharnement. De plus, Harmonie m'a chaleureusement remerciée de mon aide, avant même que j'aie pu dire quoi que ce soit. Pourtant, si je m'étais écoutée, je lui aurais volontiers conseillé d'aller chercher secours ailleurs – le plus loin possible, pour tout dire. J'étais terrifiée par la perspective de l'envahissement sonore et visuel qui résulterait de sa présence. Si j'avais pu prévoir, alors, que l'envahissement en question se compterait en *mois*, j'aurais fait la pire crise de panique de ma vie. Une attaque si violente que – quoi que prétendent les médecins, dont je finis par me demander s'ils savent de quoi ils parlent – mon cœur aurait lâché, et que j'aurais précédé Mylord dans les jardins d'Éden dont j'espère qu'ils ne sont pas interdits aux chiens comme l'est le jardin municipal – ce qui est d'ailleurs un vrai scandale. (Je me disperse encore.) Mais je n'ai rien dit, non, je me suis laissé faire (comme à mon habitude, persiflerait Josiane) jusqu'à retrouver mon territoire peu à peu envahi et, pour finir, plus occupé que la France au 11 novembre 1942, à tel point qu'à présent mes deux autres chambres sont prises, l'une par Harmonie et l'autre par Elvire et que, dans le salon, mon Chesterfield sert régulièrement de canapé-lit à Tonton, lorsqu'elle se laisse aller à une sieste pesante, à la fin d'un repas.

Je crois qu'un peu d'autocritique serait la bienvenue, arrivée à ce point de mon récit : j'ai accueilli Harmonie par pure lâcheté, étant donné qu'il m'aurait été encore plus difficile de la mettre à la porte. Je me réjouis désormais de mon peu de caractère, ce défaut pitoyable m'a permis de rencontrer des personnes délicieuses. Il est bon d'avoir des faiblesses, parfois.

(Décidément, je suis incapable de relater les faits de façon ordonnée. J'aurai bien mal retenu les leçons du docteur Borodine.) (Dont je ne veux plus jamais entendre parler.) (Quand je pense que parfois je me laissais aller à l'appeler Fiodor…) (Mieux veut ne plus y penser, justement !) (Quelle affreuse déception, tout de même…) (Tu es bien naïve, ma pauvre Fleur.) (*Arrête !*)

Harmonie m'a demandé si j'accepterais de la loger quelques jours. Tout mon être hurlait NOOOON ! si fort que j'en faisais de l'arythmie. C'est difficile à comprendre, je le sais, pour qui n'a jamais été angoissé dans sa vie. D'ailleurs, penser qu'il y a des gens qui ne savent ni de près ni de loin ce que c'est qu'une angoisse, c'est inimaginable. C'est même, je dois le dire, affreusement angoissant. Le soir où Harmonie m'a demandé de la *dépanner*, je me suis sentie plus mal qu'une personne affligée de vertige que l'on forcerait à marcher sur un fil tendu à trente mètres au-dessus d'un torrent, par un jour de grand vent. Je comprends d'autant mieux ma propre métaphore que je suis très sensible au vertige et que j'ai une peur panique des torrents et rivières. Je crois qu'à la naissance j'ai été gratifiée d'un lot de premier choix. En un instant j'ai entrevu le supplice abominable que j'allais endurer, à côtoyer cette jeune femme. La simple idée de devoir partager mon espace, de renoncer à mon silence et à ma tranquillité m'aurait déjà tétanisée de peur. Le faire avec une personne du genre d'Harmonie équivaudrait pour moi à la pire des tortures. Je m'en serais vomi sur les pieds. Harmonie ne semblait pas comprendre ce que sa demande avait pour moi d'irrecevable, elle me regardait sans rien dire, en tapotant du plat de la main contre le mur du couloir sur un rythme très agaçant. J'ai accepté de la loger, du bout des lèvres, en montrant tous les signes de la plus grande consternation, qu'elle a préféré ignorer, avec l'égocentrisme de son jeune âge. J'ai vécu les premiers jours de cohabitation dans un état de stress permanent, accablée de nausées, de sueurs froides, de palpitations, d'arrêts cardiaques, d'embolies, d'étouffements, et je passe sur les diarrhées, coliques et colites. Seul l'attachement manifeste (et même un peu exagéré) de Mylord envers Harmonie m'a permis de supporter ce supplice chinois. Il semblait si réjoui de sa présence, mon petit crapouillot, que j'ai pris comme un sacerdoce le fait d'accueillir cette jeune déshéritée. C'est le genre de sacrifice que l'on s'impose bien volontiers, avec abnégation, en signe d'attachement à un autre que soi, mon Mylord adoré en l'occurrence.

Et puis mon pauvre bébé d'amour est mort. J'en ai les larmes aux yeux quand j'écris cette phrase. Il est parti, Harmonie est restée. Je ne dirais pas qu'elle a pris la place vacante, néanmoins sa présence m'a rassurée. Je crois même que je n'étais pas mécontente, au fond, d'entendre encore des aboiements chez moi. D'ailleurs, les premiers temps, j'avais tendance à surnommer Harmonie « mon pépère » et à l'appeler à table en tapotant sur le bord de son assiette, ou en faisant des petits bruits de bouche.

Heureusement qu'elle aime les pâtes alphabet.

Je me suis habituée assez vite à sa présence, en fait. Je n'aurais jamais cru que cela soit possible : me lever le matin sans être saisie de frayeurs abominables à l'idée de la croiser en sortant des toilettes ou, pire, de devoir prendre mon petit-déjeuner en sa compagnie, les jours où elle tombe du lit à une heure matinale. (Ce qui est rare.) D'ailleurs, au début, je me levais avant six heures pour ne pas risquer de la voir. J'ai toujours détesté manger devant quelqu'un, je trouve ça disgracieux, j'ai l'impression de ruminer mon foin comme une grosse vache. Et lorsque j'étais obligée de prendre mes repas avec Harmonie, car je n'avais pas trouvé de prétexte valable, je craignais toujours l'accident, eu égard à son *(rature)* à ses *(rature)*. Cela dit, en son temps, je m'étais faite à la présence de monsieur Suzain, ce qui n'était pas rien non plus au niveau des nuisances ! Il n'avait pas l'excuse d'un syndrome spécial, ce qui ne l'empêchait pas de faire des bruits dégoûtants et de dégazer sans arrêt comme un porte-conteneurs ou un vieux cheval de réforme. Sans compter que je devais laver et repasser son linge, lui faire sa tête de veau tous les mardis midi, et je ne parle pas du devoir conjugal, qui n'a rien d'exaltant, loin s'en faut, je ne pense pas qu'on me contredira. Avec Harmonie je n'ai pas ces contraintes. Une fois admis qu'elle ne peut retenir ni ses jurons ni ses gestes brusques, c'est une fille soigneuse de sa personne, plutôt bien élevée. Et lorsqu'elle n'est pas contrariée, il lui arrive de se calmer au point d'avoir un comportement tout à fait acceptable. J'ai appris à l'apprécier, malgré tous ses petits défauts. Elle n'est pas très rangée, c'est vrai, elle a tendance à laisser la vaisselle sur la table ou ailleurs – je trouve des tasses vides un peu partout, et sans soustasses, évidemment, ça laisse des ronds sur tous mes meubles – mais j'ai vite cessé de le lui faire (subtilement) remarquer, car le moindre stress provoque inévitablement ou presque de la casse. Mon service Arcopal en a bien fait les frais. Non, je crois que son seul travers, à mes yeux, c'est qu'elle accorde beaucoup trop d'importance aux petites contrariétés et au moindre bobo. Ce doit être dû à son jeune âge. Quand elle aura atteint le mien (d'âge) elle arrêtera de s'écouter, et elle saura – tout comme moi – montrer un front impavide et serein aux aléas de la vie, sans s'apitoyer sur elle-même. (J'ai découvert le mot *impavide* en faisant mes derniers mots croisés. Je trouve qu'il me correspond bien.)

Lorsque Harmonie a évoqué pour la première fois cette histoire de bras cassés, quelques jours après s'être incrust(*rature*) invitée chez moi, j'ai cru qu'elle voulait encore me faire des reproches à propos de cet accident fâcheux, dont j'étais vaguement responsable. Mais non, les mots venaient de son (ex) petit ami Freddie. Et le plus étonnant, c'est que c'était plus ou moins le motif de leur rupture ! « Bon, eh bien soit ! lui ai-je dit, sur un ton badin, car j'étais soulagée de ne pas être en cause. C'était maladroit de sa part, c'est entendu. De là à rompre… ! Depuis quand peut-on espérer d'un homme qu'il se montre psychologue, mis à part chez ceux qui en font profession ? » (Il me semble avoir ajouté « comme le docteur Borodine ».) Et là, quelle n'a pas été ma surprise d'entendre Harmonie me rétorquer aussi sec que j'avais des propos *sexistes* ! J'en suis restée bouche bée. Voilà qui résume bien cette petite personne : elle quitte son ami pour deux mots malheureux et lorsque j'ai le tort de les minimiser en les mettant sur le compte d'une incapacité masculine notoire, elle me prend à partie au motif *que je serais sexiste*. Je passe sous silence le fait qu'elle venait de se montrer bien critique, elle aussi. Je me serais bien gardée de le lui faire remarquer, j'ai compris la leçon.

Je me suis dit qu'elle faisait quand même bien des histoires pour rien. Deux simples mots, allons !… Puis, peu à peu, je me suis souvenue de réflexions que j'avais subies à l'école, au collège, au lycée, au travail. De certains regards, aussi. Et j'ai pris conscience que se faire traiter de bras cassé – même quand on en a un dans le plâtre – ça peut être vécu comme très humiliant quand on est à ce point *(rature)* quand on a des *(rature)* quand on est une personne du genre d'Harmonie. Ce qui ne l'empêche pas d'avoir de l'humour et une belle fantaisie.

Par exemple, lorsqu'elle m'a raconté les images qui lui étaient venues à l'esprit à propos des « *Bracassés-en-un-mot* », comme elle dit, ça m'a fait beaucoup rire. Faut-il en avoir, de l'imagination… Harmonie a une façon spéciale de voir la vie, je trouve. J'aurais bien aimé parler d'elle avec le docteur Bor (*Arrête !*).

Lorsqu'elle m'a demandé à quoi le mot Bracassé m'aurait fait penser, *moi*, j'ai commencé par lui répondre que je ne voyais pas du tout. Je n'ai pas ses facilités. Mais comme elle insistait, je me suis pliée au jeu. Eh bien, je me suis beaucoup amusée, au final ! J'ai inventé des Bracassés pur beurre, une spécialité gourmande agrémentée de fruits confits, et le verbe transitif Se bracasser (je me bracasse, elle se bracasse, nous nous fûmes bracassés, que tu te bracassasses) qui signifie

« se tracasser pour des critiques blessantes qui n'en valent pas la peine ». Comme dans « ne te bracasse pas à propos des remarques de Josiane », par exemple.

Pendant quelques jours c'est devenu un petit divertissement entre nous, Harmonie me lançait un mot comme on lance une balle, ou bien c'est moi qui tentais une suggestion, et nous partions dans des divagations dont je ne me serais pas crue capable.

Avec Mylord, je ne m'ennuyais jamais ou presque, mais on ne riait pas autant.

Comme je m'étais habituée à la fréquentation d'Harmonie, lorsque Elvire est venue s'installer à son tour, je l'ai trouvée plutôt reposante. En comparaison, en tout cas. Bien sûr, je ne nie pas que lorsque je l'ai vue pour la première fois, même si Harmonie m'avait prévenue, j'ai dû faire un effort tout particulier pour ne pas me focaliser sur son regard, ce qui n'est pas facile. Ses yeux sont animés de mouvements incessants, on croit qu'on va pouvoir les fixer et puis non, ils fuient d'un côté l'autre, on dirait qu'ils jouent au ping-pong, et ça donne un peu le tournis. (Et je m'égare encore, c'est une vraie manie ! Si tu veux raconter les choses dans l'ordre où elles se sont passées, ma fille, il faut que tu t'y tiennes et que tu t'y appliques.)

C'est quand même incroyable de voir comme on peut changer, dans une vie, et à quel point ce qui nous paraissait essentiel peut soudain devenir dérisoire, totalement dépourvu d'intérêt. Pourtant, j'avais déjà vécu le même phénomène avec monsieur Suzain. Enfin, dans une moindre mesure. Je ne l'ai jamais trouvé essentiel.

Pendant des mois, *des mois*, suivant la prescription du fameux docteur Borodine (il faudra bien, malgré tout, que j'aborde ce sujet douloureux), je me suis astreinte à noter tout ce qui me semblait important. Je me suis pliée à cette règle : tenir au jour le jour mon carnet, de façon scrupuleuse. J'ai respecté sa consigne *sans faillir* jusqu'à ce jour où Harmonie est venue garder Mylord (pauvre petit chéri), pour la première fois. Ce jour calamiteux où j'ai traversé la ville, maquillée comme des faux papiers, avant de proférer un mensonge encore plus gros que moi, s'il est possible. Eh bien, je l'aurai vite perdue, cette bonne habitude ! Si je reviens quelques pages en arrière, désormais, je suis gênée de voir tout ce laisser-aller. Certaines dates manquent, des jours sont oubliés, voire des semaines entières. Et des mois, pour finir. Les faits sont relatés de façon superficielle.

Pire, ils sont résumés.

J'ai honte de relire des choses telles que : *Vendredi soir Pâtes au jambon Film.* Ni virgules ni précisions. De quel vendredi s'agissait-il, à quelle heure ? Quel film avais-je vu ?

*La journée tout entière fut-elle morne au point*
*Que rien d'autre ne vint à mon esprit morose,*
*Le soir, quand j'écrivais à la lumière rose*
*Filtrant des abat-jour des lampes de chevet,*
*Dans ma robe de chambre en satin*
*Boudinée ?*
(Voilà que j'écris en vers ! Il ne manquait plus que ça…)

Tonton sonne la corne de brume dans la cuisine, le gratin doit être prêt, ou la purée, ce sera la surprise. Ce n'est pas une vraie corne de brume, bien entendu, mais Tonton a l'étrange habitude de souffler dans une bouteille vide pour rameuter ses troupes à l'heure du repas. Ça me faisait sursauter, au début. Je m'y suis faite mais, néanmoins, chaque fois que je me mets à table j'ai le vague sentiment d'embarquer sur le *Titanic*. Je ne sais pas d'où lui vient cette coutume, je me suis promis de le lui demander, un jour, dès que j'en aurai le courage, car Tonton n'aime pas trop qu'on lui pose des questions.

Je vais m'arrêter là pour aujourd'hui, j'ai pris beaucoup de plaisir à retrouver ce carnet, même si je n'ai pas dit grand-chose. Cela m'a donné l'envie de recommencer à raconter ma petite vie, d'autant qu'il y aurait désormais de quoi dire, ce qui n'était guère le cas avant.

Je vais aller manger car s'il y a bien quelque chose qui énerve Tonton, c'est que l'on ne passe pas à table dès qu'elle nous appelle. Et Tonton énervée, c'est une épreuve que je ne souhaite à personne. C'est la meilleure personne au monde, mais il faut *se la coltiner*, comme dirait Josiane. À ce propos, je me demande ce que donnerait une confrontation entre elles. Mieux encore : entre elles deux et madame Piquet. Ce serait inoubliable !

Quelle bavarde je fais, vraiment. Même à l'écrit, il faut que je papote.

## Lundi 20 janvier

Je profite d'un instant de calme pour revenir à mon carnet. Harmonie et Elvire se sont absentées. Tonton est au marché. Monsieur Poussin ne vient jamais, bien sûr. Pauvre homme, ce serait trop compliqué pour lui avec son déambulateur.

Je me suis avancée sur les préparatifs, je suis libre. L'appartement est à moi.

C'est curieux : lorsque cet appartement était réellement « à moi », c'est-à-dire lorsque j'en étais la seule occupante (avec Mylord, mon bébé chéri), je n'en profitais pas tant que ça. Je le trouvais calme, c'est vrai, mais trop calme, et trop grand.

Depuis qu'Harmonie l'a transformé en « campement de guerre », comme dit Tonton, qui aime les comparaisons viriles et les images fortes, je m'y sens parfois à l'étroit, c'est un fait, mais je dois reconnaître qu'après quelques périodes abominables pendant lesquelles j'ai cru mourir dix fois, je ne suis plus tellement tourmentée. Mieux même, cela fait près de deux mois que je n'ai pas fait renouveler mon ordonnance.

Il est vrai que j'ai assez de réserves dans ma pharmacie pour affronter cent cinquante ans d'attaques de panique, car Josiane continue de m'approvisionner en douce grâce à un de ses partenaires de *Canasta,* un psychiatre de renom, qui lui prescrit tout ce qu'elle lui demande en échange *d'amabilités* dont je ne veux surtout rien savoir. Cela ne coûte rien – tout du moins à Josiane, car je lui ai toujours remboursé le tout avec les frais de port, dont elle ne me fait pas cadeau, c'est le moins qu'on puisse dire – et cela m'évite d'avoir à sortir pour aller chez ma généraliste, qui refuse désormais de faire des visites à domicile « si ce n'est pas pour un motif sérieux ». Il me semble, à moi, que venir examiner une dame de mon âge et de santé fragile, en proie à une crise d'angoisse, est un motif plus que sérieux, et que cela devrait paraître le premier des devoirs à quelqu'un qui a prêté le serment d'Hippocrate. Que je sache, ce n'est pas moi qui ai écrit : « Je donnerai mes soins à l'indigent *ou à quiconque me les demandera.* » ! Pourtant lorsque j'ai dit au docteur Champigny que je revendiquais le fait d'être traitée comme *quiconque,* ça ne l'a pas turlupinée plus que ça. Voilà bien les généralistes d'aujourd'hui, jamais bilieux, et à peine attentifs !

Tout ceci pour dire cela : il me semble que je me sens mieux depuis que je ne prends plus de médicaments ou presque. Je le remarque à de petits détails tels que ne plus oublier dix fois par jour quel jour nous sommes, ne plus voir les murs du couloir se gondoler (et c'étaient bien les seuls, car ce n'était pas drôle), ne plus sucrer les fraises en permanence ni avoir d'embarras de plomberie gênants, et tout un tas d'autres misères dont je finis par me demander si elles n'étaient pas provoquées par l'accumulation des effets secondaires. Et surtout, car c'est l'essentiel, je ne suis plus systématiquement paniquée et au bord du malaise dès que je dois franchir mon seuil. Je ne dirais pas que je frétille d'aise dans les supermarchés, ce serait exagéré mais, par exemple, l'autre jour, j'ai assisté sans déplaisir à un spectacle de rue, comprimée de toutes parts par une foule surexcitée, sans pour autant tourner de l'œil ou me mettre à hurler en repoussant les gens à coups de sac à main.

Le fait même de ne plus tenir mon carnet de façon aussi régulière depuis des mois ne signifierait-il pas que je suis simplement trop occupée par ailleurs ? Et, du coup, la question se pose : l'oisiveté et la solitude n'auraient-elles pas été à l'origine d'une partie de mes malaises, pour ne pas dire de mes malheurs ?

Je me suis demandé par quel bout prendre mon histoire (je devrais dire « notre » histoire, car je ne suis pas seule à la vivre, il me semble). D'ailleurs le mot « entreprise » serait peut-être plus parlant qu'« histoire » qui me semble un peu vague et plat.

Je ne sais par où commencer. Mais peu importe, au fond, personne ne me lira, j'écris seulement pour mémoire. On ne m'a pas demandé de raconter l'origine de notre groupe, ni de faire le point sur ses activités. Je ne suis ni la rapporteuse, ni le barde des BracasséEs.

Je tiens beaucoup à ce féminin, malgré monsieur Poussin. Quelles que soient ses qualités, je ne vois pas pourquoi le seul mâle du troupeau devrait s'approprier le genre à lui tout seul, (surtout en étant aussi vieux).

Donc, après m'être réunie en conseil extraordinaire avec moi-même pour en débattre – je fais cela souvent, comme beaucoup de personnes seules, j'imagine – j'ai fini par voter une résolution à l'unanimité (ce qui n'est pas si facile, car je me contrarie souvent). Bref : je raconterai les événements tout bonnement comme ils me viennent et j'emmerde la chronologie.

Cette dernière phrase me paraît très révélatrice du changement profond qui s'opère dans ma vie, je m'en aperçois en la relisant. Il y a peu, je n'aurais jamais osé écrire de mots vulgaires. Je ne pense pas que ce soit un progrès, loin de là, mais j'avoue que je m'interroge. Est-ce l'influence d'Harmonie, ou plutôt de ses dérapages involontaires, ou celle de Tonton, chez qui les dérapages sont toujours contrôlés ? En me familiarisant avec un vocabulaire plus leste, deviendrais-je plus encline à l'utiliser, par une sorte de contamination auditive ? Ou bien est-ce que je « me lâche », comme dirait Tonton ? C'est sa grande phrase, ça : « Lâche-toi un peu, ma caille ! » car Tonton m'appelle *ma caille*, ce qui prouve qu'elle n'a pas une grande connaissance des volailles de basse-cour. De leur taille, en tout cas.

Sinon, c'est évident, elle m'appellerait *ma dinde*.

Ah, que c'est agaçant, je perds encore le fil !

Donc, quelques semaines après qu'Harmonie s'est installée chez moi, elle m'a demandé si je ne pourrais pas héberger également de façon provisoire son amie Elvire, qui venait de se faire expulser de chez elle et n'avait pas trouvé de logement depuis. J'ai dit oui par pure couardise, dire non aux gens me stresse, je crois l'avoir déjà mentionné.

Le docteur Borodine se serait bien fâché et m'aurait sûrement dit de (*Arrête !*).

À propos du docteur Borodine, je m'aperçois en relisant mon carnet qu'une personne mal informée pourrait s'imaginer que j'avais un penchant pour cet homme. C'était une sympathie nuancée d'admiration, pas davantage. Mais il faut que j'arrête de tourner autour du pot. Je me dois d'aborder enfin ce sujet sensible et de raconter par le menu tous les évènements qui ont conduit à ma séparation d'avec le docteur Borodine, si je puis m'exprimer ainsi, sachant que pour se « séparer » il faut être lié de façon réciproque, ce qui n'était pas réellement le cas, et que, de plus, Fiodor Borodine n'était absolument pas (*rature*) qu'il ne s'agissait pas d'un vrai (*rature*) *(Abrège !).*

Pour cela je vais sauter une page, comme on le fait dans les romans, et ouvrir un chapitre distinct, que j'intitulerai *Les faits*.

## LES FAITS

Je m'étais ridiculisée de la pire des façons chez le docteur Borodine, à mon dernier rendez-vous, entre mes mensonges stupides et mon maquillage saugrenu. Aussi, après avoir pris la mesure de ma honte, j'ai volontairement « oublié » le rendez-vous suivant, ce qui m'a mise dans un état de malaise terrible. Je ne suis plus retournée chez F*(rature)* chez le docteur Borodine, pendant affreusement longtemps. Le rouge me montait au front à la simple idée de devoir lui avouer mon imposture, cette abracadabrante histoire de collection d'impressionnistes. Quant à la lui taire, c'était encore moins envisageable, ma probité ne l'aurait pas supporté. C'était mon thérapeute, je lui devais toute la vérité. J'ai très mal vécu cette période, j'étais rongée par la culpabilité, je dormais mal, je faisais des rêves pénibles, je ne mangeais quasiment plus, j'ai perdu presque deux kilos (ce qui était la seule bonne nouvelle). Les vingt-huit premiers jours, je me suis abstenue de répondre au téléphone, de peur que ce ne soit lui qui me rappelle pour me fixer une autre date. S'il l'avait fait, je n'aurais pu refuser. Un jour, j'avais raté un rendez-vous à cause d'une mauvaise grippe, et le docteur Borodine m'avait téléphoné lui-même (comme mon pauvre cœur s'était emballé, ce jour-là, folle enfant que je suis !).

Par chance, pendant ces cinq semaines, je n'ai reçu qu'un seul appel. Un matin, alors qu'Harmonie était partie chercher le pain et que je méditais sur la futilité des choses, dans le petit lieu privé, j'ai entendu le téléphone, puis le déclenchement de la messagerie. Ma gorge s'est serrée. C'était Fiodor, oui, c'était lui, cela ne faisait aucun doute.

J'avais reconnu sa sonnerie.

J'ai pris des risques inconsidérés pour abréger au plus vite ce que j'étais en train de faire et je me suis précipitée pour écouter le message, qui aurait pu attendre, puisqu'il était enregistré. Mais lorsqu'on est ému on ne dispose plus de toute son intelligence. Je dis « on », je ne sais pas pour les autres. Pour ma part, le stress change mon cerveau en gélatine molle, je ne comprends plus rien, moi qui ne suis déjà pas vive, et je serais capable de faire n'importe quoi. J'ai commencé à écouter le message en tremblant comme une feuille. C'était mon conseiller de la Poste qui me proposait de le rencontrer pour parler crédits, sans doute pour le cas où je voudrais investir dans une *véronda*.

J'ai transféré mon compte au Crédit Mutuel la semaine suivante.

Quelques jours avant le décès de Mylord, réunissant tout mon courage, je suis retournée devant chez le docteur Borodine, à une heure où Harmonie s'était absentée. Je ne sais pas ce que j'attendais au juste, car il est évident que je n'aurais jamais osé aller frapper à la porte de son cabinet. Je suis restée là, comme une gourde, adossée à un lampadaire, balançant mon sac à main pour me donner l'air décontracté. Pourtant je n'avais jamais été aussi près du malaise vagal. Au bout de vingt minutes, je me suis fait aborder par un petit monsieur à l'œil fuyant que j'avais vu attablé au café d'en face. Il m'a posé une question que je n'ai pas comprise car il parlait entre ses dents. Je l'ai prié de répéter, ce qu'il a fait d'un air gêné, et je suis restée pétrifiée. Il y a de ces pervers !

Je suis revenue chez moi au bord des larmes, anéantie, tant l'humiliation avait été violente et bien injuste de surcroît : ma tenue était très décente, je ne comprenais pas d'où venait la méprise. Mais je n'étais pas au bout de mes peines, non : j'ai dû finir mon bol de fiel avec Josiane, que j'ai cru bon d'appeler pour lui raconter ma mésaventure et qui m'a dit d'un ton madré que « je ne devrais pas me plaindre de susciter encore le désir, à mon âge ». (Ce ne sont pas ses termes exacts, les siens étaient plus imagés.) J'étais tellement choquée qu'Harmonie s'en est aperçue lorsqu'elle est revenue avec mon Placidon. Cela faisait déjà deux ou trois fois qu'elle me demandait quel jour était mon prochain rendez-vous chez le docteur Borodine, et j'avais éludé de façon maladroite. Elle m'a dit qu'elle me trouvait nerveuse et fatiguée et m'a redemandé, l'innocente, pourquoi je ne retournais pas voir mon thérapeute, car cela me ferait sûrement du bien. J'étais en train de chercher une nouvelle excuse lorsqu'elle m'a proposé de m'accompagner la fois suivante et de faire prendre l'air à Mylord. J'ai trouvé l'idée excellente, cela m'a redonné le courage qui me faisait défaut. J'ai appelé le docteur Borodine, le cœur tapant. Il m'a proposé de passer le mardi suivant à 18 h 00, ce qui n'était pas notre heure habituelle mais c'était de ma faute, j'avais rompu moi-même notre chère routine.

Le mardi en question, je me suis inspectée longuement devant ma glace au moment de partir. Tout allait bien. Je m'étais habillée de couleurs sombres, je ne m'étais pas maquillée.

J'étais gaie comme un catafalque.

En chemin, Harmonie et moi avons parlé de l'hypnose. Elle avait entendu dire que cela donnait souvent d'excellents résultats. Elle m'a dit que si ce médecin était aussi efficace que ce que j'avais l'air de dire (« *Oh oui ! Oh oui ! Il l'est ! Il l'est !* » ai-je assuré, d'une façon peut-être un peu trop enthousiaste), s'il était efficace *à ce point-là*, donc, elle devrait peut-être en profiter pour prendre rendez-vous, elle aussi. La période était compliquée pour elle, son Tabourette se déchaînait, trop de bouleversements dans sa vie.

Mise en confiance, je lui ai parlé à cœur ouvert du docteur Borodine, un homme si cultivé, remarquable praticien, grand auteur de surcroît. J'ai évoqué son écoute, son charisme, sa voix, son intuition, son accent, ses yeux qui… Harmonie a éclaté de rire, elle m'a dit « Il vous fait craquer, non ? » Je me suis récriée : le docteur Borodine n'a jamais – au grand jamais – posé les mains sur moi, même si je dois dire que (*rature*), même si j'aurais aimé qu'il (*rature*). Le seul qui m'ait fait craquer – et de toutes mes vertèbres, encore ! – c'est le kinésithérapeute que m'a conseillé Josiane, un fou furieux chez qui je ne reviendrai jamais plus : je suis ressortie de chez lui plus moulue que grain sous la meule, au point que les jours suivants je me suis couverte d'un chapelet d'ecchymoses qui avaient la forme de ses gros doigts.

J'ai laissé Harmonie devant chez le docteur Borodine, elle n'a pas voulu monter, elle venait de changer d'avis et préférait profiter du beau temps. Je dois avouer que je n'ai pas protesté, j'apprécie d'être seule dans la salle d'attente, surtout quand le docteur Borodine ouvre la porte et me dit de sa voix de basse slave « C'est à nous, madame Suzain. »

Ah, ce « *nous* » !

Je n'ai pas donc insisté pour convaincre Harmonie de me suivre, au contraire, j'ai approuvé ses arguments et – sans manifester le moins du monde mon soulagement de savoir qu'elle ne viendrait pas – j'en ai même rajouté : l'attente était souvent longue, Mylord aurait sans doute envie d'aller faire pipi, le parc, juste en face, était très agréable à cette saison... Nous sommes convenues de nous y retrouver. Enfin, je suis montée, fébrile. Le docteur Borodine est venu me chercher moins d'une heure plus tard et, en homme délicat, il a fait comme s'il n'avait pas remarqué ma longue absence. Et moi, j'ai pris sur moi pour calmer mon émoi. (*Moi moi moi.* Ça rime. En plus c'est un alexandrin. Je me découvre des talents que je ne soupçonnais pas !) J'ai acheté son tout dernier livre, *La plénitude en dix leçons*, j'en ai profité pour lui demander sa petite dédicace. « Très chère madame Suzain, c'est avec grand plaisir ! Vous êtes ma lectrice préférée ! » s'est-il écrié en riant, avant d'aller s'asseoir derrière son grand bureau. *Lectrrrice prrréférrrée.*

À ces mots délicieux je n'ai su que répondre, pétrifiée d'émotion, me contentant de le regarder calligraphier de sa belle écriture quelques mots tout spécialement choisis à mon exclusive intention :

« À F. Suzain,

Qui avance avec résolution et persévérance sur le chemin laborieux du mieux-être,

Votre bien dévoué

Fiodor Borodine »

La séance s'est déroulée de façon harmonieuse, le docteur Borodine m'a trouvée en progrès, même s'il a tenu à préciser que mon état ne permettait pas que je me passe de son aide avant longtemps – et j'étais bien d'accord avec son analyse. Au moment de le régler, le docteur Borodine m'a prévenue qu'il avait été contraint d'augmenter ses honoraires. Puis il a ajouté avec son merveilleux sourire qu'il ne pourrait en faire autant de la considération qu'il me portait, *Chèrrre madame Suzain*, car elle était déjà à son comble. « Que cet homme est drôle ! » ai-je pensé en recomptant les cent vingt euros (je le paye en liquide, c'est plus thérapeutique).

Quand je suis sortie de son cabinet – je suis toujours gênée d'écrire cette phrase : on pourrait supposer que j'étais au petit coin – Harmonie et Mylord m'attendaient devant le bassin aux carpes, à l'entrée du Parc. Je me sentais toute guillerette, encore un peu brumeuse, comme je le suis (comme je *l'étais*) toujours à l'issue d'une séance. Cet état de grâce se dissipait au bout d'une ou deux heures, hélas ! J'adorais cette sensation, je me serais sentie capable de faire n'importe quoi.

Nous étions sur le chemin du retour lorsque Harmonie m'a dit, soudain, d'un ton léger, en insistant légèrement sur le dernier mot « En fait, je n'avais pas bien compris, je croyais que vous alliez voir un *médecin.* » Surprise, je lui ai répondu qu'en effet, c'était bien le cas. « Euh… non… Non, non, je ne crois pas, a-t-elle répondu. Sur sa plaque, j'ai vu écrit *Fiodor*

*Borodine*, pas *Docteur Borodine*. » J'ai souri de tant d'innocence. J'ai dit « Pour qui ne connaît pas le docteur Borodine, il y a de quoi s'étonner, peut-être, mais je ne suis pas surprise, moi : cet homme est d'une telle simplicité, d'une telle modestie… » «… Du coup, a continué Harmonie sans prêter la moindre attention à ce que j'étais en train de dire, je l'ai cherché sur Internet. Il n'y a aucun médecin de ce nom, par contre j'ai trouvé un *Fiodor Borodinov*, artiste du spectacle. Il se produit tous les soirs dans un cabaret russe. Vous le saviez ? »

J'ai failli m'étrangler.

Artiste *dans un cabaret russe* ? Pourquoi pas prestidigitateur, tant qu'à y être ?![2]

Elle m'a répondu qu'il l'était, justement.

---

2 Même si j'ai le plus grand respect pour ce métier, je tiens à le préciser !

Je ne laissais rien paraître mais, au fond de moi, j'étais outrée. Comment pouvait-on accuser ainsi – sans le connaître – un homme aussi prévenant, serviable, généreux ? Je sentais dans mon sac le poids de son dernier ouvrage, *La plénitude en dix leçons*, aux éditions Calamard.

Donc, pensais-je, d'après cette jeune écervelée, l'éminent docteur Borodine serait un vulgaire prestidigitateur (profession néanmoins tout à fait estimable).

Un homme qui écrit des choses si *essentielles* pour le bien de l'Humanité, dans le seul but de les partager de façon *désintéressée* (car ce n'est pas pour le prix qu'il en demande, vingt-huit euros pour tant de connaissances, cela semble donné…). Il fallait être bien soupçonneuse pour croire à de telles balivernes…

Mais Harmonie, inconsciente du séisme qu'elle provoquait en moi, continuait son travail de sape : surprise de ne voir mentionnées ni qualités ni qualification sur la plaque professionnelle, elle était allée farfouiller (de quel droit ?) sur cet

Internet où l'on trouve, paraît-il, toutes les réponses à tout, y compris aux questions que l'on ne se posait pas.

Décidément, je ne comprendrai jamais ce besoin de « savoir » qu'éprouvent certaines personnes. Bref, forte de sa petite enquête, cette jeune demoiselle avançait maintenant de ridicules hypothèses : il n'existait aucun Fiodor Borodine médecin, ni thérapeute, aucun. Niet.

Par contre, en trouvant ce Fiodor Borodinov, elle avait en conclu (bien sottement) qu'il s'agissait sans doute du même homme. Je ne voulais pas la vexer, mais je n'ai pu m'empêcher de rire de sa théorie saugrenue. Fiodor Borodine ne *serait* pas médecin ? Il *serait* illusionniste ? Allons donc ! Un homme qui me soignait depuis plus de quatre ans avec un dévouement sans faille, et pour des sommes bien modiques, en vérité, (quoique non remboursées par la Sécurité sociale) en regard des bienfaits que sa thérapie m'apporte.

Mettre en doute ses compétences revenait à le traiter de filou et, comme Harmonie ne voulait pas en démordre, je n'ai pu m'empêcher de protester, à la fin. Et avec véhémence encore ! (Moi qui ne dis jamais un mot plus haut que l'autre, eh bien pour une fois, je me suis fait entendre !...) Et c'est là qu'Harmonie a mis le feu aux bâtons de dynamite dont elle avait bourré les trous qu'elle venait de forer aussi cruellement dans la chape de mes certitudes (cette dernière phrase me semble un peu complexe) : elle pouvait me montrer *des photos*.

Elle a tendu vers moi son téléphone et, j'ai vu – de mes yeux vu – le docteur Borodine, en chemise rouge aux manches bouffantes et col déboutonné sur un torse velu, en train de faire entrer une jeune femme à la plastique des plus vulgaire dans une de ces malles à double-fond dont se servent les magiciens, au fronton de laquelle était écrit en lettres de feu (écaillées) *Le Grand Fiodor, Prince de la magie*.

Il avait quelques années de moins, une affreuse moustache cirée à la Salvador Dalí, mais c'était *lui*, impossible d'en douter. Mon Dieu. Je ne comprenais plus rien, j'étais en pleine déroute, des larmes me montaient aux yeux, de rage, d'affliction, et je sentais venir une crise épouvantable au point que, mortellement oppressée, je me suis arrêtée au milieu du trottoir, les deux mains sur le cœur (le plus près possible en tout cas, vu l'opulence de mes formes). Harmonie me regardait d'un air désolé et commençait à s'agiter de façon perturbante. Ses tics augmentaient mon angoisse, mon angoisse semblait aggraver son état. Nous restions là, toutes les deux, moi, me balançant d'un côté l'autre telle une vieille éléphante frappée de stéréotypie (c'est fou comme les mots croisés peuvent enrichir le vocabulaire !), et Harmonie dansant une gigue de plus en plus endiablée. Mylord, pauvre bébé, assis sur son petit derrière bien rembourré, nous regardait avec curiosité, intrigué par ce nouveau jeu. Un attroupement s'est formé autour de nous. Les gens semblaient attendre quelque chose, mais quoi ? Harmonie, débordée par le trouble, a laissé échapper une série de petits aboiements secs, nerveux, que Mylord a repris en écho sur le même ton et le même rythme. Les gens ont applaudi. Harmonie m'a jeté un regard désarmé, comme si je pouvais y faire quelque chose, alors que j'étais moi-même en train de lutter contre un grave infarctus. C'est là que, prise d'une inspiration soudaine – dont je me demande encore d'où elle m'est venue – je me suis mise à faire des claquettes. J'avais suivi des cours après le décès de monsieur Suzain. Une petite folie passagère, la solitude nouvelle, la paix (enfin, je veux dire : le silence), que sais-je ? En tout cas, j'étais plutôt douée, aux dires de mon professeur, un Écossais fort sympathique, dont l'accent délicieux me (*rature*). Mais le club avait fermé, je ne pratiquais plus depuis au moins dix ans (les claquettes sur la moquette, ce n'est guère motivant). Pourtant, par un phénomène singulier, les pas me revenaient avec facilité. Les gens riaient, applaudissaient, ils nous accompagnaient en tapant dans leurs mains, Harmonie était déchaînée, Tatata Ouah Ouah Ouah, Mylord s'amusait comme un fou et moi, je libérais comme jamais mon angoisse dans un vrai festival de stomps, de flaps, de pull back, de toe click, de single buffalo step et de shuffle ball change…

Nous avons terminé notre improvisation dans un tonnerre de sifflets, bravos, youyous, etc.

J'étais en nage.

En rentrant à l'appartement, alors que mon cœur reprenait peu à peu un rythme cohérent après toutes ces folies, je ne pouvais m'empêcher de repenser aux photos qu'Harmonie venait de me montrer. Le docteur Borodine aurait-il une double vie ?! Je me sentais glacée d'effarement (et brûlante d'excitation, je ne sais si je peux l'écrire). Je n'étais peut-être pas si loin de la réalité, après tout, les fois où – bercée par mes *illusions romanesques* – je m'étais imaginée plongée au cœur d'un film d'espionnage, lors des consultations. Était-il possible que le docteur Borodine soit un *agent double* ? Non, non, c'était invraisemblable, il ne s'agissait que d'une simple ressemblance ! Ce magicien de cabaret n'était qu'un sosie, et rien d'autre ! J'ai fait part de cette hypothèse à Harmonie, elle a tiqué : trouver de vrais sosies n'était pas si fréquent, alors en trouver deux qui portent pratiquement le même nom, et russe... D'après elle, cet homme (elle disait *cet homme* avec une nuance de mépris assez pénible à entendre, je dois dire) *cet homme* se faisait passer pour ce qu'il n'était pas.

« Mais pourquoi ? Ai-je demandé. *Pourquoi* le docteur Borodine agirait-il ainsi ? »

D'après elle, c'était évident : c'était pour extorquer de l'argent à ses supposées patientes. Car son intuition lui disait qu'il ne devait soigner que des femmes d'un certain âge (de fait, je ne me souvenais pas avoir vu d'hommes, ni de jeunes femmes, dans sa salle d'attente) (j'y avais vu peu de monde, en fait. Deux ou trois dames âgées, en quatre ans). Harmonie continuait sa démonstration : *cet homme* avait dû trouver un bureau à « squatter » (elle m'a expliqué le mot) dans un immeuble désaffecté et il se faisait de l'argent facile sur le dos de femmes trop crédules. Je me suis récriée, piquée au vif : « Mais non, enfin ! Il m'endormait vraiment ! Je vous assure ! » Et, disant cela, je ressentais encore ce flottement agréable, les relents de cette brume épaisse dans laquelle je sombrais toujours au cours des consultations et du fond de laquelle me parvenait la voix profonde et ténébreuse de ce cher F(*rature*) du docteur Borodine. Sans se démonter le moins du monde – cette fille est d'un aplomb ! – Harmonie m'a demandé si je pouvais lui décrire de façon précise le déroulement d'une séance. Je n'y voyais aucun inconvénient. (Oh, que je suis malheureuse en repensant à cette scène. Que j'ai honte de moi et de ma stupidité !...) (Ça t'apprendra la vie, petite niaise !) (Je devrais me parler avec plus de douceur.) (Être gourde à ce point, ça se paye !) (*Arrête !*)

J'ai dit :

– Ma foi, c'est très simple : lorsque j'arrive, le *Docteur* Borodine (j'avais bien insisté sur le titre) me fait asseoir devant son bureau et s'assied de l'autre côté. Je lui parle de tout ce qui me vient à l'esprit, il prend des notes et, lorsqu'il juge le moment venu, il vient se placer derrière moi, sur une chaise, baisse mon fauteuil en position relax, et commence à m'endormir, ce qui vient très rapidement. Et *c'est tout*.

Harmonie m'a demandé si je n'oubliais rien.

– Non. Rien. Je vous ai tout dit.

Elle a réfléchi un instant.

– Il ne vous fait prendre aucun médicament ?

– Mais non, voyons !

– Avant de commencer la séance, vous n'avez aucun rituel ?

– Absolument aucun ! Il me serre la main, me demande de mes nouvelles, me fait asseoir à son bureau, puis il m'offre une tasse de sa délicieuse *tisane russe*, et…

Je me suis tue, horrifiée.

Harmonie évitait de croiser mon regard. Mylord hochait la tête, d'un air compatissant.

Une tisane russe. C'était donc le secret du docteur Borodine : il me faisait prendre à mon insu je ne sais quelle préparation narcotique secrète. Je comprenais mieux, à présent, ces petits accès d'hilarité qui me poursuivaient après chaque séance, cette impression de liberté, d'exaltation, cette envie d'accomplir des exploits. J'avais mis cela sur le compte des pouvoirs de l'hypnose, ce n'était que de la pharmacie.

Même si j'étais dépitée d'avoir été roulée dans la farine comme un syrniki dans le sucre glace, j'aurais aimé pouvoir demander au doc(*rature*) à ce monsieur Borodine quel était son produit miracle, car aucun Zenocalm ni aucun Placidon ne m'ont jamais rendue guillerette à ce point. Mais comme je me faisais cette remarque innocente à haute voix, Harmonie a dit :

« Cet homme est un charlatan, Fleur ! Ne vous approchez plus de lui ! »

Je ne pouvais concevoir cette perspective déchirante. Grâce à *cet homme*, justement, j'avais fait des progrès considérables, la preuve : nous étions dans une rue passante remplie d'inconnus que j'aurais jugés, il y a peu, potentiellement hostiles, je venais à l'instant de me donner en spectacle devant une foule hilare, à soixante-seize ans passés, en secouant mon gros popotin – et tout le reste de l'édifice – sur des pas de claquettes, et je n'étais même pas en train de pleurer comme un veau.

Le regard gêné d'Harmonie a eu l'effet d'un bâillon sur ma bouche, pour ne pas dire d'un garrot sur mon cou : sotte que j'étais ! Si je me montrais aussi compréhensive à l'égard de cet arnaqueur, c'était sans aucun doute un effet de sa drogue. J'étais encore noyée dans ses brumes perfides, tel un gros chalutier dans le brouillard marin.

Pourtant, non. Non et non, ce n'était pas si simple ! Depuis plus de quatre ans que je le consultais, je m'étais vraiment sentie de mieux en mieux au fil des séances. Cette fameuse tisane russe ne pouvait pas *tout* expliquer, d'autant moins que – sans vouloir m'épancher – (et sans mauvais jeu de mots) cette infusion était si diurétique que je l'évacuais bien vite.

Harmonie a souri, elle a dit :

« Dans ce cas, il y a peut-être une autre explication à vos progrès ?… »

Son regard était explicite et j'ai senti mes grosses joues devenir de ce rose délicat de la tranche de gigot, quand elle est à cuisson parfaite. Que mon cher carnet noir me pardonne ce déballage intime, j'ai dû convenir à part moi que, peut-être, effectivement, tout à fait par mégarde, j'avais ressenti quelque attirance furtive envers le doc(*rature*) envers ce triste personnage, qui s'était joué de ma crédulité et m'avait tenue sous sa coupe pendant des mois, me manipulant sans vergogne, me conditionnant à mon insu pour que j'achète toutes ses parutions, sans compter une bibliothèque entière de livres de cuisine slave. *Des mois*, à fredonner *Kalinka, Otchi Tchernye,* et tant d'autres chansons (j'ai tout appris par cœur) (phonétiquement bien sûr) tout en cuisinant à tour de bras des koulitch et des pavlova.

Je ne m'étais jamais sentie aussi flouée. Décidément, j'étais une gourde, une oie blanche (et même une oie grasse), je n'avais plus qu'à mettre un mouchoir sur mon orgueil blessé.

Vu l'ampleur de l'humiliation, il aurait mieux valu un drap.

J'ai mis du temps à me remettre de cette douloureuse imposture.

Je n'avais plus goût à rien, je ne cuisinais plus. J'errais d'une pièce à l'autre, tel un fantôme désœuvré à qui l'on a ôté ses chaînes, ou je restais assise pendant des heures à contempler d'un œil morne la photo du Kremlin, posée sur le téléviseur éteint.

Harmonie a décidé de m'aider – malgré moi, je dois dire, car je ne lui demandais rien, mais je la crois encline à s'occuper des autres. Ça doit venir de son (*rature*) de ses (*rature*). Il y a des gens comme ça. Serviables. On n'y peut rien.

Elle m'a demandé de lui prêter les livres du docteur Borodine. Elle n'a fait aucune réflexion devant la collection que j'ai sortie de l'armoire de ma chambre. Je dois reconnaître que mis à part ses (*rature*) cette jeune personne est d'une grande discrétion. Quelques jours plus tard, elle m'a appris que le contenu de ces documents lui semblait – *B... de P...*

– très largement inspiré d'autres manuels de développement personnel. Elle s'y connaissait un peu, car son ex-compagnon était friand de ce genre de littérature. D'après elle, l'œuvre du docteur Borodine était (je cite) un mélange indigeste de platitudes et de plagiats. Les éditions Calamard n'ont jamais existé, nous avons vérifié. D'ailleurs, à y bien regarder, il est vrai que les fascicules en question étaient d'une qualité d'impression très moyenne, et que leur fabrication avait un petit côté artisanal, au niveau des grosses agrafes sur la couverture, surtout.

Le docteur Borodine n'était pas plus auteur qu'il n'était médecin. Le ciel me tombait sur la tête. Pour autant, je n'arrivais pas à me résoudre à jeter ses ouvrages à la poubelle. Lorsque Harmonie m'a demandé pourquoi, je me suis entendue répondre d'une voix de souris enrouée qu'ils avaient de la valeur pour moi, car ils étaient *dédicacés*. Avec un petit sourire qui n'augurait rien de bon, Harmonie m'a proposé de relire ces dédicaces à haute voix, puis sans attendre ma réponse, elle l'a fait d'une voix neutre, en me donnant chaque fois le titre de l'ouvrage :

*Résister aux contrariétés*

« À F. Suzain,

Qui avance avec courage et détermination sur le chemin exigeant du mieux-être,

Votre bien dévoué

Fiodor Borodine »

*Vaincre l'angoisse en dix minutes*

« À F. Suzain,
Qui avance avec bravoure et opiniâtreté sur le chemin malaisé du mieux-être,
Votre bien dévoué
Fiodor Borodine »

*Vivre cent ans grâce à l'hypnose*

« À F. Suzain,
Qui avance avec hardiesse et assiduité sur le rude chemin du mieux-être,
Votre bien dévoué
Fiodor Borodine »

*Guérir de tout en quelques mois*

« À F. Suzain,
Qui avance avec vaillance et ténacité sur le chemin laborieux du mieux-être,
Votre bien dévoué
Fiodor Borodine »

Il en était ainsi de ses vingt-neuf ouvrages, jusqu'au tout dernier, que je venais d'acquérir,

*La plénitude en dix leçons* qui m'était adressé ainsi :

« À F. Suzain,

Qui avance avec résolution et persévérance sur le chemin escarpé du mieux-être,

Votre bien dévoué

Fiodor Borodine »

Si cet homme était réellement doué pour quelque chose – mis à part pour mystifier les gens – c'était pour trouver des synonymes. Il avait pondu la même phrase chaque fois en changeant seulement un mot par-ci par-là, telle une caille dont les jolis œufs ne se distingueraient que par leurs taches. Et moi qui n'avais jamais pensé à comparer ses autographes…

Josiane m'aurait traitée de naïve, ce à quoi je lui aurais peut-être répondu – si j'en avais eu le cran – (*l'audace, le courage, la bravoure, la vaillance…*) que si ce triste sire était entré dans ma vie, c'était sur sa recommandation expresse. D'ailleurs, je me suis demandé pourquoi Josiane m'avait vanté à ce point les compétences du doc(*rature*) de cet homme, jusqu'au moment où je me suis souvenue de son petit sourire en coin lorsqu'elle m'en a parlé pour la première fois. Josiane serait-elle perverse ? Mais non, bien sûr que non, je l'aurais deviné ! (De la même façon que tu avais deviné que Fiodor Borodine était un charlatan, avec ta grande perspicacité, sans doute ?) (Pauvre sotte !)

Ulcérée, j'ai fourré toutes les âneries de monsieur Borodine dans un grand sac-poubelle que j'ai jeté dans le vide-ordures et tant pis pour le tri, je ne tenais pas à ce qu'elles soient recyclées, même en papier WC.

Pourtant je ne te le cache pas, à Toi, mon cher carnet, j'ai éprouvé un bref déchirement en les entendant dévaler tout le long du conduit qui menait à la benne.

Dans les jours qui ont suivi, je me suis refermée sur moi-même, vaincue par un accablement plus noir que le chocolat sur lequel je me rabattais de façon peut-être excessive.

Un soir, sans m'avoir consultée, Harmonie a décidé de « me sortir ». Elle m'a annoncé ça vers dix-huit heures, alors que je venais de passer ma robe de chambre et que j'étais dans la cuisine, en train de chercher discrètement un de ses paquets de galettes du Mont-Saint-Michel dans le placard du haut. Bien entendu, j'ai protesté. Elle n'a rien voulu savoir. Et – comme d'habitude – je n'ai pas osé dire non. Elle m'a sommé d'aller m'habiller, et *de me faire belle*. Je lui ai répondu que c'était mission impossible.

Elle m'a fait les gros yeux, et je n'ai plus rien dit.

J'ai essayé deux ou trois tenues très seyantes qui ne l'ont pas convaincue du tout. Elle a fini par s'asseoir en tailleur sur mon lit, pendant que je me changeais dans la salle de bains. Nous avons joué à *Pretty Woman* pendant vingt-cinq minutes. Enfin, elle s'est exclamée « Voilà, ça, c'est parfait ! » alors que, par pure dérision, je venais de passer une robe jaune soleil, beaucoup trop près du corps et trop décolletée, que j'avais achetée dans un moment de folie, quelques jours après le décès de monsieur Suzain.

Je lui ai fait remarquer que cette robe était bien trop moulante. Elle m'a demandé où était le problème, je lui ai répondu du tac au tac :

— Le problème, c'est que je suis grosse !

– Et vous le seriez moins dans une robe ample ?

*« Et vous le seriez moins dans une robe ample ? »* Quelle brutalité ! Comme je cherchais en vain une répartie cinglante, elle

m'a dit d'assumer mon poids. J'étais grosse, *et alors* ? Il y a des gens qui trouvent ça moche, *et alors* ?

Elle a ajouté : « Lorsque vous vous êtes mise à faire des claquettes, l'autre jour… »

Je l'ai implorée de se taire. Par pitié, que l'on ne mentionne plus cet épisode honteux !

– Au contraire ! Vous étiez belle ! Vous étiez libérée de toutes les conventions ! Vous n'en aviez rien à faire, du regard des autres, à ce moment-là, et vous aviez raison. Vous dansez bien, vous êtes souple, vous savez bouger, c'était vraiment génial !

– Les gens riaient…, j'ai dit.

– Oui, c'est vrai : ils riaient, et ils ont applaudi. Ils étaient étonnés de voir une vieille dame obèse (j'aimerais qu'Harmonie soit moins franche, parfois) se mettre à faire des claquettes. N'importe qui aurait été surpris. C'était drôle, c'est vrai, inattendu, ça oui, mais certainement pas ridicule !

Je me suis regardée dans la glace. Dans ma robe jaune 8 % élasthanne je ressemblais à un canari de 110 kilos, mâtiné d'otarie car le tissu lamé faisait comme une peau luisante.

– Vous êtes sûre, j'ai dit ?

– Oui !

Harmonie a choisi pour moi la seule paire de sandales qui me blessent le cou-de-pied et, là encore, je n'ai rien osé dire, puis elle a passé autour de mon cou un de ses longs foulards en coton léger (qu'elle appelle des « chèches »), elle m'a ouvert la porte avec cérémonie, et nous sommes parties toutes deux à l'aventure.

Harmonie avait beau dire, il m'a bien semblé entendre fuser des rires tout le long du chemin, et voir quelques passants se pousser du coude en me montrant discrètement du doigt.

À un moment, Harmonie a voulu arranger mon foulard, elle s'est reculée pour juger de l'effet, m'a demandé de bouger un peu, de tourner sur moi-même.

– Quelque chose ne va pas ? j'ai dit, la bouche sèche et les mains moites.

– Si, si, je voulais seulement vérifier si la robe tombait bien… Tournez ?... Encore ?... Faites-moi quelques pas de claquettes, pour voir ?

J'ai ri malgré moi. Cette jeune personne ne doute de rien, elle est tellement déroutante. Des claquettes *en robe moulante* ?!... Je lui ai répondu que c'était impossible.

– Ta ra ta ta, je suis sûre que vous le pouvez ! Allez, pour me faire plaisir !

Mylord a jappé de connivence. J'ai jeté un rapide coup d'œil autour de moi, la rue était déserte, j'ai relevé ma robe au-dessus des genoux, et hop !

Si Josiane m'avait vue, j'imagine sans peine les leçons de morale, les réflexions acides, les

« Enfin, Fleur, vous ne croyez pas que, passé un certain âge et à partir d'un certain poids, il devient ridicule de… » Ridicule de *quoi* au juste ? De faire quelques pas de danse sur un trottoir, dans un rayon de soleil de début de soirée ?

Je me suis dit qu'au fond j'étais une vraie rebelle, et cette idée m'a réchauffé le cœur.

Nous avons repris notre chemin, Harmonie, Mylord et moi. Le pauvre biquet était ravi de la balade. Il ne se doutait pas, ni moi, du peu de temps qu'il lui restait… (j'en ai la gorge qui se noue) (un carré de chocolat me ferait du bien, je pense).

Nous marchions depuis un bon quart d'heure, je commençais à m'asphyxier à force de rentrer le ventre dans ma robe trop près du corps, et mes chaussures à lanières me torturaient de plus en plus, lorsque Harmonie m'a demandé de m'arrêter, encore, puis elle a noué le chèche sur mes yeux, en disant que c'était une surprise. S'il y a bien une chose que je déteste, ce sont les surprises, mais je n'ai pas osé le lui dire, pour ne pas la décevoir.

J'ai donc fait les derniers mètres à tâtons, cramponnée au bras d'Harmonie, tout en me disant que cela n'arrangerait pas le ridicule de mon apparence. Je me maudissais d'avoir accepté cette invitation et plus encore de m'être laissé convaincre d'y aller attifée en danseuse de samba au carnaval de Rio.

« Faites attention aux marches, on va descendre ! » a soufflé Harmonie, à mon oreille.

Elle m'a guidée dans un escalier qui semblait vouloir plonger jusqu'au centre de la terre. Il faisait de plus en plus chaud, j'entendais monter vers moi une musique familière mais que je n'identifiais pas. Harmonie me tenait fermement sous le bras, ce qui était plus prudent sinon, à cause de l'émotion (et de ces fichues sandales) je me serais tordu les chevilles à chaque pas.

Enfin, Harmonie m'a aidé à m'asseoir à une table, puis elle a ôté mon bandeau en clamant d'un air théâtral « Et voilà ! »

Par une curieuse collision des sens, à peine ai-je pu voir de nouveau que la musique a semblé exploser à mes oreilles et que j'ai enfin reconnu la célèbre chanson russe *Otchi Tchernye,* plus connue en français sous le titre *Les yeux noirs.*

Planté devant moi, au milieu d'un décor de conte de fées à dominante rouge et or, un gros baryton barbu comme un Ivan Rebroff, accompagné de trois violonistes, susurrait en me regardant, sa grosse main sur le cœur :

*Otchi Tchornye, otchi zhgotchie !*

*Otchi strastnye i prikrasnye !...*

À deux mètres de nous, sur une estrade, trônait une malle à double-fond sur laquelle était écrit en lettres cramoisies *Le Grand Fiodor, Prince de la magie*.

J'ai regardé Harmonie, consternée, atterrée. Elle m'a souri, m'a crié à l'oreille qu'on soigne le mal par le mal et que j'avais besoin d'un bon électrochoc.

Je transpirais comme une gargoulette, j'étais au bord de l'agonie, et ma robe déjà collante était à présent si plaquée sur mes rondeurs que j'avais l'impression d'être à moitié nue.

Le baryton me regardait avec des yeux de merlan frit :

*Kak lyublyu ya vas Kak bayous'ya vas*

*Znat'uvidel vas ya vnedobryi tchas !*

Si j'avais eu le moindre courage, la plus petite velleité de révolte, je me serais levée de table et je serais partie aussitôt, mais j'étais littéralement clouée sur la banquette par le stress (et la transpiration). J'ai fébrilement cherché mon Placidon dans ma poche et je me suis rendu compte avec horreur que je n'avais *pas* de poche, ni de pochette, ni de sac et, de ce fait, aucun médicament sur moi. J'étais aussi démunie que si j'avais sauté d'un bateau sans bouée. J'allais mourir dans les prochaines minutes, et je me maudissais déjà de l'embarras que je causerais aux malheureux pompiers obligés de me remonter par l'escalier trop raide. Je me souviens de m'être demandé s'ils ne seraient pas contraints de me débiter en morceaux, pour m'évacuer de façon plus commode. Pourtant, à mon grand étonnement, la crise de panique ne semblait pas vouloir se déclencher vraiment.

J'étais mal, très mal même, mais c'était un mal stationnaire.

La musique s'est arrêtée sur un dernier accord, la lumière s'est éteinte dans la salle, ce qui a permis à tout le monde (et à moi-même, à mon grand dam) de constater que ma robe était fluorescente puis, après quelques éclats de rire, le silence s'est fait.

Soudain, dans un retentissement de cymbales, un rond de lumière vive a éclairé le centre de la scène, la malle du *Grand Fiodor, Prince de la Magie*, et une jeune femme blonde et vêtue de paillettes, au physique des plus commun, est entrée d'un pas sautillant, suivie de près par Fiodor Borodine, habillé en cosaque.

C'était lui. C'était lui.

C'était *lui*.

J'ai broyé la main d'Harmonie.

Passé ce premier choc (je devrais plutôt dire cette secousse sismique, même si Josiane dirait que j'ai toujours tendance à l'exagération), j'ai trouvé que le docteur Borodine (ah, que c'est agaçant ! Je ne peux pas m'en empêcher !), j'ai trouvé que *cet individu* était plutôt risible, dans son déguisement d'opérette.

Son numéro de magie était très décevant, et la créature blonde qui l'assistait se tenait plus raide qu'un bas-relief égyptien, un bras levé, l'autre baissé à demi, avec un sourire figé de mannequin de vitrine. Et je ne dis pas cela parce que j'étais en colère. Bref, c'était le genre de spectacle médiocre qu'on a vu mille fois à la télévision.

Lorsque la Néfertiti d'opérette décolorée en fausse blonde a enfin disparu dans la malle, j'en ai éprouvé un tel soulagement que j'ai poussé malgré moi un soupir sonore qui n'a pas échappé au public, à en juger par les rires, pas plus qu'à ce mauvais illusionniste slave (qui n'était pas peut-être plus slave que moi, et s'appelait peut-être Robert Trognon ou Albert Dugenou, originaire de Jarnac-la-Grosse ou de Saint-Gredin-sous-les-Verrous).

Je me demande encore comment il ne m'avait pas aperçue plus tôt dans la salle, avec ma robe en lamé jaune plus visible dans la pénombre qu'un gilet de sécurité.

Toujours est-il que lorsqu'il m'a enfin reconnue son expression n'a laissé aucun doute, et n'a pas épargné ma fierté : sa mâchoire s'est décrochée, ses yeux sont devenus vitreux et j'ai senti de façon cruelle à quel point cet homme (cet *escroc minable*) était fâché de me voir.

Les écailles me tombaient enfin des yeux, je voyais ce monsieur Dugenou-Trognon-Borodine pour ce qu'il était vraiment, un petit homme ridicule, un artiste miteux, un bateleur sans talent, un pathétique charlatan. Harmonie avait vu juste, et son électrochoc fonctionnait à merveille. Je venais d'éprouver tout à la fois le soulagement que l'on ressent après un mauvais rêve et l'insondable tristesse qu'il y a à s'éveiller trop tôt d'un songe merveilleux. Harmonie a senti mon trouble, elle m'a tapoté la main d'un air compréhensif, et m'a demandé si je voulais partir. J'allais lui dire oui, pour échapper enfin à ce cauchemar russe, lorsque Fiodor Borodine a salué et s'est éclipsé à reculons sous des applaudissements tièdes, remplacé illico par le gros baryton (suivi de ses trois violonistes) qui est venu de nouveau se camper devant moi, souriant de toutes ses dents, ce qui était assez gênant.

Je ne me souviens plus très bien de la suite des évènements, c'est étonnant comme la vodka se boit facilement, pour un alcool au goût si détestable. Je sais qu'à un moment donné – beaucoup plus tard dans la soirée – je me suis retrouvée sur scène, chantant à pleins poumons *Kalinka Kalinka Kalinka moïa,* sous les viva des clients (ou les huées, je ne sais plus). Je revois Harmonie essayant de me faire descendre, les gens qui éclataient de rire, le baryton m'écrasant contre son large torse pour me faire valser pieds nus sur l'air de *Dorogoï Dlinnoyou* et de *Katyusha*. Je crois me souvenir qu'il m'a demandé mon prénom et que, lorsque je lui ai répondu Fleur, il n'a plus cessé de m'appeler *Malen'kiy tsvetok* (« Ma petite fleur », si j'ai bien compris) quand, moi, je minaudais en l'appelant Ivan.

J'ai la vision (brouillée) de verres que j'aurais jetés par-dessus mon épaule après les avoir bus, du cabaretier furieux qui tentait de me pousser dehors et du baryton qui s'est interposé en le saisissant à la gorge. Il me semble également que j'ai été portée en triomphe jusqu'à la sortie (à moins que je n'aie été évacuée en urgence ?) par les trois violonistes et le baryton – encore lui – qui s'appelait Arkadi et qui m'a embrassée à pleine bouche sur le seuil, pour me dire au revoir.

Ensuite je revois Harmonie passer un coup de téléphone, puis un grand déménageur à la mine patibulaire est venu l'aider à me raccompagner à mon appartement.

Tout cela est assez flou, mais je me souviens très bien, par contre, de la migraine atroce que j'ai ressentie au réveil, le lendemain, accompagnée de sensations étranges qui m'ont fait craindre je ne sais quelle maladie grave. Quand je suis entrée dans la cuisine, encore comprimée dans ma robe lamée (je me demandais bien pourquoi j'avais dormi avec) et des ampoules aux pieds, je me sentais nauséeuse, en proie à un vertige affreux.

J'ai fait part de ces symptômes inquiétants à Harmonie et au déménageur qui, bizarrement, était encore là et buvait un café avec elle. Harmonie m'a répondu que la veille au soir, j'avais pris une énorme caisse. Lorsque je lui ai demandé « Une énorme caisse de quoi ? » elle a éclaté de rire en disant

« De vodka ! » Comme je ne voyais pas ce qui provoquait chez elle autant d'hilarité (pourquoi diable avais-je pris une caisse de vodka ? Où est-ce que je l'avais mise ? Qu'est-ce que j'allais en faire ?), Harmonie m'a expliqué que *se prendre une caisse* signifiait se saouler.

Le déménageur (en fait, c'était Tonton) a grommelé qu'on pouvait dire aussi *Se prendre une cuite, une murge, une casquette, une brosse, une pistache, une taule, une soufflée, une timbale, se pinter, se biturer, se noircir, se poivrer, se poisser, s'emplumer, se torcher le fond du moule, s'en coller une dans le fusil, se prendre une bouée en régate, se torpiller le caisson,* et j'en passe.

Harmonie m'a fait un café serré. Je lui ai avoué que je ne me souvenais de rien ou presque de la soirée de la veille et je lui ai demandé de me la remémorer, ce qu'elle a fait bien volontiers.

Je l'ai très vite interrompue, totalement accablée.

# VI
# CLICHÉS

Me résoudre à dormir dans la rue je ne peux pas Retourner chez Freddie je n'y pense même pas Wouh Ouh Ah Mais si bien sûr bien sûr j'y pense je ne pense qu'à ça pour de mauvaises raisons Mon abri ma tanière le fauteuil rouge près de la fenêtre la minuscule cuisine claire les arbres de l'avenue mon grand lit bas où dormir dans les bras de Freddie Retourner chez Freddie Tadaaa trop dangereux autant reprendre un verre au moment du sevrage Griller une cigarette après des mois d'arrêt L'addiction à l'Autre elle existe je crois même que c'est la pire Freddie est un homme bien qui n'est pas bien pour moi Je vais chez madame Suzain cette idée me vient sous la pluie dernière issue de secours bouée de sauvetage Je vais chez madame Suzain et je m'attends à tout Une porte claquée sur le bras sur le cœur ce serait compréhensible mais non Elle ouvre sa porte Fleur. Elle le fait avec réticence et son regard de belette piégée Je ne peux pas lui en vouloir On ne se connaît pas je joue la réfugiée je débarque le soir chez elle sans prévenir au moment de son film Grosse Pute Enculé j'arrive trempée d'orage avec mon sac à dos Une maison c'est intime une extension de soi un territoire privé Y pénétrer sans y être attendu invité c'est comme une intrusion un viol pas autre chose Je me fais oublier autant que c'est possible Tadaaa Je me mets en sourdine et dans les jours qui suivent je bâillonne mes parasites mes grands gestes mon *ça* Et puis elle s'apprivoise Fleur et moi je m'habitue à son petit univers soigné rangé coincé dans ses limites. Madame Suzain vit avec un sac en plastique sur la tête pour ne pas s'abîmer s'oxyder sous l'effet de l'oxygène De la même façon qu'elle a recouvert de plastique transparent le tissu de ses fauteuils pour ne pas qu'ils s'usent trop vite Elle vit à demi asphyxiée de peur que respirer ne l'enivre sans doute Elle avance dans la vie à petits pas serrés soutenue par diverses béquilles son Mylord ses cachets son docteur Borodine dont j'entends très vite parler Sa vie est faite de précautions Ne pas sortir ne pas subir les autres ne pas se faire remarquer Madame Suzain est une craintive qui se rêverait audacieuse D'une certaine façon Wouh Ah je lui ressemble En tout cas sa folie ne me dérange pas J'apprends à l'aimer pour ce qu'elle est Une poupée gigogne comme ces matriochkas russes L'énorme baba ventrue qui cache au milieu d'elle une enfant crédule enjouée qu'elle tient *retient* enfermée. C'est une vieille dame grosse d'elle-même De ne jamais avoir su s'accoucher. Fleur est touchante elle est naïve Parfois très drôle aussi mais elle ne le sait pas. Inénarrable Fleur me racontant le soir en buvant une camomille son fameux Docteur Borodine Silences à cils baissés soupirs révélateurs regards perdus au loin Gamine de quinze ans et son carnet intime. Grosse fleur en papier crépon qui voudrait s'effeuiller comme une marguerite *Je l'aime un peu beaucoup passionnément* Je m'amuse m'intrigue de ce coup de cœur adolescent Je m'en inquiète aussi elle a soixante-seize ans et les gelées tardives réduisent à néant les récoltes Les brûlent. Un jour je l'accompagne à un de ses rendez-vous Fleur Suzain m'a bien fait l'article Cet homme est merveilleux il lui fait tant de bien Ça m'en ferait aussi sans doute je suis vidée stressée j'ai le cœur épuisé et l'âme courbatue. Au cours de la conversation alors que nous marchons de son pas essouflé Fleur me lâche le prix de la consultation Wouh Ah. La médecine à deux vitesses ne roule que pour ceux qui ont vraiment les moyens Elle reste au point mort pour les autres Qu'ils crèvent. Arrivées devant l'immeuble je trouve un prétexte potable. Pas envie de poireauter pendant une heure ou plus dans la salle d'attente il fait trop beau Tadaaa J'ai besoin de marcher je vais aller flâner avec Mylord plutôt. On se donne rendez-vous au parc près de l'entrée Devant la porte de l'immeuble Fleur me dit que c'est au deuxième et disparaît Pressée Je regarde la plaque du médecin en plexiglas gravé couleur laiton Pas de promesses vaines de mots compromettants aucune mention d'Hypnose de Soin de Thérapie Il y a seulement écrit *Fiodor Borodine Sur rendez-vous Deuxième gauche* suivi d'un numéro de téléphone portable C'est tout Mon Tabourette se manifeste sans s'annoncer Un geste brusque Ta Tadaaa je m'appuie sur la plaque elle *bouge* Je veux la replacer elle me reste dans les mains Pute Bordel de Pute qu'est-ce que j'ai encore fait Mais non Elle est juste aimantée sur une autre en métal plus ancienne. Un cabinet comptable qui a déménagé. Les jours de consultations ce monsieur Borodine vient avec sa plaque amovible sous le bras la pose sur une autre la récupère quand il s'en va. Je m'intéresse aux autres adresses de l'immeuble Beaucoup d'étiquettes arrachées des plaques dévissées ou anciennes. Je recule je détaille la façade je vois un peu partout des fenêtres fermées des vitres poussiéreuses sales. L'immeuble semble en grande partie inoccupé Je sors mon téléphone Je cherche Fiodor Borodine médecin sur Internet Il n'y est pas Je le cherche parmi les praticiens divers alternatifs parallèles holistiques Non plus Un *Fiodor Borodinov* ressort dans les recherches Il se produit à La Volga Je repère l'adresse C'est un cabaret russe à touristes pas très loin de la rue des Soupirs. Ce docteur Borodine serait-il un charlatan. Lorsque Fleur ressort de l'immeuble le rose aux joues l'œil andalou je lui raconte mes découvertes Elle ne me prend pas au sérieux Je lui montre une photo de ce *Grand Fiodor Illusionniste* Je demande si c'est lui. Elle accuse le coup elle paraît choquée Je m'en veux Pourquoi lui dire tout ça ce ne sont pas mes affaires On marche sans rien dire elle a le souffle court de plus en plus bruyant et court Pute Bordel de Pute Elle s'arrête le teint cireux les lèvres décolorées les mains sur la poitrine si elle fait un malaise j'en serai responsable Enculé Des passants ralentissent se rapprochent Plus près trop près trop nombreux Ils ont trop de visages et d'yeux Je crois nous voir comme ils nous voient Tadaaa La grosse dame âgée livide vêtue de gris et noir de retour du cimetière La jeune femelle gibbon trépidante à côté Le chien trop court sur pattes et trop enveloppé Bienvenue au théâtre choisissez votre place le spectacle va commencer Les parasites fourmillent le séisme s'annonce arrive au grand galop voilà Wouh Ouh Ah Wouh Ouh Ah. Mylord me fait écho Fleur me jette un regard hésitant et son expression change On dirait qu'un lien se dénoue que des entraves se relâchent Elle se met à bouger sur place se libère s'ébroue Esquisse un pas deux pas Petits sauts Virevoltes elle se lâche Hanches grasses balancées Bassin Ventre Seins lourds Tout son énorme corps s'agite de remous Elle est souple flexible Étonnamment gracieuse et vive Envolés les essoufflements les petits pas traînants Ses talons claquent sur des rythmes joyeux nerveux cadences irréprochables je m'attends à la voir grimper au réverbère comme Gene Kelly dans *Singin' in the rain* Les gens rient de plaisir du vrai rire d'enfant qui adore le spectacle. Je ne contrôle rien Je voudrais la filmer mais j'en suis incapable Enculé Tant pis pour la postérité je tape dans mes mains Je ris Mylord est à la fête aussi C'est gai comme un feu d'artifice.

Fleur est ce mélange étonnant détonnant Lourdeur et grâce Inhibition suivie d'audace. C'est aussi cette vieille dame qui se flétrit soudain se fane et pleure à gros sanglots dans mes bras quelques jours plus tard Ce matin de chagrin terrible De Mylord tout raide et froid Et mort. Mylord nous fait faux bond il tire sa révérence. C'est un vide un silence nouveau qui nous pèse Je promenais Mylord deux ou trois fois par semaine Il y avait pris goût Moi aussi Mince compensation pour tenter de légitimer ma présence chez Fleur jour et nuit Accepter l'hospitalité sans me sentir trop redevable. Le prétexte n'est plus Sa panière est rangée Fleur refuse que je l'aide à faire le ménage je lui dois quelques verres brisés Elle le supporte elle m'aime bien Mais ça ne peut pas durer toujours elle et moi Qui voudrait recueillir Attila.

Elvire m'appelle a besoin de parler Elle a trouvé refuge depuis quelques semaines chez un de ses potes Pas de chance il la trouve belle. Elle dit « Je veux bien coucher avec lui, ce n'est pas le problème. Il est gentil, il me plaît bien. Mais je ne veux pas que ça devienne le montant du loyer. Je ne suis pas sa copine et je ne suis pas sa pute. » Elvire a des principes elle sait les exprimer de façon incisive. *Tu vas faire quoi, alors ?* Elle montre son sac à dos Hausse les épaules Dit « Ce qui est sûr, en tout cas, c'est que je ne vais pas retourner chez ma mère… » Elle se marre.

Je la présente à Fleur qui l'accueille sans trop de réserves apparentes. Je vois bien que pour elle les yeux virevoltants d'Elvire sont une source de perplexité mais je l'avais prévenue elle reste discrète Elvire propose de payer pour sa chambre le temps qu'elle trouve ailleurs Fleur accepte d'un air gêné Ça me renvoie à mon statut bâtard Je suis logée gratis Pourquoi.

Elvire prend la chambre à côté de l'entrée j'avais choisi celle du fond Fleur est en sandwich entre nous Le soir je vais voir Elvire sur la pointe des pieds ou bien c'est elle qui vient on discute à voix basse jusqu'à ce que Fleur s'endorme et ronfle.

Je tire des plans sur la comète Pour le boulot rien à l'horizon Je dois trouver un travail louer un studio vivre libre Elvire vise une location un grand appart un peu vétuste dont un copain lui a parlé pas cher facile à partager Je ne sais pas comment qualifier cette période de ma vie Aucune raison de vivre ici non aucune Pourtant j'y suis et pour l'instant j'y reste et je commence à m'y sentir bien. Elvire a vu Freddie Il lui a demandé mon adresse. Je demande *Alors.* « Alors tu me connais. Je lui ai fait mon regard insaisissable ! » J'aimerais avoir un jour la moitié de ses rires. Un soir elle dit « Tu te souviens de notre délire, à propos de tes *Bracassés ?* » Oui oui je m'en souviens ça ne m'a pas lâché Je sais que ça doit sembler stupide mais ça me fait progresser je crois J'analyse autrement ma façon de voir la vie. « Toi, tu réfléchis trop ! » *Peut-être.*

Je lui donne son portrait signé monsieur Poussin je lui en ai fait faire un beau tirage J'attendais un moment tranquille Elle ouvre grand ses yeux frénétiques « Je suis belle, non ? » C'est la magie Poussin Je dis Chaque passant devient un modèle Il sait faire ressortir la lumière la grâce. « Tu me le présenteras ? J'aimerais voir son travail. » Oui Plus tard Pourquoi pas Pour l'instant je n'ai pas envie de partage. Monsieur Poussin et moi ça devient une histoire. Un lien.

Monsieur Poussin veut m'apprendre à tirer des photos toute seule Je préfère le regarder faire dans son étroite salle de bains Moins de risques Ta Ta Tadaaa. Je suis fascinée par ces visages et corps qui apparaissent en douceur Fantômes qui émergent lentement du papier d'abord indiscernables ou presque puis si pâles encore un peu flous et de plus en plus nets Vivants. Quand je n'assiste pas au développement je regarde ses clichés j'exige des commentaires des précisions sur tel ou tel portrait Ça le fait sourire autant de curiosité. Il me prête un de ses appareils me donne des notions j'ai une idée en tête je veux faire son portrait Photographier le photographe Je tente quelques essais un arbre un chat qui dort sur un balcon et puis un jour je me décide Je sors de chez lui je traverse la rue je l'appelle Voilà monsieur Poussin à la fenêtre ouverte ses deux mains agrippées à la traverse en bois Je fais trois clichés Seulement trois Rester debout lui est pénible Ne pas bouger sans trembler est un effort pour moi Je reviens fière comme un chasseur qui rapporte de quoi nourrir la tribu toute entière Monsieur Poussin rit Il me dit « Eh bien, nous allons voir ce que ça donne !... » Réglages de l'agrandisseur du margeur Première photo sous-exposée Même en la corrigeant monsieur Poussin n'en tire qu'un cliché gris foncé on le distingue à peine Je suis déçue. La deuxième alors là Surprise. Lumière parfaite Grain de la pierre Grisés des murs et du trottoir Monsieur Poussin joliment encadré par les montants de sa fenêtre ses cheveux blancs ébouriffés On dirait le portrait d'un sage dans un tableau de maître ancien. Monsieur Poussin me félicite. Je dis C'est la chance du débutant. « Peut-être bien, peut-être bien. Quand même, c'est bien vu… C'est que je me trouverais presque beau, vous savez ? ! »

Le troisième est moins bon C'est celui que je préfère Monsieur Poussin a bougé Sa main un peu levée n'est pas nette on dirait qu'elle s'envole Papillon clair qui fait contraste sur les vêtements sombres Monsieur Poussin le buste légèrement de trois quarts le visage tourné vers moi une ébauche de sourire Ses yeux plissés en mille rides. « Cela fait bien longtemps que personne ne m'avait pris en photo. Cela fait… Attendez… Attendez… » Il fouille dans une boîte que je ne connais pas rangée dans son armoire Il en sort une photo de lui dans un costume d'après-guerre. La photo est prise sur une place peut-être en Italie Lumière d'été qui cogne et tranche Jeune homme distingué impeccablement coiffé appuyé sur une canne Il est photographié par une femme Je le devine à cette ombre dont la découpe franche s'allonge sur le sol vient mourir à ses pieds Une ombre avec des jambes fines une jupe en corolle un grand chapeau d'été. Sur cette photo Poussin le Jeune sourit Il a l'air amoureux et la vie devant lui sa canne est encore légère La femme lui dit sans doute « Ne bouge plus ! Souris, voyons ! » Elle fixe cet instant pour une vie entière Monsieur Poussin retourne la photo il vérifie la date il la connaît par cœur. « J'allais avoir trente-deux ans. » Il répète « Trente-deux ans !… » et sa voix est émue Je repense à cette femme qu'il avait évoquée Celle qui lui avait dit *Je t'aime* en juillet 46. Je lui demande si c'est *Elle*. Il contemple un instant cette ombre aux jambes longues Jupe virevotante Chapeau de paille d'Italie Replace la photo dans la boîte. Il dit Oui.

Une semaine plus tard en arrivant chez lui je sursaute Wouh Ah plus de photos sur les fils à linge finie la toile d'araignée Quelques clichés aux murs encore mais très peu. Je m'inquiète. Monsieur Poussin sourit montre derrière lui la porte de la chambre. « Allez voir vous-même ! J'ai bien travaillé, vous verrez… » Sur son lit plusieurs boîtes empilées étiquetées par décennies d'une écriture tremblotante Je ne comprends pas Monsieur Poussin me dit « Je serai bientôt parti. » *Parti.* « Je n'ai plus beaucoup de temps, je le sens dans mes os. » Je proteste Il m'arrête « À mon âge, il n'y a pas de surprise, Harmonie. J'ai bien assez duré je trouve. Cent trois ans ! Vous n'avez pas idée du temps qu'il faut pour vivre autant ! Ça dure au moins un millénaire… » Il rit « Quand je pense qu'on me prenait pour un enfant fragile !… » Il me regarde en souriant et ses mains balbutient leurs mouvements infimes sur la barre en métal du déambulateur Il dit « Vous êtes la seule personne qui se soit intéressée à mon travail depuis longtemps, vous savez ? Et avec tellement d'enthousiasme ! Je n'ai pas de famille, je vous l'ai déjà dit. Le jour où je disparaîtrai, tout ça sera jeté, détruit. Prenez tout, s'il vous plaît. Prenez-le aujourd'hui même. J'y tiens. Je serai rassuré, vous comprenez ? Avec vous, mon travail sera entre de bonnes mains. » Je proteste Il pourrait regretter Je ne peux pas accepter Je Wouh Ouh Je Tadaa J'ai des larmes qui montent Il secoue la tête gentiment. « Écoutez, si j'ai vraiment envie de revoir certains de ces portraits, je vous promets de vous le dire. Vous me les prêterez un jour ou deux, n'est-ce pas ?... Et ne vous en faites pas : ceux auxquels je tiens tout particulièrement, je les ai conservés, venez voir. » Monsieur Poussin emploie très souvent le verbe *voir* Nous allons *voir* C'est bien *vu* Vous *verrez* Venez *voir*. Cet homme est tout entier dans son regard. Je lui obéis. Je vais *voir*. Sur le mur le plus proche de la fenêtre monsieur Poussin a maladroitement accroché une dizaine de photos le long d'une trajectoire qui penche puis se redresse J'en connaissais certaines j'en découvre de nouvelles Il raconte il commente et je le laisse faire. Sa mère en jeune femme aux yeux graves dans une longue robe claire une voilette du dimanche piquée dans les cheveux Elle est assise elle tient un livre Est-ce que c'est un missel je dis. « Non, un livre des Psaumes, elle était protestante. » Il ajoute « C'est mon père qui a fait ce portrait, ils étaient jeunes mariés. » Son père le photographe de guerre le fameux Louis Poussin. Sur une autre photo son père justement il est en uniforme il pose fièrement près de son matériel. Appareil à soufflet trépied boîtier de cuir épais pour porter les plaques de verres. Son père toujours quelques années plus tard en costume civil un petit garçon sur les genoux. « J'étais un bel enfant, n'est-ce pas ? » On devine déjà le gros nez les grandes oreilles la gentillesse dans les yeux.

Oui Je dis. Oui. Vraiment un bel enfant.

Qu'est-ce que j'ai voulu me prouver le jour où j'ai quitté Freddie pour deux mots Enculé deux mots qui m'ont blessée qui ont suffi à me montrer comment Freddie me voit parfois Si le monde est un grand cirque à chacun son emploi dresseur danseuse équilibriste Je suis parfois le clown ce n'est pas important ce que je suis ou pas Je fais partie de la troupe Le spectacle sans moi serait moins intéressant.

Le jour où je rencontre Elvire pour la première fois je suis embarrassée par ses yeux en cavale Tonton me tétanise avant que je la connaisse La mère d'Elvire est folle à lier Monsieur Poussin *si* laid Madame Suzain *si* grosse N'importe lequel de nos voisins on pourrait le trouver *Si* le trouver *Tellement* et même lorsque ça ne se voit pas même lorsque le singe reste caché dans l'arbre dissimulé à l'abri du feuillage il est quand même là Wouh Ah Nos manies nos folies nos délires nos craintes On en fait quoi Bordel de Pute on en fait quoi de vraiment *constructif* je veux dire. Si on tombe de cheval on remonte aussitôt Mais si on tombe de sa vie Si on se réveille un jour avec un handicap une crise d'angoisse une cicatrice horrible un membre ou deux en moins un terrible chagrin un amour de toujours qui se tarit s'épuise on fait *quoi*. On continue à vivre ce n'est pas le problème Vivre c'est mécanique il suffit de respirer de boire de se nourrir Ce qui gêne ce qui tue c'est *toujours* le regard Celui qui vous détaille sans vergogne Celui qui vous évite par pudeur hypocrite mais vous file de loin Celui qui vous transperce ou pire celui qui ne vous regarde plus. Vivre n'est pas le problème C'est vivre *ensemble* qui.

L'essentiel ce n'est pas ce qui nous rend semblables je commence à le comprendre C'est tout l'inverse en fait Ce qui est intéressant ce qui nous justifie c'est de voir en quoi chacun de nous diffère se distingue. C'est là que Fleur Suzain intervient sans le vouloir un jour où je déroule mes idées à voix haute Où je me demande *comment les gens perçoivent leur singularité* Madame Suzain répond en râpant ses carottes « Ça ! Il faudrait leur demander. » Je l'embrasse elle sursaute « Mais voyons, Harmonie ! » Vous êtes un vrai génie Je dis.

Quelques jours plus tard nous allons chez monsieur Poussin Il peut à peine se déplacer chaque pas lui coûte Trop fragile il suffirait d'un coup de vent. Je veux le présenter à Fleur Tonton Elvire je leur en ai souvent parlé. Fleur s'est faite belle Maintenant elle met des robes à fleurs des chèches de couleur Pour l'occasion je prends les photos qu'il a tenu à me donner Nous les regarderons toutes ensemble chez lui je veux qu'il profite de leurs yeux ébahis quand elles vont découvrir son œuvre. Soudain Fleur pâlit Elle piaule « Mais c'est moi ?! Oh, mon Dieu ! » Elle agrippe ses joues. « Fais voir ? dit Tonton. Putain, tu es magnifique ! » Fleur Suzain en robe lamée retroussée aux genoux Fleur qui esquisse deux pas de danse en fin de journée dans une lumière douce et chaude Sur la photo en noir et blanc elle ressort elle est éclatante Soleil Planète en mouvement Marylin énorme émouvante. Fleur n'en revient pas du hasard extraordinaire qui a permis que monsieur Poussin la prenne précisément à ce moment-là. Monsieur Poussin me sourit en coin je lui fais un clin d'œil On avait calculé notre coup minuté notre action deux vrais braqueurs avant un casse. Le temps qu'il me faudrait pour convaincre Fleur Le temps qu'il lui faudrait pour s'habiller Me suivre Le temps d'arriver au lampadaire Robe moulante Talons hauts Le temps de renouer son foulard de la faire tourner sur elle-même claquer des talons sur le trottoir En face de chez monsieur Poussin espion bienveillant discret dans l'ombre de la fenêtre ouverte Vigie qui fait son quart de guet Prêt à faire le portrait de Fleur appuyer sur le déclencheur.

On parle de tout de rien de ces photos surtout. Elvire est fascinée par le nombre de portraits Tonton s'intéresse de près aux appareils photos anciens les manipule comme des nouveau-nés fragiles dans ses grosses mains carrées Tremble d'envie de les démonter. Monsieur Poussin tassé dans son fauteuil nous regarde avec sympathie Je le sens un peu loin de moins en moins ici Paisible Je dis Puisque nous sommes tous ensemble pour une fois je voulais vous parler d'une idée Wouh Ah Je vous préviens c'est un peu vague Prenez ça comme un acte collectif une façon de « Accouche ! » coupe Tonton. Je me lance je parle du *Street art* du *Land art* je dis On pourrait inventer le *Look art*. Tonton me dit de causer français « Sinon je me casse, pépette, je suis pas venue perdre mon temps avec des branlettes d'intello. » Tonton ne comprend pas l'anglais Fleur ne comprend pas le mot branlette. Je dis Mais si Mais si vous savez bien le *Street Art* L'*Art de la rue* c'est le nom qu'on donne à ces pochoirs graffitis mosaïques peintures qui enjolivent animent les trottoirs les façades Et puis aussi le *Yarn bombing* bariolé que j'aime tant cet art pour vieilles dames ou très jeunes enfants qui joue à tricoter des manteaux des écharpes de laine pour réchauffer les arbres les bancs les monuments. J'enchaîne sur le Land Art. L'*Art du Terrain* du *Pays* de la *Terre* tous ces assemblages de pierres de sable de feuilles de branches Totems fragiles provisoires. Je cherche des photos sur Internet je les leur montre je voudrais les surprendre je sens que je les perds Pute Bordel de Pute. « Et ton *Loucarte, du coup,* c'est quoi ? » dit Tonton.

*Look Art*. L'Art du *regard*. J'essaie d'expliquer mon idée leur dire que tout ce qui fait de nous ce nous sommes tout absolument tout prend naissance dans le *regard*. Celui que les autres posent sur nous Celui qu'on pose sur nous-même Sur le voisin l'ami l'ennemi la famille. Je dis Je suis sûre que chacun chacune de nous Ici a souffert un jour du jugement d'un autre. Fleur soupire lourdement tout en lavant les tasses Elvire me suit avec attention dans son fauteuil Monsieur Poussin m'écoute il a les yeux fermés. Tonton se concentre sur un vieux Kodak. Je dis On ne peut voir le monde qu'avec ses propres yeux mais on peut *décider* de distinguer le beau dans le disgracieux le sublime dans le grotesque l'immense dans le minuscule Ne voir que ce qui nous dérange c'est du temps perdu sur le bonheur Tout est question de *point de vue* Tonton soupire elle dit « Quand tu auras fini de blablater sur le Quoi et le Qu'est-ce, tu pourras peut-être en venir au but. » Je dis que le but est flou le chemin pas tracé je le sais mais que dans les grandes lignes j'aimerais permettre aux gens de se voir différemment de s'apprécier davantage *peut-être*. Tonton hausse les épaules demande pour quoi faire Elle dit que si sa gueule ne revient pas aux autres c'est leur problème et pas le sien. « Moi, je me trouve très bien comme je suis. Je vois pas pourquoi j'irai jouer les mendiants de l'amour ? » Elle chante de sa grosse voix *Donnez donnez Do-donnez Donnez donnez-moi*… Elvire est mitigée elle dit que Je veux « permettre aux gens » peut-être mais que *les gens* ne m'ont rien demandé après tout Ils n'ont peut-être pas envie de se voir autrement Tout ce qui touche au *regard* la bouscule la trouble. Monsieur Poussin entrouvre un œil murmure du fond de son fauteuil que le vrai Non le seul problème c'est la peur dès que les gens sont rassurés tout change tout s'arrange. Fleur toussote semble mal à l'aise intervient d'une voix flageolante dit que ce n'est pas pour parler d'elle mais elle aimerait témoigner Elle dit que lorsqu'elle était jeune elle n'osait pas parler aux autres jamais jamais elle se sentait toujours *moins* qu'eux. Moins jolie, moins intéressante, moins capable… Elle dit « Je suis peut-être devenue grosse pour que les gens me regardent enfin ? Pour qu'ils soient *obligés* de me voir, je veux dire ? » Tonton la regarde d'un air surpris Tonton si grande baraquée si masculine tatouée si sûre d'elle en apparence. Fleur continue « Maintenant les gens me voient, c'est vrai, ils auraient du mal à me rater, mais leur regard n'est pas très… Vous comprenez ce que je veux dire… » Inutile de hocher la tête inutile de lever le doigt Elvire et sa famille de fous Monsieur Poussin laid trop vieux orphelin Tonton si seule dans son hangar à partir de dix heures du soir à se bricoler une famille en ferraille de récupération Et moi et moi Bordel de Pute. On regarde Fleur elle parle d'une voix à peine audible en croisant décroisant les mains elle dit que le seul qui ne l'a jamais vue grosse c'était son Mylord son chéri elle ajoute « Quand il me regardait, il n'y avait que de l'amour dans ses yeux. De l'amour, et rien d'autre… » Elle s'enroue

« Enfin, c'est vrai aussi qu'on peut se tromper sur les gens. Je suis d'accord avec vous, Harmonie… la première fois que je vous ai vue, avec votre… avec vos… Et d'ailleurs c'est pareil pour vous Elvire… Même vous, Tonton, si je suis honnête, je dois avouer que… Eh bien… » Elle soupire. « Eh bien, finalement, ce que je voulais vous dire, c'est je suis bien contente de vous connaître tous ! » Tonton serre Fleur dans ses bras lui dit « Tu veux me faire chialer, c'est ça ? » Fleur couine de surprise arrête de respirer n'ose pas se dégager Elvire rigole me demande ce que je propose *concrètement*. Concrètement je ne sais pas Wouh Ah Je dis qu'on pourrait faire un sondage par exemple poser des questions sur le regard le distribuer aux voisins « À *nos* voisins ? » s'inquiète Fleur. Tonton n'est pas d'accord non ça ne lui plaît pas Un questionnaire ça fait école et puis qui va le faire Monsieur Poussin ne sort pas de chez lui Elvire et moi Tadaaa on ferait peur aux gens Tonton également On regarde madame Suzain elle piaille terrorisée les deux mains sur ses joues « Je suis agoraphobe ! Je suis agoraphobe ! » On rit OK Pas de sondage Je dis Il faudrait créer un événement Trouver un lieu de rencontre un café par exemple Que tout le monde puisse participer. « Quoi, comme événement ? » demande Tonton je sens qu'elle s'agace que le vent tourne à la bourrasque Elle continue « On ne va pas réunir tout le quartier pour demander aux gens de s'aimer davantage, si ? Tu ne trouves pas que ça craint, le truc genre Regardez-vous les uns les autres avec de l'amour plein les yeux ! » Elle a raison Ça craint « Et puis *quoi* comme truc ? » dit Elvire Ta Ta Tadaa je ne sais pas Tonton redevient conciliante « On n'a qu'à commencer par là : se demander ce qu'on *veut* ! C'est le plus important, non ? » Elle n'a pas tout à fait raison. Le *plus important* c'est qu'elle dit *On*.

Silence sobrement ponctué par les bruits de cuillères remuées dans les tasses Vin qui emplit le verre bières décapsulées déglutitions discrètes temps mort chacun attend que l'autre parle ait une idée intelligente fasse avancer la discussion C'est à ce moment-là que Fleur se met à parler des photos de monsieur Poussin pour dire que c'est un bel exemple de *regard* qui cherche à changer les regards. Elle parle des sculptures de Tonton Elle s'empêtre essaie de dire qu'elles nous ressemblent d'une certaine façon Je crois que tous ici on voit ce qu'elle cherche à dire Les œuvres de Tonton sont belles et laides en même temps Ou plutôt laides et touchantes. Enfin on parle on se contredit on débat on s'engueule on s'embrasse on existe. Il faut trouver un local pour notre *événement* Mais cet événement sera sous quelle forme Il servira à quoi Pute Bordel de Pute À faire réagir les gens juste ça et pas davantage. On ne veut pas d'un club de tricot de rando ni d'une association avec des banderoles rien de pédagogique et rien de militant Pas de bons sentiments Rien qui colle ou qui poisse Rien qui s'inscrive dans la durée s'englue dans la routine Du vivant et de l'éphémère. On n'a pas l'ambition de proposer une chose jamais vue avant nous Ce n'est pas un concours d'originalité On aimerait *plutôt* On voudrait *seulement* Je sens qu'à cet instant précis nous pensons tous à nos propres défaites pour une réflexion un rire une moue un peu sceptique qui a fait s'insinuer le doute et sonné la défaite À cet instant précis on commence à y croire à se dire qu'on pourrait faire quelque chose Pas changer la marche du monde non Créer pour un seul jour peut-être une poche de résistance remplie de cailloux blancs à semer tout autour Tenter d'ouvrir quelques fenêtres faire entrer la lumière et voir.

« Tu crois vraiment qu'on change la vie des gens comme ça, toi ? » demande Tonton.

Je ne sais pas Wouh-Ouh Ah-Ah. Je crois aux petits ruisseaux qui font les grandes rivières.

Je crois aux petits oiseaux qui font les grandes volières.

## Dimanche

Harmonie nous avait proposé plusieurs fois d'aller rendre visite à monsieur Poussin. Je n'y tenais pas du tout, pourtant je me suis laissé convaincre de les accompagner avec Tonton et Elvire. Enfin, pour dire les choses comme elles sont (ne perds pas tes bonnes habitudes, ma fille, sois honnête en toutes circonstances. Du moins autant que faire se peut), on ne m'a guère donné le choix. Harmonie est plus tenace que la marée montante, à revenir chaque jour sur les choses jusqu'à ce que notre résistance soit complètement érodée. En l'occurrence, cette jeune personne avait décidé (sans me consulter le moins du monde) que sortir *me ferait du bien*. Je ne voyais vraiment pas en quoi aller passer deux heures chez un vieillard probablement sénile pourrait me faire *du bien*, mais Elvire s'est mise de la partie et, vu ma lâcheté foncière, je n'ai rien osé dire, comme de bien entendu.

Harmonie nous avait tellement parlé de lui, des photos magnifiques qu'il lui avait données (et que j'aurais préféré regarder ici, tranquillement installée devant un Darjeeling et les délicieuses madeleines que je venais de cuisiner) que je ne pouvais pas lui refuser ce modeste plaisir. Elle en a si peu, dans sa vie.

J'ai prétendu que je trouvais cette idée charmante (en fait, j'étais totalement abattue à la perspective des heures interminables que j'allais devoir passer dans un appartement qui n'était pas le mien.) (De plus, j'étais gênée de ma propre hypocrisie.) (Josiane m'aurait dit qu'il faut prendre sur soi, parfois, pour faire plaisir à autrui. Elle est très forte pour inciter les autres à faire preuve d'un altruisme qu'elle-même pratique bien peu.) (Tu manques de charité, ma fille.) (Mais pas de lucidité. On ne peut pas tout avoir.) (*Arrête avec tes parenthèses* !)

Harmonie a suggéré de prévoir autre chose que du thé, car Tonton se joindrait à nous. J'ai proposé des sodas ou de l'eau pétillante, Elvire a répondu avec un petit sourire que de la bière ferait mieux l'affaire et que c'était gazeux également. J'ai eu beau leur dire que ça ne s'accorderait pas du tout avec mes madeleines, (c'est une de mes spécialités. Je les fais au citron, de petites merveilles !) elles n'ont pas voulu en démordre. De la bière avec des madeleines ! Pourquoi pas une menthe à l'eau avec des huîtres ou du foie gras ? Non vraiment, quel affreux gâchis.

Nous nous sommes rendues en procession chez ce monsieur Poussin, chargées comme des rois mages de cartons de photos, thé, café, madeleines. (Bières…)

Eh bien, je n'ai pas regretté d'avoir perdu mon temps à aller visiter ce pauvre homme ! Ce monsieur Poussin vit au rez-de-chaussée, dans un deux-pièces sombre et de taille modeste, à cent mètres de chez moi. C'est un petit homme voûté qui marche difficilement en s'aidant d'un de ses appareils que l'on nomme déambulateur – même si les gens qui en possèdent ne *déambulent* guère. Il a encore l'esprit très vif, pour ses cent trois ans. J'aimerais lui ressembler, au même âge. (Je ne parle évidemment pas de ses oreilles, ni de son nez, qui sont d'un format remarquable.) Et il est d'une telle gentillesse !

Je ne sais comment le dire autrement : en parlant avec lui, je ne me sentais pas grosse.

Tonton est arrivée une demi-heure plus tard, avec un plateau de fruits de mer et une bouteille de Grand Ardèche, plus léger pour le goûter, d'après elle. Plus léger que *quoi*, je n'en saurai jamais rien, je n'ai pas osé lui poser la question. (Ce n'est pas encore demain que tu deviendras téméraire, ma fille !) Je me suis dit à part moi que nous avions prévu de la bière pour rien, puisqu'elle avait apporté du vin. La suite m'a prouvé que non.

Tonton a offert une de ses sculptures à ce pauvre monsieur Poussin, une sorte de petit animal monstrueux en métal embouti dont les gros yeux exorbités et l'expression enfantine m'ont fait penser à mon pauvre Mylord. J'ai eu le tort de le dire à Tonton, qui s'y est montré sensible et m'a promis de me donner une de ses œuvres. Voilà qui m'apprendra à me montrer aimable. Je l'ai chaudement remerciée, et je me suis rassurée en me disant qu'il restait de la place à la cave, puis je me suis souvenue que Tonton vient souvent à la maison et que, de ce fait, je serais obligée de laisser cette (*rature*) ce (*rature*)(*rature*) en évidence. Ça doit être solide, en plus. Le faire tomber par mégarde ne servirait sans doute à rien.

Monsieur Poussin ne doit pas recevoir souvent : il n'a qu'un fauteuil et trois chaises, dont la paille est bien abîmée. Si j'avais eu moins de meubles moi-même – et surtout moins de lits – je n'aurais pas été envahie par (*rature*) J'aurais moins de monde à la maison.

Ceci dit je ne le regrette pas, je me suis habituée à ces deux péronnelles qui sont toujours en train de refaire le monde en riant aux éclats (Elvire, surtout. Harmonie est plus ombrageuse). Quant aux visites de Tonton, c'est toujours un plaisir (bruyant). La première fois qu'elle est venue (lorsqu'elle a aidé Harmonie à me raccompagner, le fameux soir du cabaret russe) (Oh que j'ai honte ! J'en mourrais…) (*Arrête !*), elle en a profité pour réparer la plomberie et pour nous improviser un déjeuner solide. À base de pommes de terre, j'aurais dû me méfier. Depuis, elle vient de temps à autre dire bonjour, cuisiner, réparer ce qui cloche, et dormir une heure ou deux sur mon Chesterfield.

Je perds encore le fil.

Comme il n'y avait plus de fauteuil libre pour s'asseoir chez monsieur Poussin, Tonton est repartie en chercher un chez elle. Elle est revenue dix minutes plus tard avec deux caisses de vin en bois (vides de tout contenu) sur lesquelles elle s'est assise sans autre forme de cérémonie. J'ai supposé qu'elle avait oublié les clés de son appartement ici, qu'elle avait trouvé cet expédient dans une benne à ordures quelconque, et qu'elle avait décidé de s'en servir pour ne pas avoir à refaire plusieurs fois le voyage. Mais elle nous a prévenus qu'elle devrait les récupérer en partant, sinon ça lui manquerait.

Je ne vois pas qui d'entre nous aurait cherché à les lui prendre.

Puis nous avons regardé les photos de monsieur Poussin, qui sont toutes en noir et blanc. C'est très intéressant. Dire que ce monsieur a photographié notre rue par sa fenêtre, presque chaque jour de sa vie ! Il nous a expliqué qu'il s'était astreint à ne développer qu'une ou deux photos par semaine, mais que le choix était souvent difficile, voire impossible ! Il a opéré un grand tri il y a quelques années mais il restait malgré tout plus de cinq mille photos développées, dont il avait donné l'essentiel à Harmonie. Cinq mille !

Nous avons ri ou souri en regardant ces robes et ces costumes, dont certains me rappelaient mes parents, ma grand-mère, ou ma propre jeunesse. En termes de mode, il n'y a pas à dire, le ridicule sera toujours d'actualité. Nous avions l'impression de feuilleter un gigantesque album de photos de famille. Harmonie n'avait pas menti, c'était joyeux, plein de vie, lumineux. Nous avons joué à mettre un nom sur les visages. Tonton et moi, surtout, car Elvire n'est pas du quartier (tout du moins, elle l'est depuis peu) et Harmonie vit là depuis quatre ans à peine. En tant que doyenne de notre groupe – après monsieur Poussin, qui me bat largement – et résidente de la rue des Soupirs depuis plus de cinquante ans (voilà bien le genre de phrases que je commence à détester), j'aurais dû être la mieux placée pour retrouver des noms, des dates. Hélas, je suis restée trop longtemps sans sortir de chez moi, je le crains. Je m'en suis aperçue au peu de visages que j'ai pu identifier. J'aurais été étrangère à la rue, ou nouvelle arrivante, que mon score n'aurait pas été plus pitoyable. Bien sûr, j'ai reconnu Tonton, (qui soit dit en passant était fort belle quand elle était jeune, comme quoi… Je la plains. L'avantage d'être laide depuis qu'on est enfant c'est qu'on n'a jamais de regrets, il est rare que ça s'aggrave. Ça peut même s'améliorer). J'ai pu identifier monsieur et madame Piquet, madame Benasli (du premier), madame Petrovic (du quatrième), Harmonie, son (ex) ami Freddie, monsieur Torres, l'épicier, (« Diego » pour ses clients), une des préparatrices de la pharmacie Pradal, la boulangère, le boucher, et même la jeune Elvire, sur un seul cliché seulement. Je reconnaissais onze personnes en tout, (dont deux que je n'aimais pas, trois qui m'étaient indifférentes, une que je n'avais rencontrée qu'une fois – l'ex-compagnon d'Harmonie – et quatre autres chez qui je faisais mes courses, et qui n'étaient pas des intimes. Onze personnes, pas plus, en cinquante de vie dans le quartier.

Pour Tonton, c'était l'inverse, elle reconnaissait tout le monde ou presque (sauf ceux qui étaient morts depuis trop de temps, bien entendu : elle a quarante-cinq ans à peine, même si elle fait davantage) (ça vient de son travail, je pense) (je parle de sa connaissance des gens du quartier, pas de son physique, évidemment). On voit du monde, sur les marchés. C'est un peu facile, je trouve. À ce compte-là, moi aussi, si je sortais de chez moi et si j'étais joviale, je pourrais avoir des relations. Tonton faisait une pile des gens qu'elle connaissait, en commentant à haute voix : « Tiens, monsieur Poirier ! Il était tout jeune, là, c'est fou ! Ça, c'est le fils aîné de madame Vaneau. Madame Lormont… Ah ! Madame Rivière… En quelle année ? 88 ? Elle n'a pas tellement changé… » Et l'un, et l'autre, monsieur Untel, madame Machin, la fille aînée de madame Chose, ça n'en finissait pas. Elle donnait même des précisions « Ça, c'était avant son régime / Après son accident, le pauvre / Avant la naissance des jumeaux / Ils ont déménagé depuis / Elle a divorcé, maintenant. »

Mais les photos les plus anciennes gardaient tout leur mystère, ainsi qu'un certain nombre de clichés plus récents. Monsieur Poussin ne nous était d'aucun secours, car il ne connaissait personne. D'ailleurs, ainsi qu'il nous l'a fait remarquer, certains de ceux qu'il avait photographiés ne faisaient peut-être que passer dans la rue, ce jour-là.

Je ne pouvais pas m'empêcher de me dire que tous ces gens auraient été bien étonnés d'avoir été saisis à leur insu. C'est alors que je me suis reconnue ! Mon Dieu.

C'était une photo très récente, elle avait été prise le jour où Harmonie m'avait emmenée dans ce fameux cabaret russe, ce fameux jour auquel je ne pense plus jamais, car sinon cela me met dans des états d'énervement et de honte qui me (*rature*) (*rature*). (Mais *arrête*, petite gourde ! C'est passé, voilà ! C'est fini !)

J'étais tellement stupéfaite que j'ai poussé un cri. Tonton m'a pris la photo des mains, elle s'est exclamée que j'étais *magnifique*. J'aurais plutôt dit *Énorme*. (À ce propos, je ne savais pas qu'il existait des objectifs grossissants. Je n'en vois pas du tout l'intérêt.)

Bref, aucun doute, c'était moi – dans ma robe d'otarie tournesol – en train de danser, une main tenant ma jupe relevée au-dessus des genoux, l'autre faisant le balancier.

J'aurais dû être terrassée par le ridicule de la pose et par mon allure générale mais, curieusement, j'ai adoré cette photo. Je m'y suis trouvé un petit côté star de cinéma (des années trente) moulée dans cette robe élasthanne qui me faisait des seins prodigieux. Tonton a continué en me disant que je devrais être fière, qu'il n'y a pas beaucoup de vieilles qui sauraient se trémousser comme ça et je dois dire que, malgré sa maladresse, j'ai été sensible à son compliment.

Depuis, j'ai fait encadrer ce portrait et je l'ai accroché au-dessus de mon buffet, à la place du Kremlin, qui n'a guère d'intérêt. Josiane me dirait que ce n'est pas modeste, mais c'est la première fois en soixante-seize ans que je me supporte sur une photo. Et Josiane serait mal placée pour me faire la leçon, elle qui se fait tirer le portrait à chaque anniversaire – en pied et en grand format, s'il vous plaît. Je ne sais pas si elle le fait encore, depuis qu'elle joue à la *Canasta* dans sa nouvelle résidence mais, à l'époque où elle vivait dans l'immeuble, elle accrochait toutes ces photos dans le couloir de son entrée. Ça me faisait penser à ces fresques sur l'évolution, qui vont du chimpanzé appuyé sur ses phalanges à l'Homme marchant droit, le regard fièrement posé sur l'horizon radieux.

Sauf qu'en ce qui concernait Josiane, on aurait pu penser que la fresque allait à rebours, vu les dégâts de l'âge et de l'arthrose.

Au début, la grande idée d'Harmonie nous a semblé fumeuse. (Et c'est un euphémisme. On n'y comprenait rien du tout !) Elle parlait du *regard* que les gens portent sur les autres ou sur eux-mêmes, et – si j'ai bien compris – du fait qu'on ne voit pas toujours les choses comme elles sont, que l'on s'arrête à la première impression qui n'est pas forcément la bonne.

Ce n'est pas bien nouveau, tout le monde sait ça.

Elle a prononcé le mot de *subjectivité* que j'avais trouvé la veille – c'est amusant – dans mes mots croisés force 4 sous la définition : *Propre à l'expérience de chacun*. (J'avais été aidée par le *B* dans obèse et par le *J* de jeûne.)

Même s'il semblait évident que ce qu'elle nous disait était surtout puisé dans sa propre expérience, les propos d'Harmonie m'ont touchée malgré moi, au point que j'ai tenu à apporter ma pierre à l'édifice, moi qui crains plus que tout de me mettre en avant. Car, c'est vrai, je l'ai éprouvée plus d'une fois moi-même, la pesanteur du regard des autres. Et le mot pesanteur, lorsqu'il est dit par moi, n'est sans doute pas anodin. Je sais que j'y suis trop sensible : un léger problème d'embonpoint, ce n'est quand même pas une affaire d'État. Ce n'est pas comme cette pauvre Harmonie, ou Elvire, par exemple, avec toutes leurs (*rature*). Ou Tonton, qui est quand même d'un genre (*rature*) particulier. Sans parler de ce cher monsieur Poussin, qui est laid à faire tourner le lait dans le pis ! (Ce n'est pas bien d'écrire cela, je devrais avoir honte.) (Ceci dit, en l'écrivant, je me demande si cela n'illustre pas ce qu'Harmonie essayait de nous dire, sur le fait qu'on a du mal à s'empêcher de juger les autres, et souvent sur leur apparence.)

Harmonie développait péniblement son idée, et nous n'étions pas certains (en tout cas, moi) qu'elle savait elle-même où elle voulait en venir. Elle parlait de tricot pour les arbres, de feuilles, de cailloux, de branches, et j'avoue qu'au bout d'un moment je me sentais perdue en pleine jardinerie. Cette jeune personne a tendance à partir dans de grandes envolées lyriques. Je ne dirais pas que c'était confus, mais disons que ce n'était pas clair.

C'est à ce moment-là que monsieur Poussin a parlé de la peur. Et ça, ça m'a parlé. Je crois que j'ai toujours eu *peur*, dans ma vie. Des autres, de moi, de tout, de pas grand-chose. Mais je dois convenir que j'ai souvent eu peur pour rien et que la plupart de mes craintes se sont avérées infondées : aucune de mes angoisses ne m'a jamais fait mourir, ma peau ne s'est jamais décollée en avalant du Placidon et, depuis son départ, Josiane n'a jamais évoqué le moindre désir de venir passer quelques jours chez moi.

Bref, l'expression populaire est – comme souvent – très juste : le pire n'est jamais sûr.

Un peu plus tard, je me souviens avoir parlé des photos de monsieur Poussin, en disant que c'était un bel exemple de regard positif (je ne l'ai pas dit aussi bien, mais c'était le sens général). C'est vrai : sur ses portraits, tout le monde semble agréable, plaisant. Même monsieur et madame Piquet. Est-ce qu'ils auraient des qualités que seul monsieur Poussin peut percevoir ? Ou le regard de ce monsieur aurait-il le pouvoir d'enjoliver les choses ? (Personnellement, je penche pour la deuxième option.) Et cela me faisait également penser à ce que venait de nous dire Harmonie : nous pouvons choisir de voir le bon ou le mauvais côté des gens. D'ailleurs, ces deux côtés existent et cohabitent en chacun de nous. (Chez certains, cependant, ils sont loin d'être égaux.) (Je me comprends.) C'est que je voulais essayer d'exprimer lorsque j'ai lâché un peu vite « C'est comme cette sculpture que Tonton vient d'offrir à monsieur Poussin : c'est une chose vraiment très laide, mais qui a un si joli regard. » Tonton a eu l'air foudroyée et j'ai eu bien du mal à rattraper ma bourde en me noyant dans un discours confus sur Mylord que je trouvais tellement beau mais qui pourtant etc. Il faudrait que j'apprenne enfin à fermer mon clapet. Toujours est-il que mes remarques ont dû déclencher quelque chose : tout le monde s'est mis à parler en même temps (ce qui est très gênant pour moi, surtout avec Tonton, qui a hérité de la voix atrocement puissante des forains et des infirmières, et qui ne sait pas la tempérer).

Elvire a évoqué les *Bracassés*. Lorsqu'elle a épelé le mot, j'ai précisé que pour moi c'était au féminin, n'en déplaise à monsieur Poussin, qui d'ailleurs n'en a pas pris ombrage. Je me suis sentie assez fière de cette petite précision, je dois le dire. Quand j'y pense, je me demande si parfois je ne me laissais pas un peu trop dicter ma conduite par monsieur Suzain.

Ce serait aujourd'hui, sans pousser trop loin l'insurrection, je pense que je lui suggérerais aimablement d'aller se faire farcir sa tête de veau ailleurs. Quand je vois comment cette jeune Harmonie a repris sa liberté pour quelques mots malheureux, il me semble qu'il y a là quelques leçons à prendre (même si c'est un peu dommage. Ce garçon était quand même très beau).(Je m'éparpille encore en digressions.) (Mais c'est quand même assez perturbant de se découvrir une âme de suffragette à soixante-seize ans !) (Je suis une pétroleuse et je ne le savais pas !) (Voilà qui clouerait le bec à Josiane.)

Bref.

Nous avons expliqué à monsieur Poussin et à Tonton notre petit jeu de devinettes, pour trouver un sens à ce mot, *Bracassée*. Ça les a bien fait rire. Tonton a décidé que c'était un outil, et que ça s'écrivait **e-t**. Elle nous a donné comme exemple la phrase : « File-moi le bracasset qui est sous la clé de seize. » Monsieur Poussin a pensé à une danse ancienne « entre la bourrée et le branle ». Tonton a dit qu'elle se sentait douée pour cette danse-là et Elvire a éclaté de rire, mais je n'ai pas compris pourquoi.

Puis monsieur Poussin a ajouté « Je n'ai pas d'illusions en ce qui me concerne, vu mon âge et ma condition, mais sachez qu'aucune d'entre vous, mesdames, ne ressemble ni de près ni de loin à une Bras Cassé (*il a bien détaché les deux mots*). Je vous trouve belles, fortes, vivantes, et je m'estime heureux, plus encore : honoré et comblé, de vous avoir rencontrées toutes. »

Je me serais mise à pleurer d'entendre de si jolies choses, mais c'est le moment que Tonton a choisi pour nous dire qu'elle venait d'avoir une *P... d'idée marrante* (selon ses propres termes). Je me suis demandé de quelle idée il pouvait bien s'agir. En principe, je n'aime pas trop les mystères. D'ailleurs, par chance, il n'y en a jamais eu dans ma vie. (Ça fait belle lurette que j'ai renoncé à me faire la surprise, à Noël, je n'y croyais plus moi-même. Je me commande un petit repas fin chez le traiteur, je me fais une jolie table, pareil pour le Nouvel An, et Bonne Année grand-mère !) Mais j'aurais donné cher pour connaître la P... d'idée que venait d'avoir Tonton. En fait, c'est très émoustillant, le suspense.

Nous avons laissé monsieur Poussin se reposer. Je n'étais pas loin de l'épuisement non plus, après toutes ces conversations, toutes ces madeleines (penser à mettre un peu moins de citron) et ce grand verre de bière que Tonton m'avait forcée à boire.

Nous sommes retournées toutes les quatre chez moi, Tonton fermant la marche, encombrée de ses caisses de vin. Une fois arrivées, nous avons reparlé de notre projet, qui était encore flou. Nébuleux devrais-je dire. Mais comme l'a fait remarquer Elvire : « Il faut bien que les idées germent ! » Un peu plus tôt dans l'après-midi, j'avais suggéré que nous nous servions des photos de monsieur Poussin pour cet *événement* dont nous ne savions rien, et l'idée paraissait excellente à tout le monde. Mais il était hors de question d'abîmer les originaux. Elvire a proposé de faire des photocopies, Tonton a objecté que cela coûterait « l'appeau du fion » (je ne connais pas cet oiseau, je chercherai dans mon Larousse).

Harmonie a ajouté que de toute façon, il faudrait les faire numériser, puis imprimer, et que ce serait sûrement très cher.

« Je pourrais demander à mon neveu Raphaël ? » j'ai dit.

Les filles m'ont regardée d'un air un peu méfiant, j'ai rougi aussitôt et j'ai dû avouer qu'en effet, Raphaël n'était pas *vraiment* mon neveu. Ce n'est qu'un neveu par alliance, du côté de monsieur Suzain. Mais elles ont éludé mes explications et m'ont demandé en quoi ce Raphaël pourrait leur être utile. Je leur ai répondu que son entreprise faisait ce genre de choses. Harmonie n'a pas eu l'air de me croire et m'a gentiment expliqué ce qu'était la reprographie numérique. Voilà bien les jeunes de maintenant, toujours prêts à vous envoyer au musée, du mauvais côté de la vitrine.

Mais lorsque nous avons appelé Raphaël et qu'il leur a confirmé qu'il pourrait reproduire et agrandir toutes les photos qu'elles voudraient, et que ce serait « cadeau » (ou presque) vu que c'était pour sa tante, elles semblaient au bord de l'hystérie, on aurait cru des gamines au pied du sapin de Noël.

Je n'aurais jamais imaginé qu'on puisse s'extasier autant en parlant de photocopies. Elles n'ont pas dû avoir beaucoup de vrais cadeaux dans leur vie, les pauvrettes. Je garde ça en mémoire pour leurs anniversaires, à quoi bon me lancer dans des frais inutiles, une simple reproduction, ça fera la rue Michel.

(Des tableaux d'impressionnistes, tiens !)

*(Arrête !)*

## 18 avril

Je me souviendrai toujours de cette période avec bonheur, même si (*rature*) (J'y reviendrai plus tard, je ne veux pas tout mélanger, je n'en ai pas le courage.) Je ne m'étais jamais sentie aussi active et, surtout, je crois bien que c'était la première fois de ma vie que j'avais le sentiment de faire partie d'un groupe (autrement que comme tête de Turc, je veux dire).

Plus les jours passaient, plus nous étions séduites par notre projet. Comme on le dit si bien : *L'appétit vient en mangeant*. J'ai souvent vérifié la véracité de cette phrase, mais je venais de comprendre qu'elle ne parlait pas seulement de nourriture. Faire donne l'envie de *faire*.

Harmonie a été parfaite pour gérer notre équipe, attribuer les tâches à chacune, écouter les suggestions, les remarques, et relever ses manches pour donner un coup de main.

Nous avons commencé par trier toutes les photos de monsieur Poussin, avec son aide, afin de choisir celles qui partiraient à l'impression. Il fallait que le plus de gens possible puissent découvrir le travail de ce cher monsieur Poussin, qui est décidément admirable : plus je regarde ma photo, plus je me trouve belle. Choisir n'était pas un mince travail, et il a donné lieu à de grandes discussions et même à de belles engueulades (Tu te relâches, ma fille !) (Oui, mais ça fait du bien) entre Elvire, Tonton et Harmonie.

Ces femmes ont du caractère. J'aurais bien aimé en avoir, moi aussi.

Après avoir mis de côté les portraits qui n'auraient rien donné une fois agrandis (trop gris, trop flous, pas assez lisibles), il en restait encore près de mille. Mille ! C'était exagéré. Nous avons procédé à de nouvelles sélections en gardant les gens du quartier que nous connaissions, ne serait-ce que de vue (pour ma part, j'en aurais bien supprimé quelques-uns. Un couple, en particulier) (très proche de moi) (géographiquement). Nous avons également conservé certaines photos de personnes disparues, dont je me souvenais mieux que de celles qui sont vivantes, je ne sais pas si c'est bon signe. Nous nous sommes limitées à environ 250 photos, ce serait déjà « une belle expo », comme disait Harmonie. Le problème, c'était encore et toujours de trouver le lieu adéquat pour notre *événement*. Elvire avait pensé à un café. Celui dans lequel elle travaille aurait sûrement fait l'affaire, mais il était trop loin. Ce projet devait voir le jour dans la rue des Soupirs, pas une autre, à cause des photos de monsieur Poussin, justement.

J'ai proposé ma cave, mais c'était trop beaucoup trop petit. Le parking municipal au niveau des numéros 12 à 15 aurait été assez grand, et même trop, mais il était à ciel ouvert.

Que ferions-nous en cas de pluie ?

La petite annexe de la mairie aurait été parfaite mais après être allée se renseigner Harmonie est revenue découragée par la difficulté à trouver une date qui ne soit pas déjà réservée par d'autres associations. D'ailleurs, nous n'étions pas une « association » au sens légal du terme, ce qui compliquait encore les choses. (Tonton dit qu'en fait, si, nous sommes une association, mais « de malfaiteurs ». Ça la fait rire…) (Et moi aussi, même si je ne le montre pas.)

Enfin, Tonton a pensé à son hangar, qu'elle appelle son « atelier ».

Ni Elvire ni moi ne l'avions jamais visité, mais Harmonie a trouvé l'idée excellente, elle nous a dit que c'était très grand et lumineux, même si c'était « rempli d'un foutoir pas possible ». « Je ne parlais pas de tes sculptures ! » a-t-elle ajouté aussitôt, car Tonton semblait contrariée.

Cet atelier se trouve au numéro 138, tout au bout de la rue des Soupirs, un endroit où je ne vais jamais. D'une part je n'aurais rien à y faire, d'autre part (et c'est la raison principale, avoue-le donc, grosse peureuse !) à partir du numéro 75 la rue devient de plus en plus mal famée. Moins de commerces, des enseignes médiocres, des maisons en mauvais état et des entrepôts, pour finir. Je ne m'y serais aventurée pour rien au monde, si cela n'avait pas été en compagnie de Tonton, dont la simple présence ferait fuir n'importe quel agresseur. Nous avons décidé d'emmener monsieur Poussin pour lui montrer les lieux. Après tout, il était concerné autant que nous, et même plus encore, puisque nous allions exposer son travail. Mais comment déplacer ce pauvre homme, à son âge ? Nous n'allions pas lui faire la chaise à bras jusqu'au numéro 138. Tonton a dit qu'elle se chargerait de lui dégoter un fauteuil roulant. Je ne sais pas comment elle fait, elle réussit toujours à trouver ce qu'elle veut. Ce serait moi, je ne saurais pas à qui m'adresser, s'il me fallait emprunter un fauteuil roulant pour quelques heures. Mais pour Tonton, aucun problème, elle en a trouvé un tout neuf, estampillé du nom d'une clinique du quartier qui vient juste d'ouvrir.

Quand je dis qu'elle est débrouillarde !

En allant au hangar, donc, nous avons récupéré monsieur Poussin au passage.

Il nous a demandé la permission de prendre un de ses appareils photos et bien sûr nous étions d'accord. Harmonie l'a emmitouflé au point qu'il a fini par dire qu'il avait peut-être un peu chaud. Eh bien, la visite valait vraiment le détour. J'avais déjà vu le (*rature*) cadeau que Tonton avait offert à monsieur Poussin, une sorte d'animal affreux, mais de taille raisonnable (comme un très gros paquet de cookies, je dirais). Je n'étais pas au bout de mes surprises. En entrant dans le hangar, qui était effectivement immense, nous avons tout d'abord été éblouies par la pénombre (je me comprends). Puis, lorsque nos yeux se sont accoutumés à l'obscurité, nous avons vu apparaître les œuvres de Tonton – au milieu d'un empilement d'outils, de pièces métalliques, et même de véhicules en partie désossés.

Je ne comprends pas grand-chose à l'art moderne mais en tout cas c'était (*rature*) moderne.

Il y avait une cinquantaine de ces « œuvres » (?) (je ne sais pas comment appeler ça). Certaines étaient de la taille de celle dont avait hérité ce pauvre monsieur Poussin. D'autres étaient très grandes, au contraire. Une, en particulier, m'a fait pousser un hurlement (quelle bécasse tu fais, ma pauvre ! Toujours à te ridiculiser !). Il faut dire qu'elle était gigantesque, de la taille d'un Tyrannosaurus Rex (je sais de quoi je parle, j'ai vu tous les *Jurassic Park*) et elle aurait été tout aussi effrayante si elle n'avait pas eu ces gros yeux enfantins qui, là encore, m'ont fait penser à mon Mylord tant aimé. Cette *chose* épouvantable penchait son long cou vers nous avec une expression si câline et si tendre que ça donnait presque envie de lui gratouiller le museau.

« Je vous présente *Alfred* ! a dit Tonton. C'est ma plus belle pièce ! »

Harmonie a dit qu'elle préférait l'appeler le Grand Cthulhu, en référence à un auteur américain que je ne connais pas, dont le nom finit par Kraft, comme le papier du même nom.

Tonton nous a présenté sa « famille ». Elle a baptisé ses bestioles de noms plus saugrenus les uns que les autres *Fin de série, Eugène, Grosses Patasses, Mam'zelle Godiche, ou je ne sais plus quoi.*

Monsieur Poussin était fasciné. Il ne cessait de répéter « C'est extraordinaire ! C'est vraiment extraordinaire ! » Je pensais tout à fait comme lui. Oui, c'est vraiment extraordinaire de perdre autant de temps (Tonton parlait de *centaines d'heures !*) à faire des choses aussi laides. Mais c'était ingénieux, par contre. Par exemple, si on regarde *Alfred* d'assez loin, il ressemblerait presque à un véritable animal, couvert d'écailles par endroits, d'une peau épaisse à d'autres, avec des ailes en papier kraft (Ah, eh bien voilà ! Kraft. Tout s'explique !). Mais quand on se rapproche, par contre, ce n'est plus qu'un assemblage d'écrous, de vis, de plaques, de tuyaux. L'ensemble est inesthétique au possible, mais plein de vie, d'une certaine façon. Monsieur Poussin a pris des photos, sans doute pour faire plaisir à Tonton. Décidément, cet homme est bien gentil. À un moment il nous a demandé de nous rapprocher les unes des autres, pour faire un portrait de groupe. On s'est serrées devant *Alfred*. Je me suis placée à côté de Tonton, je me suis dit que son gabarit me fait paraître moins volumineuse.

Ce n'est peut-être qu'une vue de l'esprit, comme lorsque je m'habille de rayures verticales pour paraître plus mince. Le résultat c'est que ressemble à un doryphore géant.

Tonton a réfléchi à ce qu'elle allait faire de tout son barda, puisqu'il faudrait libérer le hangar en prévision de notre grand jour. Elle a fini par dire qu'elle connaissait sans doute quelqu'un (elle connaît toujours *quelqu'un*) qui pourrait lui prêter un autre hangar pour une ou deux semaines. Par contre, elle ne voulait pas enlever ses *bébés*, ils étaient beaucoup trop fragiles, et elle avait trop peur de se les faire voler. J'allais lui dire pour la rassurer que ça ne risquait pas grand-chose mais je me suis ravisée : j'ai vu dans un reportage que des gens indélicats volent des tuyaux de cuivre sur les chantiers. Du coup, les craintes de Tonton étaient peut-être justifiées ? Tant pis pour nous, ses œuvres resteraient dans l'entrepôt.

Elvire a dit que c'était mieux ainsi, que ce serait bien de les inclure, et que j'avais eu raison lorsque j'avais parlé de leur « si joli regard ».

Je me suis dit qu'une fois de plus, j'aurais mieux fait de me taire.

Nous avons passé beaucoup de temps à nettoyer, débarrasser, préparer le hangar, aidées par des amis de Tonton qui me feraient horriblement peur si je devais les croiser à deux heures du matin (Et qu'est-ce que tu ferais dans la rue à cette heure, grosse nouille !) mais qui sont charmants au possible (même avec tous ces clous plantés dans leurs visages) (et même sur leur langue pour certains !) (J'en ai parlé à Harmonie, elle dit que c'est de l'acupuncture.) (Les malheureux, faut-il qu'ils soient souffrants pour accepter d'être défigurés ainsi !)

Puis nous avons réfléchi à ce que nous allions exposer, et de quelle façon, et à ce que nous dirions aux gens pour expliquer le projet d'Harmonie, cette histoire de *regard sur soi et sur les autres,* dont elle nous avait rebattu les oreilles.

Finalement, Harmonie a décidé que nous n'expliquerions rien du tout, en fait, à moins qu'on ne vienne nous poser des questions, car ce n'était pas la peine « de se perdre en discours » (et je me suis dit que ce serait bien si elle en prenait elle-même de la graine. Je n'ai jamais vu quelqu'un parler autant pour dire qu'il faut apprendre à se passer des mots).

« Tu as raison ! a dit Elvire. Les gens comprendront ce qu'ils veulent comprendre, c'est beaucoup mieux comme ça ! »

Tonton et Harmonie ont eu pour mission d'appâter les habitants du quartier quelque temps avant la date, que nous avions fixée au 10 avril, le jour des cent quatre ans de ce cher monsieur Poussin, ce qui était un choix judicieux, même si le 16 mai aurait sans doute été préférable, il aurait fait plus beau (et je ne dis pas cela parce que c'est mon anniversaire).

Un jour de marché, elles ont accroché des guirlandes de portraits (format carte postale) au parasol de Tonton et devant son étal, pour voir qui se reconnaîtrait. Comme Tonton est maligne, elle avait choisi des portraits de sa clientèle d'habitués et, à la fin de la matinée, presque toutes les photos étaient parties. Les gens étaient surpris, amusés, un ou deux ont eu l'air vaguement contrariés d'avoir été photographiés sans leur accord (quoiqu'on fasse, il y a toujours des pisse-vinaigre) mais, dans l'ensemble, les gens étaient contents et ils se trouvaient beaux.

Harmonie et Tonton ont prévenu tout le monde qu'il y aurait bientôt une surprise pour les gens de la rue, qu'il fallait faire passer le message. Les clients voulaient en savoir davantage. Elles ont joué les mystérieuses, en leur disant de rester attentifs, de bien regarder autour d'eux, dans les jours à venir.

Les jours suivants, en effet, (les nuits, plutôt) nous avons mis nos talents en pratique et nous avons fait du *Strie Tarte*, comme dit Harmonie.

Elvire avait préparé un lot de pochoirs de différentes tailles, qu'elle avait découpés au cutter dans une toile cirée dont elle avait décidé que je n'aurais plus l'usage. Il y avait des flèches, des points d'interrogation, d'exclamation, de suspension, des pochoirs avec deux yeux, d'autres avec les chiffres 1, 3 ou 8 (à cause de l'adresse du hangar de Tonton, au 138 rue des Soupirs). Nous avions décidé de peindre certains mots sur les murs et sur les trottoirs : *Regard – Différent – Semblable – Autre – Voir* et puis aussi *Gros – Maigre – Grand – Petit* (cette dernière série était de moi).

Pendant une semaine entière nous sommes allées enjoliver la rue, de nuit, avec nos signes de couleurs vives. J'avais suggéré une peinture qui s'en aille à l'eau, pour ne pas avoir d'ennuis avec la mairie, on ne sait jamais. Elvire et Harmonie ne voulaient pas en entendre parler, elles voulaient que ça reste, mais Tonton a fait valoir que, *et d'une*, au départ nous avions convenu que ce serait une œuvre éphémère, *et de deux*, vu qu'elle avait « un casier », *faudrait y aller mollo avec les conneries*. Je ne sais pas ce que son casier venait faire dans l'histoire. On se doute bien qu'elle en a un, et même qu'elle en a plusieurs, comme tous les poissonniers, pour mettre ses homards ou ses crabes. Toujours est-il que la question s'est réglée aussitôt : ce serait de la peinture effaçable.

À chacune de nos expéditions nocturnes la rue devenait plus pimpante et, moi qui ai toujours détesté ces affreux gribouillis que les jeunes laissent derrière eux comme des moineaux laisseraient leurs fientes, je dois dire que j'étais fière de notre travail.

Ce dont j'étais encore plus fière, c'était d'oser sortir de nuit, en portant bravement pinceaux et pots de peinture, et de parcourir la rue du 1 au 140 bis – et retour, en laissant une flèche ici, là un mot, et plus loin, une affiche. Je m'imaginais en rebelle insurgée contre la dictature, placardant à l'attention du peuple opprimé des appels séditieux à la révolution (pas russe) *(Arrête !)*. Je tremblais à chaque bruit, chaque miaulement de chat, chaque passage de voiture. Les autres n'étaient pas aussi discrètes, ah ça ! Elles pouffaient, bavardaient à haute voix ou presque, surtout Tonton qui, décidément, ne sait pas chuchoter. À la première répression, on se ferait arrêter, c'était couru d'avance. Et qui parlerait, bien sûr, sous la torture ?

Deux ou trois fois nous avons entendu une fenêtre s'ouvrir, et une nuit un homme s'est écrié « Mais c'est quoi, ce B… ?! » ce qui a fait aboyer Harmonie, de surprise.

Notre fou rire, après ça !

Je n'oublierai jamais ces heures, non. J'avais l'impression d'être une adolescente, ce qui ne m'était jamais arrivé, surtout pas quand j'avais seize ans.

C'est une sensation que je souhaite à chacun d'éprouver.

# VII
# RIDEAU

## Fin mars

Nous avons réfléchi à notre invitation, et ce n'était pas simple.

Comment réussir à intriguer les gens. Comment les faire sortir de chez eux.

« Quand on sait comme c'est dur de les arracher à leur télé de m… ! » a soupiré Elvire.

J'ai approuvé avec vigueur. Pourtant, il n'était pas si loin, le temps où je passais mes journées à regarder l'écran, comme une vache les trains.

Nous nous sommes décidées pour :

*Passez donc nous VOIR !*
*(en coup de vent…)*

Nous avions choisi pour notre carton d'invitation une de nos photos préférées, prise un jour de grand vent (d'où le titre) : une dame d'un certain âge cramponnée d'une main à son chapeau, de l'autre au lampadaire, et dont la robe de carnaval – qui semblait en papier crépon – se dispersait en confettis comme le pissenlit de la semeuse Larousse.

C'est un cliché formidable, à la fois poétique et drôle, je sais maintenant que les deux peuvent aller ensemble (je ne l'aurais pas cru il y a peu). Nous avons plié la photo de façon originale, sur les conseils d'Elvire qui est experte en origami. Nous en avons également fait des affiches que nous sommes allées placarder fièrement tout le long de la rue.

Nous avons envoyé les invitations à tous les habitants, (oui, *tous*...) grâce à Tonton, dont « un pote facteur » a bien voulu se charger de la distribution, moyennant un paiement en liquide.

Je ne sais pourquoi, cette histoire de paiement en liquide m'a rappelé Fiodor Borodine, ce qui m'a fait sourire béatement malgré moi jusqu'au moment où je me suis souvenue *qui* était réellement *ce monsieur*, et je suis restée grognon toute la matinée. Par la suite, j'ai compris que le *liquide* auquel Tonton avait fait allusion était une bouteille de pastis.

Nous avons porté personnellement l'invitation à monsieur Poussin, qui a eu la larme à l'œil, et nous aussi, du coup, comme de vraies bécassines.

Il était à la fois heureux, fier, et intimidé. Il s'est montré très touché également que nous ayons choisi le jour de son anniversaire pour exposer son travail. Il s'est excusé à l'avance de ne pas être présent ce jour-là. Il nous a supplié de ne pas lui en vouloir : vu son grand âge, il craignait le bruit et la foule (je le comprenais tellement bien ! Moi, cette perspective me donnait des sueurs froides !).

« On vous fera des photos », a dit Harmonie.

Il a répondu en souriant : « Ça s'impose ! »

J'ai demandé à Harmonie comment je devrais m'habiller pour la circonstance, d'après elle.

Je ne suis pas souvent allée à une exposition. Encore moins à une exposition à l'organisation de laquelle j'aurais participé. Harmonie m'a regardé d'un air de réfléchir.

Puis elle m'a répondu « Habillez-vous en femme libérée ! » et elle a ajouté avec un clin d'œil « Vous ferez ça très bien ! »

## 10 avril 23 h 10

Je vais essayer de ne rien oublier.

Je n'ai pas bien dormi, la nuit dernière. Je n'arrêtais pas de penser à cette exposition, mais également au fait qu'Elvire et Harmonie venaient de m'annoncer qu'elles avaient trouvé une colocation, et j'étais soulagée, bien sûr, mais un peu affectée, aussi.

J'ai pris sur moi pour ne pas leur montrer ma tristesse, elle aurait pu leur gâcher le plaisir. (Ceci dit, je crois que j'aurais quand même bien aimé leur gâcher *un peu* le plaisir, pour qu'elles aient quelques regrets.) (Ce n'est pas bien, je sais.) (Tant pis.)

Harmonie a trouvé du travail. Enfin, je ne sais pas si on peut *raisonnablement* qualifier ça de *travail*, il me semble que c'est du loisir plutôt, comme toutes ces choses artistiques qui ne sont quand même pas comme de vrais métiers.

Elle a été embauchée par Elvire qui vient d'obtenir une aide – ou une subvention ou je ne sais trop quoi – pour monter son spectacle. J'ai appris du même coup qu'Elvire avait écrit une pièce de théâtre qui parle de sa mère (quel beau sujet, comme ce doit être attendrissant !). Elle l'interprète toute seule, ce qui prouve que c'est vraiment un tout petit budget. On appelle ça un « seul en scène ». Elvire était folle de joie, il paraît que les aides se font de plus en plus rares. Elle a demandé à Harmonie de l'assister, elle a été impressionnée par ses qualités d'organisatrice et ses idées. Harmonie deviendrait un genre de metteuse en scène, qui se chargerait en partie des décors. Je ne sais pas comment on dit. Je ne suis même pas certaine que cet emploi existe.

Je les écoutais bavarder comme deux pies, et je me suis demandé si je devrai recommencer à vivre sous Placidon, Zenocalm et le reste, une fois qu'elles seront parties. Je ne voudrais pas tout ramener à moi, ce n'est pas dans mes habitudes, mais je préfère quand je vais bien.

Donc, j'ai très mal dormi. Ce matin a été un calvaire, je ne savais pas comment m'habiller, parce que « femme libérée », d'accord, ça sonne bien dans les vieilles chansons, mais à part ça ? Être une femme libérée, ce n'est pas si facile. Être une femme tout court, déjà. Je me disais ça devant le miroir de ma penderie, qui se change en porte du purgatoire (ou pire) avant chacun de mes rendez-vous. Josiane m'aurait conseillé de rester sobre dans le choix des couleurs et de prendre un lainage car les soirées sont fraîches. Mais Josiane est taillée comme un cintre, quarante kilos tout habillée et des épaules larges, tout lui va quand elle se tient droite, elle ferait sensation avec un sac-poubelle.

J'étais au bord des larmes lorsque Harmonie est entrée. Elle a vu mon œil égaré, et m'a demandé si j'avais besoin d'aide. Je n'ai pas dit non, pour une fois.

Puis Harmonie et Elvire sont parties en avance, pour finir de tout préparer. Elles étaient surexcitées, elles gloussaient comme des pintades.

J'ai pensé : Ça, je serai plus tranquille, dans mon appartement, quand elles ne seront plus là ! Je vais bien m'emm(*rature*) je vais bien me reposer, c'est certain.

Plus l'heure de la fête approchait, moins je me sentais bien. J'avais décidé d'arriver une heure au moins après l'ouverture des portes, comme ça le peu de gens qui se seraient déplacés seraient déjà repartis chez eux.

J'ai fini de me préparer sans beaucoup d'enthousiasme, et d'ailleurs je trouvais que ce verbe sonnait étrangement, de façon prémonitoire. Se *préparer*, mais à quoi ? Un concours ? Une épreuve sportive ? Et là, j'ai subitement compris que j'allais devoir me rendre *toute seule* au 138 de la rue des Soupirs, sans Mylord pour me tirer par la laisse, sans personne pour m'accompagner.

Je me suis précipitée dans ma salle de bains pour prendre quelque chose, n'importe quoi, Placidon, Zenocalm, Sérénix, Vitamine C, Aspirine, Carbolevure, j'ai ouvert à la volée le petit placard à pharmacie, et j'ai laissé retomber ma main, vaincue par ce post-it collé sur mes gélules, sur lequel Harmonie avait écrit : « Non, Fleur ! Vous n'en avez pas besoin ! »

Je me suis dit qu'elle avait raison. En tout cas, j'avais envie de lui donner raison.

Et c'était aussi important, il me semble.

Je suis allée jusqu'au numéro 138 en bataillant ferme contre les questions angoissantes du genre « Est-ce que j'ai bien éteint le gaz ? » « Est-ce que j'ai bien fermé la porte ? », la pire de toutes étant « Est-ce qu'il y a des WC, là-bas ? » Je n'y peux rien, je suis atteinte de pipite chronique, il suffit que j'aille à un rendez-vous, j'ai aussitôt envie, voilà.

Je me suis raisonnée : j'avais *prévu* avant de partir, je ne suis pas incontinente (n'en déplaise à monsieur Piquet), tout se passerait très bien.

Devant le hangar de Tonton il y avait foule, cela m'a aussitôt ang(*rature*) ça m'a fait chaud au cœur. Il aurait été bien dommage d'avoir fait tout ce travail pour rien. Ceci dit, Tonton avait prévu de rameuter du monde et, en m'approchant, j'ai pu constater que ses invitations avaient été suivies d'effet. J'aurais dû me méfier, elle fait toujours ce qu'elle dit.

J'avais rarement vu autant de gens tatoués et soignés par acupuncture, parmi lesquels j'ai reconnu quelques-unes des personnes qui étaient venues nous aider à débarrasser le hangar. Elles m'ont saluée gentiment, à grandes tapes dans l'épaule et embrassades exagérées mais, je ne sais pas pourquoi, je m'en suis sentie fière.

Les portes étaient largement ouvertes, je voyais les gens se presser à l'intérieur et je m'apprêtais à m'en réjouir lorsque j'ai entendu des rires. Les gens avaient dû voir les sculptures de Tonton. Cela m'a blessée pour elle, même si c'était un peu à prévoir, tout de même. Je n'y peux rien, je suis de nature empathique. Et s'il est vrai que je ne suis pas sensible à son *art*, et que je ne voudrais pour rien au monde avoir une de ses « sculptures » chez moi (en pensant cela, je me suis souvenue avec effroi qu'elle avait promis de m'en donner une), je trouve que ne pas aimer quelque chose (ou quelqu'un) ne donne pas le droit de s'en moquer (même si je voterais volontiers une loi d'exception pour certains de mes voisins, si j'avais moins de grandeur d'âme).

Il y a des gens qui chantent faux, d'autres qui sculptent mal, il se trouve que Tonton fait les deux avec le même élan. *Et alors* ? Comme dirait Harmonie.

Pas de quoi en faire une histoire.

J'étais plantée près de l'entrée, hésitant à m'avancer à cause de l'affluence (j'ai beau avoir grandement progressé, je trouve, le contact rapproché me terrifie toujours un peu), quand Elvire est venue vers moi, hilare. En la voyant rire, j'ai cru qu'elle se moquait du travail de Tonton, elle aussi, et cela m'a contrariée plus encore que surprise. Elle a dit :

« Venez ! Vous allez adorer ! »

Je lui ai répondu que je savais déjà à quoi ressemblait l'exposition, étant donné que j'avais participé à l'accrochage. Elle m'a fait un clin d'œil, en disant « Vous n'avez pas tout vu, il y a des surprises… »

Et en effet.

Le hangar avait été entièrement décoré à l'aide de nos pochoirs (à la peinture indélébile, ceux-là). Un peu partout, Tonton avait écrit *Rue des Soupirs*. Il y avait des divans, des fauteuils qu'Elvire et Tonton avaient trouvé aux encombrants ou je ne sais où, car certains semblaient neufs ou presque. Des draps peints de couleurs vives, suspendus à des câbles, délimitaient quelques espaces plus petits, éclairés de lampions. Je ne dirais pas que la décoration était du meilleur goût, mais enfin, c'était vif et c'était coloré. Les gens pouvaient s'asseoir, passer d'une « pièce » à l'autre. Sur de grands panneaux d'affichage, nous avions accroché les photocopies des portraits de monsieur Poussin, en différents formats. Sous les photos déjà identifiées, nous avions noté les noms, *Jean Verdier, Cédric Balard, Madame Grujet, Fatia Benasli, Milo Petrovic, Monsieur Serin* tout en laissant suffisamment de place aux visiteurs pour ajouter des précisions. Sous les portraits anonymes, des feuilles blanches attendaient les renseignements éventuels. Bien entendu, sous certains d'entre eux, les crétins de sortie n'avaient pu s'empêcher d'écrire des âneries : *Le Père Jean Bon* « … DE BAYONNE » *Ma grand-tante Sébastienne* « … TOUT SEULS ».

Mais dans l'ensemble les gens se prêtaient au jeu sans malice et paraissaient intéressés. Il y avait des dessins d'enfants, des critiques élogieuses, des commentaires, *Magnifique – Surprenant – Une belle idée ! – Très original – Ces jolie j'ai trop rigollé – Remarquable – Merci pour ce travail fabuleux – Maman tu es belle – Quel artiste !*

Mais je découvrais à l'instant d'autres portraits, nouveaux, pris par monsieur Poussin depuis sa fenêtre, et qui mettaient en scène quelques-unes des créatures de Tonton, dans des postures qui rappelaient à s'y méprendre celles des passants exposés. Voilà pourquoi les gens riaient. Ils se cherchaient, ou cherchaient leurs voisins, leurs amis, les membres de leurs familles puis les comparaient aux « jumeaux » tontoniens. (Ou tontonesques ?)

Et je dois dire que c'était très drôle, et bizarrement touchant aussi.

Nous avions décidé que certains clichés seraient mis particulièrement en valeur. Au milieu du hangar, dans le plus grand espace, trônait le portrait de monsieur Poussin. Avec sa main levée qui semblait s'agiter un peu, et sa posture légèrement tournée de biais, on aurait dit qu'il faisait un signe à l'assistance, mais lequel ? J'ai posé la question à Elvire, qui venait de me rejoindre. D'après elle, ce geste voulait dire « Venez voir ! » ou « Suivez-moi ! »

Moi, j'aurais plutôt pensé qu'il nous faisait au revoir.

Il y avait un livre d'or, pour ceux qui désiraient lui laisser un message.

Un peu plus loin, il y avait une sélection de nos clichés favoris, dont celui de la femme au costume qui s'envole, qui nous avait servi pour les invitations et les affiches. Elle était, accompagnée d'un autre, sur le même modèle, pris avec une des bestioles de Tonton, *Mamz'elle Gribiche*, (ça y est, le nom me revient !) en train de perdre ses plumes. Et, là encore, c'était très drôle.

Ensuite, on pouvait voir les portraits de notre petite équipe. Harmonie, foulard léger autour du cou, Tonton marchant d'un pas vaillant, Elvire qui se retournait sur quelqu'un que l'on ne voyait pas. Moi, dans ma robe de la honte.

Sur une surface correspondant à la taille du séjour de monsieur Poussin, nous avions reproduit son système d'accrochage, des fils tendus en tous sens, sans logique apparente, et des photos par centaines dessus. Lorsque j'étais allée dans son appartement, monsieur Poussin avait déjà donné toutes ses photos à Harmonie. Mais j'ai bien retrouvé l'ambiance qu'elle m'avait décrite. Les visiteurs étaient fascinés, eux aussi, ils circulaient sans dire un mot, le dos courbé pour les plus grands, pour éviter les fils à linge. Les enfants ouvraient de grands yeux, et des bouches de poisson rouge.

Dans deux ou trois espaces, nous avions installé des miroirs, des psychés, des trumeaux de toutes tailles et toutes formes. Sur les plus grands, nous avions collé les corps décapités de certaines des personnes photographiées (que nous avions photocopiés par morceaux agrandis, puis assemblés pour arriver à une taille humaine). Il suffisait de se placer devant, de se contorsionner un peu pour prendre la pose adéquate, de monter sur les escabeaux prévus à cet effet, pour les plus jeunes ou les plus petits, et on pouvait se voir en homme, en femme, d'aujourd'hui ou d'hier, riche ou pauvre, mince ou gros. À ce propos, mon propre corps et celui de Tonton faisaient partie du lot, et ils avaient un franc succès.

Nous aurions dû prévoir une bourse d'échange.

À un moment, Elvire a lu un très beau texte d'elle qui parlait de monsieur Poussin, dans lequel elle racontait le papa photographe de guerre, la charrette du laitier, l'accident, les fractures, la mort du père, le travail minutieux de cet homme, son âge vénérable qui expliquait le fait qu'il ne soit pas à la fête.

Tonton avait tendu une corde pour séparer le dernier tiers du hangar du reste de l'exposition.

Là, exposées comme dans un musée des sciences naturelles, il y avait toutes ses créatures, avec leurs gros yeux de bébés émouvants. (Je les trouvais de moins en moins laides, je devais m'y habituer.) Tonton avait installé les plus petites devant, et les plus grandes au fond. *Alfred* dominait l'assistance, avec ses trois mètres de haut. On aurait dit une photo de classe, le maître debout derrière les bancs.

Mais le plus étonnant, c'est que la plupart des créatures portaient des cache-nez, des bonnets à oreilles, des moufles ou des chaussons. Le *Yarn Bombing*, c'était donc ça, l'idée marrante de Tonton ! Devant sa ménagerie, côté public, assises sur des chaises, une dizaine de personnes (surtout des femmes, à ce que j'ai noté) tricotaient ou crochetaient avec ardeur des mètres de tricot de coton ou de laine de couleurs vives, d'un air sérieux, très appliqué.

Les gens riaient, venaient chercher un morceau de patchwork, un ruban de laine, une moufle, et ils allaient en décorer la sculpture de leur choix (avec beaucoup de précautions, vu le regard nerveux que leur jetait Tonton).

Tonton, justement, était assaillie de toutes parts. Les gens venaient lui parler de son travail, lui poser des questions et, pour une fois, sa voix ne traversait pas tout l'espace, au contraire. Elle semblait très intimidée.

J'ai aperçu le jeune Freddie. J'ai cherché Harmonie du regard, elle était en train de parler avec un groupe, je n'ai pas osé aller le lui dire. Plus tard, je les ai vus discuter, tous les deux, comme deux petits amoureux. L'histoire allait se raccommoder, j'ai pas mal d'intuition pour ce genre de choses.

Comme je cherchais les toilettes, un groupe de jeunes gens à l'allure suspecte m'a abordée en me demandant *si c'était moi, sur la photo*. J'étais cernée, impossible de fuir, j'ai demandé « Quelle photo ? » (ce qui était un peu hypocrite). Je regardais celui qui venait de me poser la question, je m'attendais à ce qu'il me réponde « La photo de la grosse ! » Mais c'est un autre qui a dit « La photo de la femme qui danse. C'est bien vous ? » J'ai souri. Grâce à monsieur Poussin, j'étais une femme *qui danse.* « C'est quoi, comme genre de danse, c'est du tap dance, non ? » a demandé le premier. J'ai répondu que c'étaient des claquettes américaines. « Ah, tu vois ?! J'ai gagné mon pari ! » a dit une fille au crâne rasé à un garçon coiffé comme un âne du poitou. Je leur ai cité *Gene Kelly, Fred Astaire, Ginger Rogers.* La fille a ajouté *Savion Glover*. Ils m'ont demandé si je pouvais leur montrer un ou deux pas, *vite fait*. Bien sûr que non, j'ai dit, c'était hors de question. Ou alors un ou deux, seulement.

Vite fait.

Harmonie avait eu raison de me choisir cette robe, elle tournait en corolle et ne me gênait pas. Je n'ai fait que quelques pas, ce n'est plus du tout de mon âge, tout ça.

Les jeunes gens m'ont applaudie, poliment, puis ils m'ont montré ce qu'ils savaient faire, eux, et c'était très impressionnant. Enfin, pour des débutants, je veux dire.

Pendant ce temps, des gens entraient, sortaient, prenaient des photos du hangar, des portraits. Certains avaient dû me reconnaître, car ils me faisaient des sourires complices, comme si nous nous connaissions. Je crois qu'ils n'avaient plus *peur* de moi. Et j'avais beaucoup moins peur d'eux. Harmonie passait d'un groupe à l'autre. Telle que je la connais, elle devait s'obstiner à expliquer aux gens ce que c'est que le *regard,* malgré tout. Mais je la voyais sourire.

Je me suis dit qu'elle avait bien changé, depuis le premier jour où je l'ai vue.

Nous avons encore droit à quelques B… de P… et quelques aboiements mais elle n'a rien cassé depuis près de trois semaines, je la trouve plus sereine, et de meilleure humeur.

Tout le monde n'est pas venu, certains ont trouvé ça sans intérêt et ne sont pas gênés pour le dire à voix haute, mais nous avons eu de beaux moments, des témoignages. Je repense à ce monsieur qui doit avoir mon âge, les larmes aux yeux en découvrant le portrait d'une femme, pris pendant la guerre. Il nous a expliqué que c'était sa mère, qu'on l'avait arrêtée, envoyée dans un camp. Il n'avait presque aucune photo d'elle. Harmonie lui a promis de lui en faire faire un tirage. Trois personnes ont voulu acheter des sculptures à Tonton. Comme quoi Harmonie a sans doute raison, tout est question de point de vue. Tonton n'a pas voulu.

Cette femme n'a pas l'esprit pratique.

Une jeune fille est venue nous remercier, émue comme si nous avions changé quelque chose à sa vie. Les petits voisins du dessus, Maxime et Fiona, étaient au rendez-vous. Au cours de la conversation, j'ai compris que Fiona avait beaucoup aidé à la conception de la salle.

Le frère de Maxime a un petit Tabourette, lui aussi, trois fois rien. Il dit seulement *Couille* à chaque fin de phrase.

Beaucoup de gens ont exprimé des choses très touchantes.

Je n'ai pas vu les Piquet.

Quand tous les visiteurs sont partis, les jeunes sont restés pour ranger et je suis retournée chez moi. J'avais un mal aux pieds affreux et ma vessie était au bord de la rupture conventionnelle.

En rentrant, mon cher carnet, j'ai repensé à cette journée.

Je me suis mise à écrire, comme tu peux le constater. J'avais cru que nous en ferions trop, que personne n'allait venir. Après coup, je pense que nous aurions pu en faire davantage.

Ou plutôt, je me dit qu'on n'en fait jamais trop.

Les idées se forment comme des bulles Elles remontent du limon quand le cerveau bouillonne que l'esprit sédimente. On ne sait pas où aller et puis soudain Tadaaa tout devient facile et s'emboîte S'ordonne Dans les moments où sa rue est déserte tôt le matin ou tard le soir monsieur Poussin accepte généreusement de photographier quelques-unes des sculptures que Tonton a portées devant chez lui Les plus grandes *Le Grand Alfred* et sa tronche innommable *Le Grand Alfred* démonté remonté pour l'occasion et puis nos préférés de la grande parade *Grosses Patasses Relou Fin de série Eugène La Princesse Léïa* Ta Tadaaa Ce fou rire au moment de plagier la photo que nous avions choisie pour l'affiche et l'invitation Cette dame agrippée au lampadaire dont la robe en papier s'effiloche sous la bourrasque. On a choisi *Mamz'elle Bibiche* qui ressemble à une grosse poule longues pattes long cou osseux on lui a fait une belle robe en plumes de papier de couleur découpé Le fou rire ce soir-là Tonton en train de souffler avec un sèche-cheveux à piles pour faire voler toutes les plumes Tonton qui se prend pour le Dieu Éole en train de diriger les vents Tonton qui s'énerve s'emporte m'enlève les mots de la bouche « Bordel de Pute ! Elles vont s'envoler, oui ou merde, ces espèces de plumes à la con ?! » Et moi pliée en deux de rire Ramasseuse de balles à collecter les plumes et les lui rapporter pour refaire un cliché deux clichés trois clichés. Mais au final quelle œuvre d'art Dans la lumière pâle de l'aube les grands yeux de *Mamz'elle Bibiche* qu'on jurerait noyés de larmes Sa robe qui s'éparpille au vent Quelle tristesse Quelle drôlerie La pauvre *Mamz'elle Bibiche* Sa belle robe déplumée dans la tornade de vent à piles.

Freddie vient voir l'expo ça me tape le cœur Tadaaa Nous discutons un peu Quelque chose en moi s'est détaché de lui m'en éloigne Je regarde ses yeux sa bouche Je regarde ses mains Il voudrait tout recommencer je ne sais pas si l'amour peut se rembobiner Je dis Je ne crois pas vraiment aux choses qui *recommencent* Je dis que j'ai besoin de temps pour donner une réponse En moi il y a un *Non Je ne veux pas* qui résonne. Je crois que Freddie et moi nous le savons déjà.

Le hangar de Tonton transformé pour la fête Wouh Ah Tout ce chambardement autour de nos idées tous ces gens souriants intrigués amusés Fleur Suzain dans sa robe blanche qui arrive au hangar le visage apeuré Fleur qui rase les murs cramponnée à son sac mais plus tard en soirée montre des pas de danse à un groupe d'ados rieurs et fascinés. Elvire ma toute belle qui traverse la foule marche droit tête haute les yeux masqués lunettes noires mais plus tard je remarque qu'elle les a enlevées Les gens écoutent avec attention le texte qu'elle a écrit sur monsieur Poussin quelques lignes pas plus Ça suffit ils écoutent applaudissent elle écrit vraiment bien Elvire et aujourd'hui je crois que pour la première fois elle le comprend le sait. Plus loin plus tard Tonton qui répond aux questions du public Tonton dont la voix disparaît peu à peu se transforme en murmure Tonton qui fend l'armure se montre enfin telle qu'elle est Fragile Remuée. Et moi Petite moi Petite Zandoli Je ne sais pas encore si Je ne veux pas m'emballer mais Il me semble pourtant que Oui Je crois que la vie s'apprivoise pour moi Ou alors c'est que je m'y accoutume.

J'aurais tellement voulu que monsieur Poussin soit là que monsieur Poussin voie ça. Je n'ai pas eu le temps d'y aller depuis trois jours déjà J'ai des choses à lui raconter. Demain nous irons lui porter le livre d'or je l'ai feuilleté et une fois le hangar refermé j'en ai lu des extraits à la petite bande. Félicitations convenues maladroites sincères Témoignages discrets. Nous avons pris des photos et des films pendant toute la journée il verra ce que provoque son regard magnifique Comme son univers touche comme il séduit les gens.

Nous allons chez monsieur Poussin le lendemain en bande débraillée Yeux cernés tout ensommeillés nous avons fait la fête dans le hangar très tard Seule Fleur est rentrée chez elle. Nous passons d'abord la chercher. Nous apportons le livre d'or le gros gâteau d'anniversaire les cent quatre bougies qu'on l'aidera à souffler.

Arrivés chez monsieur Poussin on sonne on toque Pas de réponse. Finalement j'ouvre J'ai la clé. L'appartement est sombre il est froid silencieux. Au mur il y a notre affiche. Sur la table notre invitation. Le lit est défait les placards sont vides. On se regarde on espère que non.

On sonne chez la voisine, qui nous connaît de vue.

Monsieur Poussin est mort avant-hier.

La voisine dit « C'est la dame qui s'occupait de lui qui l'a trouvé, assis dans son fauteuil, tranquille. J'ai dit à mon mari : c'est bête, la veille de son anniversaire ! » Je dis C'est bête Oui. Mais pour d'autres raisons. Des raisons de chagrin qui monte

Et ce sentiment d'injustice Ne pas avoir pu lui faire lire les petits mots du livre d'or Ne pas avoir pu lui raconter la belle fête que c'était grâce à lui Grâce à ses portraits. On retourne chez lui pour regarder encore une fois par la fenêtre magique revoir le lampadaire la portion de trottoir penser à ceux qui sont passés par là sans se douter de rien sans savoir quelle alchimie allait se faire entre eux et le regard bienveillant du regretté Poussin Il reste quelques photos au mur D'autres sur sa table de chevet Je les prends toutes Toutes Je me souviens de ce qu'il disait « Tout partira à la poubelle. » Son père sa mère Lui enfant La photo du jeune homme sur une place italienne Le portrait d'une femme souriante Celle qui disait Je t'aime en juillet 46 c'est elle j'en suis certaine. Et puis je vois Tonton et son sèche-cheveux Moi qui rit sur le trottoir près de *Mamz'elle Bibiche* D'autres photos de Fleur qui danse dans sa robe en lamé La fine équipe des Bracassées dans le hangar de Tonton Nous quatre bien rangées les jolies Bracassées devant le Grand *Alfred* quelle belle brochette et cette photo de groupe que nous n'avions pas encore vue Une photo prise au déclencheur monsieur Poussin entre nous quatre souriant tout emmitouflé.

Le vieux troll photographe adopté.

Le lendemain matin rendez-vous au cimetière Fleur demande comment s'habiller Elle suggère « En noir peut-être ? Ça mincit. » Je lui dis qu'elle peut s'habiller comme elle veut ce n'est pas le problème mais franchement du noir Tadaaa Elle ne craint pas les miettes quand on mangera le gâteau. Elle s'habille de rose ça lui va beaucoup mieux.

On est quatre à l'enterrement. On a pensé à prendre les bougies Tonton a calculé *104 divisé par 4* ça fait 26 bougies chacune on se partagera le travail Pour le gâteau faites passer les assiettes Pour le cidre les gobelets Le gâteau est magnifique tout saupoudré de sucre glace C'est Elvire qui l'a fait une vraie Œuvre d'art. Les fossoyeurs n'ont pas traîné ils ont fermé la fosse ils nous ont saluées nous ont laissées tranquille l'air un peu stupéfait Qu'est-ce que c'est que cette bande de folles cette bande de Bras cassés qui picolent et bouffent sur une tombe Les parents de monsieur Poussin avaient déjà retenu la place de leur fils Concession à perpétuité Il dort sous une plaque de marbre gris veiné de blanc comme une photo en noir et blanc « Vous avez vu ? nous dit Tonton. Monsieur Poussin s'appelait Aimable ! »

*Aimable Poussin* ça il fallait le faire On trouve que ça lui va bien.

On allume les bougies on les souffle à nous quatre on chante Joyeux anniversaire Aimable Et la voix de Tonton porte jusqu'à la mairie On lui lit tout le livre d'or y compris les bêtises les perles Ce gamin qui a écrit *Vous avez un gros nez.* Vous avez un gros nez. Imparable.

On sort le cadeau d'anniversaire il n'était pas prévu on l'a improvisé Quatre photos joliment encadrées à poser sur le marbre comme on poserait son verre sur le bord du comptoir Papa Poussin Maman Poule La jeune femme de juillet et pour finir Photo de groupe Monsieur Poussin entre nous quatre Souriant pour l'éternité.

## Fin avril

Tonton est venue me porter son cadeau, ce matin. Je l'avais complètement oublié. Je n'aime pas trop penser aux mauvaises nouvelles. Lorsque je lui ai ouvert, je me suis souvenu. J'ai frémi devant la taille du carton. J'ai dit « Oh non, voyons ! Il ne fallait pas ! » (Il me semble que je l'ai répété plusieurs fois.) (En insistant sur le « Oh non ! ».) et puis je suis restée plantée là comme un pieu, incapable de faire quoi que ce soit.

Tonton m'a dit « Eh ben alors, ma caille ? Tu l'ouvres pas ? »

J'ai répondu « Mais si bien sûr ! » d'une voix joyeuse à fendre l'âme.

Harmonie et Elvire me tournaient autour comme deux mouches énervées, elles avaient l'air plus impatientes que moi. On voyait bien que le cadeau n'était pas pour elles. Je suis allée chercher des ciseaux dans la cuisine, à pas lents, histoire de gagner du temps et de me refaire une contenance. J'entendais Elvire et Tonton rire ensemble dans l'entrée, Harmonie aboyer faiblement, je me suis dit que ça faisait longtemps, j'ai eu comme un moment de nostalgie stupide. J'ai respiré un grand coup, je me suis dit « Allez, ma fille ! » et je suis revenue dans le séjour en souriant à m'en faire des crampes aux joues.

Les filles m'attendaient avec l'air réjoui.

J'ai dit « Alors, alors… Voyons un peu ce cadeau ! Mon Dieu, Mon Dieu, que je suis impatiente ! » Être actrice, c'est un métier. Je crois que je ne suis pas douée.

J'ai coupé la ficelle, j'ai ouvert le carton, je n'ai pu retenir un sursaut en découvrant cette vilaine tête, ce corps si mal proportionné, ces deux gros yeux attendrissants.

J'ai fait « Oh… »

Tonton a dit « C'est un de mes potes qui l'a trouvé, il pense qu'il doit avoir entre trois et six mois mais par contre on ne sait pas de quelle race il est. »

« C'est plus ou moins un bouledogue français ! j'ai dit. Mais sa mère a fauté, je pense… »

Tonton a ajouté : « Ouais, on se disait bien qu'il avait l'air bâtard !! »

Je leur ai confirmé que ce n'était pas qu'un air.

« T'auras qu'à te dire que c'est une œuvre unique ! a dit Tonton. Et en parlant de ça, t'inquiète pas pour ta sculpture, je t'ai pas oubliée, j'y pense ! »

Je ne m'inquiétais plus, avant qu'elle dise ça.

Harmonie et Elvire ont fini de faire leurs valises, elles vont s'installer dans un appartement immense au dernier étage d'un immeuble qui ressemble à s'y méprendre à un vieil hôtel soviétique (je regardais beaucoup de films d'espionnage, il fut un temps).

Elles ont trouvé des colocataires (deux garçons chevelus, dont un qui écorche le français avec un très joli accent). Elles m'ont fait visiter les lieux, eh bien je me demande pourquoi elles veulent quitter mon appartement, il est tellement plus confortable.

Mais je crois qu'elles ont besoin de vivre entre gens de leur âge, c'est sans doute normal, au fond. Qu'elles fassent donc leur expérience. Je leur ai dit que si elles avaient besoin de demander des conseils sur la vie à une personne philosophe et sereine, ma porte leur serait grande ouverte. Elles ont éclaté de rire et elles m'ont embrassée, en me promettant de revenir dormir ici, de temps en temps.

*Ma porte leur serait grande ouverte...* Je ne me serais jamais crue capable de dire ce genre de phrases, il y a encore six mois ! (Josiane n'en reviendrait pas.) (Mais il y a peu de chance qu'elle le sache, nous nous appelons moins, beaucoup moins, maintenant.) (Plus du tout, pour tout dire.) (Et ça ne me manque pas.)

Tonton m'a proposé de louer une de mes chambres à partir de septembre à une de ses copines, que j'ai rencontrée au hangar. Elle ne m'est pas antipathique même si elle est un peu, comment dire (*rature*) ? Et je crains qu'elle ne soit de santé fragile, elle sent le cachou indien à plein nez. Enfin, si ça peut rendre service. Voilà une chose nouvelle pour moi, je m'en aperçois en l'écrivant : je trouve que ce n'est pas désagréable, au fond, de penser quelquefois à un autre que soi. J'ai répondu à Tonton que j'allais réfléchir.

Mais ne précipitons pas les choses, rester seule quelque temps me fera du bien, je pense.

De toute façon, je ne m'ennuierai pas : nous venons de créer une association franco-russe dans le quartier, avec madame Benasli (pour l'instant, nous cherchons des Russes) (d'ailleurs je me demande si je ne pourrais pas laisser une annonce dans ce cabaret où j'avais rencontré ce chanteur (*rature*) (*rature*) dont je ne me souviens déjà plus du prénom) (celui que j'appelais Ivan) (il s'appelle Arkadi).

Madame Benasli pense broder des châles, elle a trouvé de jolis modèles.

Moi je vais donner des cours de cuisine. Je commence par les syrniki.

Et puis Hercule et moi sortirons tous les jours. Il est beau, ce petit pépère.

Et il aboie comme Harmonie.

Un immense merci à Sylvie Gracia,
et à tout l'équipage du Rouergue – d'aujourd'hui ou d'hier –
Alzira, Adèle, Brigitte, Cédric, Danielle, Ghislaine, Julie, Mathilde,
Michèle, Nathalie, Noémie, Olivier D., Olivier G., Olivier P., Pauline,
sans oublier les représentants, les imprimeurs, les stagiaires.

Merci pour leur écoute, leur patience, leur fidélité, leur présence…
Sans elles, sans eux, à mes côtés depuis dix ans déjà,
le voyage aurait été moins drôle,
et mes textes ne seraient pas arrivés à bon port.

Ouvrage réalisé par Cédric Cailhol Infographiste

Achevé d'imprimer en mai 2018
par Corlet Imprimeur à Condé-sur-Noireau.

Dépôt légal : août 2018
N° d'impression : 197205

ISBN : 978-2-8126-1635-8

*Imprimé en France*